MONICA BELLINI

The Gipsy Gentleman

Das Buch

Unverschämt attraktiv, unanständig reich, ein wahrer Gentleman. All das ist Dante Cipriani – äußerlich. In ihm lodert hingegen das Feuer seiner Herkunft, die um jeden Preis geschützt werden muss. Denn Gipsys haben in der High Society nichts verloren.

In einer Bar in Taormina wehrt sich Carina Byron, die Tochter des Earl of Willingdon, gegen einen aufdringlichen Grapscher. Erfolglos. Kurz entschlossen gibt sie den Erstbesten als ihren Ehemann aus. Er spielt mit, lässt seine Finger durch ihre roten Haare gleiten und nennt sie Foxy. Mit seinen schwarzen Locken und den dunklen Augen ist ihr Mr-Dark-and-Hot Verführung pur. Ohne seinen Namen zu kennen, verbringt sie eine unvergessliche Nacht mit ihm. Am nächsten Morgen bittet er sie um ein Date am selben Abend. Doch eine Nachricht aus England zwingt sie, Hals über Kopf abzureisen. Dennoch kehren ihre Gedanken immer wieder zu ihrem Fake-Ehemann zurück. Auch der heißblütige Gipsy kann Foxy nicht vergessen, aber die Suche nach ihr ist vergeblich. Er wird zum verschlossenen, kühlen Workaholic. Bis ein Anruf alles ändert ...

Abgeschlossener Liebesroman mit heißen Szenen und Happy End.

Lisa Torberg schreibt als

MONICA BELLINI

THE *Gipsy* GENTLEMAN

ROMAN

ISBN: 978-3-96698-638-0

Korrektorat: SW-Korrekturen e.U.
Layout & Cover: ED-Design, Italien
Bildmaterial: © LightField Studios/Shutterstock
Druck: Sowa Sp. z.o.o., Polen

Bestellung und Vertrieb:
Nova MD GmbH, Vachendorf, Deutschland

Herausgeber: Lisa Torberg, Rom, Italien
www.lisatorberg.com

Kapitel 1

Mitte Juni. Taormina, Sizilien.

Das Klappern der Schuhe verklang nach einem letzten Aufstampfen. Der Geiger senkte langsam den Bogen, dann die Violine, beugte den Kopf und verharrte. Als ob jemand einen Schalter umgelegt hätte, verschob sich eine Wolke im nächtlichen Himmel und gab den Mond frei. Sein helles Licht bestrahlte die beiden Männer auf der Bühne des *Teatro antico di Taormina.* Der eine vorgebeugt, mit seinem Instrument neben dem Körper in der einen und dem Geigenbogen in der anderen Hand, der zweite in aufrechter Haltung. Nur das Heben und Senken des entblößten und schweißglänzenden Brustkorbs mit den perfekt definierten Muskeln deutete darauf hin, dass der Tänzer mit der schwarzen Gesichtsmaske und den glänzenden, zurückgegelten Haaren soeben einen feurigen Flamenco beendet hatte. Seine Darbietung war von derartiger Perfektion gewesen, dass das Publikum auf den Stufen des zweitausend Jahre alten Amphitheaters ergriffen schwieg. Bis jemand auf den oberen Rängen zu applaudieren begann, andere einstimmten, laute Pfiffe erklangen und die Stimmung umschlug.

Plötzlich fühlte es sich an diesem geschichtsträchtigen Ort an wie in einem Fußballstadion. Nicht, dass Carina jemals ein solches betreten hätte, aber als angehende Journalistin entkam man der sportlichen Seite ihres Berufsstandes nicht. Nahezu all ihre männlichen Kommilitonen zogen Praktika in Sportredaktionen denen in anderen Ressorts vor, wobei ihr Interesse weiß Gott nicht auf der technisch und körperlich derart fordernden Darbietung eines Tänzers wie Jorge lag. Der geheimnisvolle Mann ohne Nachnamen, der nie sein Gesicht zeigte und jedes Jahr nur wenige Male auf den berühmtesten Bühnen der Welt auftrat, winkelte nun den rechten Arm an, legte die Handfläche auf sein Herz und verbeugte sich.

»Den würde ich sicher nicht von der Bettkante stoßen.« Suzannes hohe Stimme traf Carina unvorbereitet direkt an ihrem Ohr und erzeugte ein unangenehmes Pfeifen. Hingegen war die Bemerkung typisch, nicht nur für sie, sondern auch für die anderen beiden, mit denen sie am Vormittag aus London angereist war.

»Ein Sahneschnittchen ist nichts dagegen«, pflichtete Cynthia prompt bei und lachte laut.

»Bei so einem Hottie brauche ich kein Bett«, schrie Ruby. »Nicht einmal ein Schlafzimmer. Ich knie mich gern auf den harten Steinboden hinter der Bühne und blase ihm einen.«

Zum Glück waren viertausend Menschen rundum, die es nun offenbar alle eilig hatten, zum Ausgang zu kommen, sodass niemand auf die vier jungen Frauen achtete. Andernfalls hätten sie Carinas hochrotes Gesicht gesehen. Stattdessen schubste ein dicker Mann sie unsanft zur Seite, während er sich mit dem Sitzkissen unterm Arm an ihr vorbeischob und in einer ihr unverständlichen Sprache etwas vor sich hin brummte. Weder er noch ihre Freundinnen hatten einen Blick für die atemberaubende Kulisse des Amphitheaters, in dem schon vor über zweitausend Jahren die antiken Griechen und später die Römer Schauspielen beigewohnt hatten.

Der Mond beleuchtete die im Halbrund hoch aufsteigenden steinernen Reihen der Tribünen sowie die uralten, teils eingestürzten Bögen und Säulen, die den Bühnenbereich rückwärts begrenzten. Dahinter und weit unten glänzte die Wasseroberfläche des Ionischen Meers. Die Silhouette des Ätna, des Vulkans, dessen Hauptkrater sie heute beim Anflug auf Catania ganz nah gesehen hatte, überragte alles. Carina senkte den Blick, kniff die Augen zusammen und hatte das Gefühl, dass einer der Männer von der Bühne zu ihr aufschaute. Ob es Jorge war, der sie mit seiner Darbietung auch heute wieder verzaubert hatte wie schon vergangenen Winter in der Royal Albert Hall und im Sommer vor drei Jahren genau hier?

Wie gern hätte sie ihn aus der Nähe gesehen und um ein Autogramm im Programmheft gebeten – wobei das absolut undenkbar war. Zum einen, da sich ein derartiges nicht standesgemäßes Benehmen für eine Byron nicht ziemte, wie ihre Großmutter immer sagte und ihr Vater wortlos kommunizierte. Sie hatte nie für irgendjemanden geschwärmt oder gar an einem Bühneneingang mit hysterischen Fans gewartet, um zumindest einen Blick aus der Nähe auf einen Star zu erhaschen. Aus ebendiesem Grund wüsste sie gar nicht, wie sie es anstellen könnte, Jorge näherzukommen als hier und jetzt. Die Distanz zwischen ihrer Sitzreihe auf der Tribüne und dem Bühnenbereich betrug kaum mehr als dreißig Meter, und dennoch konnte sie keines der Gesichter der Männer erkennen. Aber war es denn der

Tänzer, der in ihre Richtung schaute? Und sah er wirklich nach oben oder war das nur eine optische Täuschung? Längst waren die Strahler, die während der Aufführung die Bühne beleuchteten, erloschen. Derjenige, der nicht ins Gespräch mit den anderen Männern vertieft war, konnte jeder sein. Sie alle trugen dunkle Hosen und Hemden und waren von ihrer Größe und dem Körperbau her aus dieser Distanz austauschbar.

»Willst du die Nacht hier verbringen oder gehen wir endlich feiern?« Suzanne stieß sie an.

»Muss das sein?« Sie hatte wirklich keine Lust, den Abend in irgendeinem Lokal fortzusetzen. Vielmehr wollte sie auf dem Balkon ihres Hotelzimmers sitzen und den Blick auf die nächtlich beleuchtete Küste gerichtet die heißblütige Tanzvorführung Jorges, der auch diesmal ihr Innerstes berührt hatte, Revue passieren lassen.

Cynthia verzog schmollend ihren Mund und verdrehte die Augen. »Du bist die Einzige von uns, die perfekt Italienisch spricht, Carina. Wer soll uns denn helfen, ein paar heiße Italiener aufzureißen, wenn nicht du?«

»Allerdings.« Ruby nickte zustimmend. »Außerdem haben wir nur deinetwegen zwei Stunden lang diesen Kulturscheiß ertragen. Jetzt bist du dran!« Mit in die Hüften gestemmten Händen sah sie auffordernd zu ihr.

Kulturscheiß? Carina spürte Galle ihre Kehle hochsteigen und öffnete den Mund. Aber bevor sie nur ein Wort herausbrachte, kam ihr Suzanne zuvor.

»Du hast es versprochen, Carina.« Sie streckte die Hand aus und berührte ihre Schulter. »Sei doch ein Mal einfach nur normal. Bitte!« Sie unterstrich den Satz mit einem filmreifen Augenaufschlag, bei dem selbst Bambi vor Neid erblasst wäre.

»Normal?« Sie war normaler als ihre Freundinnen, die nichts anderes im Kopf hatten, als feiernd durchs Leben zu taumeln. Mit dem einzigen Ziel, direkt in die Arme eines reichen Mannes zu stolpern, der sie heiraten und ihnen somit die Bürde des Arbeitens abnehmen würde. Wozu die drei Frauen studiert hatten, erschloss sich Carina auch nach vier Jahren gemeinsamen Studiums nicht.

»Du weißt genau, was ich meine.« Suzanne wischte Carinas Frage mit einem Blick auf deren einseitig hochgezogene Augenbraue weg. »Deine Familie schwimmt im Geld, finanzielle Probleme sind dir unbekannt. Und als ob das nicht genug wäre, gehörst du dem Hochadel an, was sich nie ändern wird, selbst wenn du Single bleiben und als alte Jungfer sterben würdest. Wir haben nichts von alldem.«

»Im Gegensatz zu dir müssen wir uns anstrengen, um die Chance auf ein sorgenfreies Leben zu finden«, präzisierte Cynthia mit ernster Miene, und Ruby schob eine Strähne ihres perfekt blondierten Ponys zurecht und nickte zustimmend.

»Ihr habt ja keine Ahnung«, erwiderte Carina kopfschüttelnd und sammelte die vier Sitzkissen ein, die sie am Eingang für die Vorstellung gemietet hatte. Nicht, weil sie in ihren Jeans nicht auf den Steinstufen hätte sitzen können, sondern da ihre drei Freundinnen sich für sommerliche Kleider mit Jäckchen und dazu passenden Riemchensandalen mit Absätzen entschieden hatten. Mit diesen tapsten sie nun vorsichtig über die jahrtausendealten Steintreppen des Amphitheaters nach oben Richtung Ausgang.

Keine von ihnen hatte Carinas Aussage, dass sie keine Ahnung hätten, kommentiert. Zum Glück, denn sie stand knapp davor, sich zu entzünden wie eine

Wunderkerze am Weihnachtsbaum. Und wenn sie einmal Feuer fing und ihre Meinung kundtat, war es nahezu unmöglich, sie zu bremsen.

Sie waren ohnehin alle drei der Ansicht, dass Carina als Tochter des Earls of Willingdon ein traumhaftes, sorgloses und rundum glückliches Dasein führte, während sie nur die negativen Seiten des Lebens abbekamen. Sie hatten nicht die geringste Ahnung, wie sehr sie sie um ihre Freiheit beneidete, in jedem Moment entscheiden zu können, was sie tun wollten. In der nächsten Minute, in der darauffolgenden Woche, im kommenden Jahr. Niemals mussten sie abwägen, welche Verwicklungen sich durch einen spontanen Besuch in einem Pub anstatt eines – in den Augen ihrer Familie – standesgemäßen Restaurants ergeben könnten. Sie hatten keinen Grund, darüber nachzudenken, ob man sie verurteilen würde, weil sie sich mit einer bestimmten Person – egal welchen Alters oder Geschlechts – unterhielt. Ganz zu schweigen davon, eine Beziehung mit irgendjemandem einzugehen. Also nein, sie hatten wirklich keine Ahnung, dass das, was sie sich so sehr wünschten, alles andere als erstrebenswert war.

»In welche Richtung?« Ruby hatte es irgendwie geschafft, trotz ihrer hohen Absätze als Erste beim Kassenhäuschen anzukommen. Sie hatte die Hände in die Hüften gestützt und schaute Carina nun fragend an.

»Es gibt nur eine Möglichkeit«, erwiderte diese seufzend und deponierte die Sitzkissen in dem dafür vorgesehenen Drahtkorb.

»Hier schon, aber dort vorn?« Ruby deutete ans Ende der schmalen Sackgasse, die den ebenfalls zweiten gebräuchlichen Namen des Teatro antico di Taormina, nämlich via Teatro Greco, trug.

»Das Nachtleben spielt sich sicher links ab.« Suzanne hatte recht, stellte Carina stumm und wenig verwundert fest. Wie immer griff sie auf ihren exzellenten Orientierungssinn zurück. Das Taxi hatte sie vormittags durch das von hier aus gesehen rechts liegende antike Stadttor gebracht und beim unmittelbar neben dem Amphitheater befindlichen ältesten Hotel Taorminas abgesetzt.

»Wollen wir uns nicht lieber an die Bar auf der Hotelterrasse setzen und den Abend gemütlich mit einer Flasche Prosecco ausklingen lassen? Morgen ist doch auch noch ...«

»Fang nicht wieder damit an, Carina!« Suzanne blitzte sie verärgert an. »Du bist nicht Scarlett O'Hara auf ihrer Plantage Tara, und wir sind nicht deine treu ergebenen Bediensteten. Das Hotel ist wunderschön, und es mag das luxuriöseste Taorminas sein, und natürlich sind hier schon all diese berühmten Menschen wie Tennessee Williams, Truman Capote und Johann Wolfgang Goethe abgestiegen, aber es ist ein alter Kasten, in dem das Durchschnittsalter der Gäste fünfzig plus beträgt. Denkst du wirklich, dass wir hier jemanden kennenlernen, der unser Leben verändert?« Ohne ihre Antwort abzuwarten, schnappte sie sich ihr Handgelenk und zog sie mit einem Ruck hinter sich her.

Etwa zwei Stunden später trat Carina aus dem Waschraum, der unmittelbar neben dem Eingang der vierten Bar ihrer Lokaltour lag, die sie vor ein paar Minuten erreicht hatten, und steuerte den Gastraum an, um nach ihren Freundinnen zu suchen. Auch hier drängten sich die Menschen dicht an dicht wie anderswo auf der Welt nur am Wochenende. Taormina war seit Jahrzehnten die Top-Destination Siziliens. Amerikaner und Australier, Engländer und Franzosen, Russen und Deutsche redeten durcheinander und vermischten sich mit Italienern aus den verschiedensten Regionen des Landes. Unschwer konnte sie Mailänder und Römer aufgrund ihres Akzents identifizieren, bei anderen fiel es ihr nicht so leicht, die geografische Abstammung zu bestimmen. Nur Sizilianer gab es hier, abgesehen vom Personal, kaum. Kein Wunder bei den horrenden Preisen, die denen der absoluten Toplokale der Londoner City entsprachen und die sich nur die wenigsten Einheimischen leisten konnten.

Irgendwie hatte Carina gehofft, dass Suzanne, Cynthia und Ruby genau aus diesem Grund bald aufgeben und drängen würden, sich doch noch auf die Hotelterrasse zu setzen. Alistair Byron, ihr Vater, hatte die Zimmer im Grand Hotel, in dem sie als Familie immer abstiegen, wenn sie ein paar Tage in Sizilien verbrachten, für sie und ihre Freundinnen gebucht. Er kam nicht nur für die Unterkunft auf, er übernahm im Hotel auch sämtliche Nebenkosten, wie Restaurant und Minibar und Wellness für alle vier.

»Ich liebe dich, mein Kind«, hatte er während der Feierlichkeiten der Graduation, dem Studienabschluss an der London School of Journalism, kurz LSJ, gesagt und ihren drei Studienkolleginnen zugenickt. »Warum solltest du nicht mit den Freundinnen, mit denen du die gesamte Studienzeit verbracht hast, eine Woche in Sizilien feiern, bevor der Ernst des Lebens beginnt?« Dass er die Kosten nur übernommen hatte, da er somit die Sicherheit hatte, dass sie in Begleitung nicht auf irgendwelche aberwitzigen Ideen kommen würde, hatte er natürlich nicht erwähnt. Ebenso wenig, dass er hoffte, dass sie in Taormina, einem der teuersten Touristenziele der Welt, begreifen würde, dass sie nicht auf ein Leben ohne luxuriöse Annehmlichkeiten verzichten konnte. Als Backpacker von einem Land zum nächsten zu reisen, um Reportagen über die entlegensten Winkel des Planeten zu schreiben, war einer Lady Byron unwürdig. Zudem entsprach so etwas in keiner Weise dem Lebensplan, den der Earl of Willingdon für seine einzige Tochter hatte.

Carina strich sich eine ihrer roten Locken hinters Ohr und zugleich den Gedanken an ihren Vater aus ihrem Kopf. Sie hatte ihr Studium abgeschlossen und sie war in Taormina, dem Geburtsort ihrer Mutter und einem der Orte, den sie auf der Welt am meisten liebte. Vielleicht sollte sie wirklich endlich loslassen und feiern, wie ihre Freundinnen es taten. Die drei hatten in jeder Bar, wie man hier alle Lokale nannte, die nicht Restaurants, Pizzerien oder Trattorien waren, bisher einen dieser bunten Cocktails mit Schirmchen obendrauf getrunken und plötzlich keine Sprachprobleme. Sie stellte sich auf die Zehenspitzen, erkannte drüben an dem langen Bartresen Rubys blondierten Pony und erhaschte einen Blick auf Suzannes dunkles glänzendes Haar. Dann sah sie Cynthias Hand mit den vielen Ringen an jedem Finger, die ein Cocktailglas hoch über den Kopf hob, um mit den anderen anzustoßen. Carina hatte bis auf ein Glas Prosecco bisher nur Wasser getrunken – aber damit war jetzt Schluss. Sie schob sich zwischen lachenden, trinkenden Menschen hindurch, als plötzlich eine schweißnasse Hand ihren Unterarm packte und sie festhielt.

»Hey, was soll das?« Ihr Kopf flog herum.

Der verschwitzte Mann grinste sie an und festigte seinen Griff noch mehr. Sie entriss ihm ihren Arm.

»Kein Problem«, lallte er auf Englisch mit breitgezogenem texanischem Akzent. »Du bist einfach nur wunderschön.« Seine Worte untermalte er, indem er zwei Finger gegen eine unsichtbare Hutkrempe tippte. Wahrscheinlich war ihm nicht bewusst, dass er seinen Stetson daheim vergessen hatte. »Genau die Richtige für heute Nacht.«

O Gott! Carina wandte sich wortlos ab, machte einen Schritt – und wurde zurückgezogen. Diesmal hielt er sie nicht nur mit einer Hand, er umschlang sie mit beiden Armen und zog ihren Rücken an seine Brust. Sein alkoholgeschwängerter Atem hüllte sie ein. Sie griff nach seinen Handgelenken, schob sie nach unten und drehte sich um.

»Ich meine es ernst, Baby. Lass uns tanzen.«

Carina verdrehte die Augen. »Das geht nicht, ich warte auf jemanden. Es ist besser, wenn du jetzt gehst.«

»Das ist Quatsch«, erwiderte er nuschelnd und legte eine Hand auf ihre Schulter. »Du bist allein hier, ich hab dich beobachtet, seitdem du reingekommen bist.«

Obwohl er lallte, formulierte er ganze Sätze und schien weniger betrunken, als sie gedacht hatte. Ob das seine Masche war?

»Du irrst dich!« Sie schüttelte ihre Schulter, um ihn loszuwerden. Seine Berührung war unangenehm. Sein Atem vermischte sich mit seinem Schweißgeruch und hüllte sie ein. Der texanische Cowboy war lästiger als eine Schmeißfliege. Hilfe suchend schaute sie um sich und sah einen großen, dunkelhaarigen Anzugträger, der an ihnen beiden vorbei drängte.

Ihr Arm schoss vor und ihre Hand packte zu. »Schau, das ist er, auf ihn habe ich gewartet.«

Der Typ drehte sich zu ihr um, runzelte die Stirn und hob fragend eine Augenbraue. Sie starrte ihn an. Er war hinreißend – und definitiv irritiert. Sein Blick wanderte von ihr zu dem Texaner, der soeben wieder seine Hand hob, um sie auf ihrer Schulter abzulegen.

»Das ist mein Mann«, stieß sie aus und vermied es, ihn dabei anzusehen.

»Und du bist ... meine Frau«, erwiderte er in makellosem Englisch und mit einem Bariton, der ihren Magen in Aufruhr versetzte und sie den Atem anhalten ließ. Seine Aussprache war so rein, dass sie nicht sagen konnte, in welchem Land der Erde er lebte.

»Jaaaa.« Sie seufzte erleichtert. Er spielte mit! »So ist das wohl.« Sie hob den Blick, sah sein angedeutetes Lächeln und versank in seinen dunkelbraunen Augen. Er war groß, dunkel und heiß. Mr-Dark-and-Hot.

»Das glaube ich nicht«, lallte der Texaner und er wandte den Kopf in dessen Richtung.

»Warum bezweifeln Sie die Worte meiner hinreißenden Frau, Mister?« Der heiße Typ legte einen Arm um Carinas Mitte und zog sie näher an sich heran.

Schnappatmung. Sosehr der andere stank, so gut roch Mr-Dark-and-Hot. Als ob er gerade erst geduscht hätte. Pino Silvestre. Carina erkannte den Duft nach Waldkiefer – und sie liebte ihn. Ihr Nonno, der Vater ihrer Mutter, hatte nur diese Marke verwendet, deren Produkte in Kiefernzapfen nachempfundenen Flakons verkauft wurden. Tief atmete sie ein und näherte dabei ihre Nase dem Hals vor ihren Augen. Sie spürte seinen Daumen, der knapp oberhalb ihrer Jeans seitlich über den Stoff ihrer Bluse strich. Obwohl er ihre Haut nicht berührte, fühlte es sich an, als ob sie nackt wäre. Ein Schauer rann ihre Wirbelsäule entlang.

»Ihr zwei kennt euch gar nicht, ihr tut nur so«, nuschelte der Texaner abfällig.

Carina legte den Kopf in den Nacken und schaute zu Mr-Dark-and-Hot auf. Gerade rechtzeitig, um sein Grinsen zu erkennen, bevor er sich vorbeugte, ihren Hinterkopf umgriff und sie näher zog. Seine Zunge schob sich zwischen ihre Lippen und drängte sich in ihren Mund. Nicht sanft, sondern wie ein Wirbelsturm. Dabei legte er seine andere Hand auf ihren Hintern und strich besitzergreifend darüber. O nein, so war das nicht geplant! Offenbar ging ihnen beiden derselbe Gedanken durch den Kopf, denn so plötzlich, wie er sich auf sie gestürzt hatte, ließ er von ihr ab. Allerdings lag seine Hand weiterhin auf ihrem Po, mehr noch, er schob sie in die Tasche ihrer Jeans und kniff sie leicht.

»Zieh ab, sie gehört mir«, zischte er dem Texaner zu und zwickte sie ein zweites Mal, bevor er seine Hand zurückzog und damit nach ihrer griff. Dann zog er Carina hinter sich her zur Bar.

Cynthia und Ruby, die hautnah mit zwei mittelgroßen italienisch anmutenden Typen unweit des langen Tresens standen, grinsten in ihre Richtung und hoben die Daumen. Suzanne, die an einem breitschultrigen hellblonden Wikinger lehnte, formulierte mit den Lippen das Wort »supersexy« und klimperte mit den Augenlidern. Das sah sie gerade noch aus den Augenwinkeln, denn Mr-Dark-and-Hot zog sie rasch ans andere Ende des Lokals, wo eine Gruppe Männer an der Bar stand und ihnen entgegensah. Er legte besitzergreifend einen Arm um ihre Hüfte und zog sie näher an seinen Körper.

»Ihr werdet nicht glauben, was mir passiert ist«, rief er ihnen zu. »Auf dem Weg hierher habe ich geheiratet. Darf ich euch meine Frau vorstellen?«

Sie begannen zu lachen und schüttelten die Köpfe.

»Ciao«, rief einer, der Mr-Dark-and-Hot ähnlich sah, und die anderen schlossen sich ihm an. Eigentlich wirkten sie alle wie Klone. Groß, breite Schultern, muskulös, dunkle Haare – und sie trugen schwarze Anzüge mit ebensolchen Hemden, jedoch ohne

Krawatte. Genau wie Mr-Dark-and-Hot, der grinsend neben ihr stand und offenbar Gefallen an ihrer Lügengeschichte fand.

»Na endlich! Es war an der Zeit, sesshaft zu werden«, sagte einer und seine strahlend weißen Zahnreihen blitzten auf. »Und wie heißt sie, deine Frau?«

»Foxy«, erwiderte ihr Fake-Ehemann prompt. Erst jetzt, als er auf Englisch antwortete, fiel ihr auf, dass die Männer bisher Italienisch gesprochen hatten. Wobei er diese Sprache – so wie sie – ebenso akzentfrei beherrschte wie die andere.

»Una rossa è perfetta per te.« *Eine Rothaarige ist perfekt für dich,* meinte derjenige, der genauso schwarze, wenn auch kürzere Locken hatte wie Mr-Dark-and-Hot, und reichte ihr die Hand. »Freut mich, dich kennenzulernen. Ich wäre also dann dein Schwager«, bestätigte er ihre Vermutung und wandte sich wieder den anderen zu, die ihre Gespräche aufnahmen, als ob sie nicht unterbrochen worden wären.

»Foxy. Ist das dein Ernst?«, fragte Carina leise.

Er zog sie vor sich, ohne seinen festen Griff um ihre Mitte zu lockern, und stupste mit der freien Hand ihr Kinn an. In seinem Blick blitzte der Schalk auf – und noch etwas, was sie nicht deuten konnte. Sehr wohl aber den Ausdruck, der sich auf sein Gesicht legte, als er auf ihre Brüste schaute.

»Hey, meine Augen sind hier oben.«

»Und sie sind wunderschön«, erwiderte er. »Aber nicht annähernd so faszinierend wie dein Dekolleté.«

Carina seufzte tief. War er einer von denen, die bei ihrer Oberweite vergaßen, dass eine Frau auch etwas im Hirn haben konnte, und nicht nur ...

»Sorry, du hast mich überrumpelt.« Sein Tonfall ließ sie ihre Verärgerung vergessen, vor allem aber der Sinn seiner Worte.

»Tut mir leid«, gestand sie schuldbewusst ein. »Der Typ war so aufdringlich und seine Hände wie die Tentakel einer Krake, ich habe einfach nur reagiert, anstatt nachzudenken. Danke, dass du mir geholfen hast.« Sie trat einen Schritt zurück, nickte ihm zu und drehte sich schwungvoll herum. Doch weit kam sie nicht. Im Gegenteil. Plötzlich lehnte sie mit dem Rücken an seiner Brust und nahm seine Härte wahr, die unmissverständlich gegen ihren Po drängte.

»So rasch entkommst du mir nicht, Foxy«, flüsterte er an ihrem Ohr. »Ich habe dir einen Gefallen getan und jetzt bist du dran.« Sein warmer Atem strich über ihre Haut, als er ihre Locken zur Seite schob. Und dann spürte sie seine Lippen an ihrem Hals und vergaß, was sie hatte antworten wollen. Oder fragen. Oder beides.

Er leckte über ihre pulsierende Halsschlagader und hauchte einen Kuss auf ihr Kinn. »Hat es dir die Sprache verschlagen?« Sie konnte das Lächeln an seinen Lippen spüren, die sich ihrem Mundwinkel näherten.

Das, was seine Berührung, seine Stimme, sein unmissverständliches Begehren in ihr auslöste, hatte sie nie zuvor gefühlt. Nicht, dass sie noch Jungfrau gewesen wäre. Es hatte immer Mittel und Wege gegeben, sich zumindest für ein paar Stunden der Kontrolle ihrer Eltern zu entziehen. Wobei ausgerechnet ihre italienische Mutter weniger Glucke war als ihr britischer Vater. »Adel verpflichtet«, war für ihn nicht nur ein Spruch, sondern gelebte Tatsache – und er ging selbst als bestes Beispiel voran. Immer.

Dennoch hatte Carina seit dem Beginn des Studiums und ihrer seither bestehenden Freundschaft mit Suzanne,

Cynthia und Ruby so manche Nacht nicht in der Londoner Villa ihrer Granny verbracht – und zwei davon nicht bei den Mädels im Wohnheim, obwohl ihre Großmutter das dachte. Oder auch nicht, denn die alte Dame war in einigen Belangen lockerer als ihr Sohn.

Zwar war Carina mit ihren beiden sexuellen Intermezzi nicht so erfahren und abgebrüht wie ihre Freundinnen, aber was sie nicht selbst erlebt hatte, wusste sie einfach. Und das, was sie jetzt fühlte, war einzigartig.

Mr-Dark-and-Hot machte seinem Namen alle Ehre. Sein Körper schien zu glühen und heizte ihren auf. Ihr Magen überschlug sich mehrmals – oder waren das die berühmten Schmetterlinge, von denen in Romanen die Rede war? Doch warum stellten sich auf ihren Armen alle Härchen auf und bescherten ihr eine Gänsehaut, die eiskalte Schauer über ihre Haut jagte?

»Foxy, bist du noch da, oder denkst du schon daran, wie du dich revanchieren kannst?« Er bewegte sein Becken unmissverständlich an ihrem Po und blies seinen Atem von der Seite über ihren Mund.

Sie seufzte tief. Ihr einziger Wunsch war, die Augen zu schließen und jede Vernunft außen vor zu lassen. Aber erstens waren sie in einer Bar, und zweitens ...

Mit einem Ruck drehte sie sich um, machte einen Schritt zurück und sah zu ihm auf. »Was meinst du damit, dass ich dran bin?«

Fasziniert beobachtete sie, wie sich die Fältchen an seinen Augenwinkeln und neben dem Mund vertieften und sein Gesicht von einem vereinnahmenden und zugleich selbstsicheren Lächeln überzogen wurde. »Una mano lava l'altra. Eine Hand wäscht die andere, richtig?«

»Fragst du mich gerade, ob du richtig übersetzt hast?«

Er lachte auf, warf dabei den Kopf in den Nacken und sie betrachtete fasziniert seinen sehnigen Hals und den ausgeprägten Kehlkopf. Dieser Mann war die absolute Perfektion.

»Foxy?« Einer seiner Freunde reichte ihr ein Glas und schaute sie fragend an. »Ich denke, dass du Prosecco magst, aber falls ich mich irren sollte ...«

Carina streckte die Hand danach aus. »Nein, tust du nicht. Danke!« Sie hob das Glas, setzte es an ihre Lippen und leerte es in einem Zug. Prickelnd rann der eiskalte Schaumwein durch ihre Kehle und gab ihr das Gefühl, wieder sie selbst zu sein. Lächelnd nickte sie Mr-Dark-and-Hots Freund zu. »Fantastico, ci voleva. Fantastisch, das habe ich jetzt gebraucht.«

»Falls du noch etwas anderes brauchst ...« Er zwinkerte ihr zu – und war plötzlich nicht mehr vor ihr.

»Was soll das?« Aus den dunklen Augen ihres Fake-Ehemanns schossen Funken.

»Ich habe keine Ahnung, was du meinst.« Sie schmunzelte.

»Du bist meine Frau!«

»Bin ich nicht!« Carina grinste. Das Spiel wurde interessant.

»Bist du«, knurrte er. »Und ich lasse nicht zu, dass du dich anderen Männern an den Hals wirfst.«

Das war dann doch zu viel. Sie schüttelte den Kopf und machte einen Schritt zurück, ohne ihn aus den Augen zu lassen. »Wenn du wirklich mein Mann wärst, würde ich dir jetzt eine knallen.«

»Warum?«, fragte er heiser und verringerte den Abstand zwischen ihnen.

»Weil ich besitzergreifende Männer hasse.«

»Sprichst du aus Erfahrung?«

»Wie kommst du darauf?«

»Weil deine Augen hasserfüllt sind, Foxy. Andere Frauen wären glücklich, wenn ein Mann wie ich sie nicht mehr gehen lassen wollte.«

»Ein Mann wie du?«

Er biss sich auf die Lippen und sagte kein Wort. In seinem Blick erkannte sie, dass er sich mühsam im Zaum hielt, nicht auszusprechen, was ihm auf der Zunge lag.

Wer war dieser Mann? Wer waren seine Freunde und der, der sich als sein Bruder zu erkennen gegeben hatte?

Dass sie rein optisch perfekt waren, war nur ein Aspekt, den sie gemeinsam hatten. Diese Typen waren jedoch viel mehr als nur attraktiv. Ihre Kleidung war teuer. Unter ihren Anzugärmeln blitzten teure Chronografen hervor. Ihre Hände waren durchweg manikürt. Nicht auf feminine Art, also ohne Lack oder öligen Glanz, aber definitiv professionell gepflegt. Wie auch ihre Haare und der Bartwuchs. Ob glatt rasiert oder getrimmt, nicht einer sah nicht aus wie ein Model kurz vor dem Beginn einer Show. Doch da war noch mehr ... Sie strahlten Selbstsicherheit und dieses gewisse Etwas, das nur erfolgreiche Männer umgab, aus. Und sie hatten Geld. Diese sechs waren keine Durchschnittsverdiener. Auch nicht mittleres Management.

»Du könntest mir deinen Namen verraten.« Anstatt sich umzudrehen und zu verschwinden, wie sie noch vor einer Minute vorgehabt hatte, war nun ihr journalistischer Spürsinn geweckt.

»Könnte ich.« Er nickte.

»Aber?«

»Gib mir den Namen, von dem du denkst, dass er zu mir passt.«

»Dazu müsste ich wissen, aus welchem Land du kommst.«

»Musst du? Ich weiß doch auch nicht, woher du bist.«

»Warum hast du mich dann Foxy getauft?«

»Weil du rote Haare hast?«

»Dann hättest du mich genauso gut Rossa nennen können. Oder Rouge.«

»Du sprichst auch Französisch?« Er leckte sich über die Oberlippe.

»Nein, aber ich spiele gern Roulette.«

»Russisches?« Sein Blick glitt ihren Körper entlang abwärts und verhielt auf Höhe ihres Beckens. Genauer gesagt dort, wo ihre Beine endeten. Carina stöhnte auf. Ging es noch immer um Länder und Sprachen?

»Also?« Er schob eine Hand mit gespreizten Fingern in ihre Locken, umfasste ihren Hinterkopf und bewegte sie, bis ihre Augen nur noch wenige Zentimeter voneinander entfernt waren.

Die Synapsen in ihrem Gehirn funktionierten nicht mehr. Bestehende Verbindungen wurden unterbrochen, andere bildeten sich nicht. Das gesamte System hatte einen Blackout.

»Was?«, war das einzige Wort, das sie in all dem Chaos sich überschlagender Gedanken und irritierender Gefühle, die dieser Mann in ihr auslösten, fand und aussprach.

Er berührte mit seinen Lippen ganz sanft die ihren, und plötzlich erinnerte sie sich wieder in jedem Detail an seinen Kuss. Den, der nur als Ablenkung für den aufdringlichen Texaner gedacht gewesen war, aber so echt und gefühlvoll gewesen war, dass ...

»Foxy?« Er blies sanft über ihren Nasenrücken.

»Was?«, wiederholte sie stammelnd.

»Du wolltest mir einen Namen geben.«

»Nachdem du mir verrätst, aus welchem Land du bist.«

»Hörst du das nicht?«

Sie schüttelte leicht den Kopf. »Du sprichst Englisch und Italienisch gleich gut.«

»Du auch.« Er lächelte.

»Meine Mutter stammt von hier.«

»Und dein Vater ist Engländer?«

Carina nickte. »Und deiner?«

Ihre Gegenfrage verdüsterte sein Gesicht. Zumindest schien es einen Moment lang so, doch wahrscheinlich hatte sie sich geirrt, denn seine Mundwinkel gingen nach oben. »Italiener.«

Seine Antwort war freundlich, aber der Unterton in seiner Stimme sagte ihr, dass er keine weitere Frage mehr beantworten würde. »Dann muss ich dir also einen italienischen Namen geben.«

Er zuckte mit den Achseln, senkte den Blick und starrte wieder auf ihre Brüste.

»Vielleicht sollte ich dich Spanner nennen. Oder Voyeur.«

»Warum?« Er sah nicht auf.

»Weil du auf meine Oberweite fixiert bist.«

»Nicht nur auf die, Foxy. Nicht nur auf die.«

Ein prickelnder Schauer löste sich in ihrem Nacken, rann die Wirbelsäule entlang abwärts und landete punktgenau in ihrem Unterleib. Genauer gesagt zwischen ihren Beinen, wo sich ihre Mitte gierig zusammenzog.

»Voyeur«, stieß sie hervor.

»Ich werde heute Nacht noch viel mehr tun, als dich nur zu betrachten, Foxy.«

Ein keuchender Laut entkam ihr. Er hob den Kopf. Seine Pupillen waren eins mit den Iriden. Sein Blick so lusterfüllt, dass sie die Oberschenkel fest zusammenpresste.

»Niemals!«, sagte sie und dachte: *Bitte ja, bitte ja, bitte ja.* In Endlosschleife.

»Wollen wir wetten?« Er zog seine Brieftasche aus der Innentasche des Sakkos, öffnete sie, zog einen Fünfzigeuroschein heraus und hielt ihn vor ihr Gesicht.

»Steck das Geld wieder ein!«

»Du hast also eingesehen, dass du keine Chance gegen mich hast?« Er runzelte die Stirn. »Schade irgendwie, ich hatte mich schon darauf gefreut, mich anstrengen zu müssen.«

»Glaube mir, das kannst du dir sparen.« Carina meinte in diesem Moment genau das, was sie sagte. Mr-Dark-and-Hot war gefährlich. Er war kein Mann, mit dem sie einen One-Night-Stand haben konnte, ohne ihn jemals zu vergessen. Er ging ihr bereits jetzt unter die Haut, nach einem einzigen Kuss. Wäre er einfach nur eine attraktive Hülle, sie würde sich gehen lassen, wie sie es sich vor ein paar Stunden geschworen hatte. Aber er war mehr. Seine Intelligenz, die Schlagfertigkeit und sein Humor waren es, die für sie den größten Teil seiner Anziehungskraft ausmachten. Die hatte sie noch nie alle in einem einzigen Mann gefunden. Das allein war schon sehr sexy, doch in Kombination mit seinem Aussehen kamen diese Charakteristiken einer atomaren Waffe gleich.

»Du solltest nicht versuchen, dich gegen meinen Charme zu wehren, Foxy. Außerdem bin ich zielstrebig und liebe Herausforderungen. Vor allem solch hinreißende wie dich.«

Sie öffnete den Mund, um ihm Paroli zu bieten, aber er legte seinen Zeigefinger senkrecht an ihre Lippen und sprach weiter.

»Männer wie ich sind dazu geschaffen, ihre Frauen glücklich zu machen, und du bist meine Frau, Foxy. Zumindest heute.«

Sie wollte ihm in den Finger beißen, doch er presste ihn nur noch fester an ihre Lippen.

»Bevor ich es vergesse, Foxy. Ich verliere nie. Ich gewinne immer. Merk dir das.«

Er senkte seinen Arm.

»Du bist ein eingebildeter, selbstverliebter Macho, der sich gern reden hört. Nichts weiter!«

Er lachte laut auf, zog sie näher und legte seine gespreizten Finger wie selbstverständlich auf ihren Hintern. Mit langsamen, streichelnden Bewegungen strich er darüber und bestellte mit einem Fingerschnippen der freien Hand eine Flasche Prosecco.

Kapitel 2

Der Anblick seines schweißglänzenden Oberkörpers raubte ihr zum wiederholten Mal den Atem. Er trieb sie in den Wahnsinn. Mr-Dark-and-Hot war hinreißend, intelligent, sexy und lustig. Allerdings war jetzt von seinem Humor nichts mehr zu spüren, jedoch war er in ihr – und das war schlichtweg das unwahrscheinlichste Gefühl ihres Lebens. Carina hatte Gelegenheitssex mit einem Mann, von dem sie nicht einmal den Namen kannte. Sie! Noch nie zuvor hatte sie gegen eine ihrer Regeln verstoßen. Gegen die ihrer Familie hingegen immer wieder, aber stets im Rahmen der Normalität. Denn das, was sich für den englischen Hochadel nicht ziemte, war für andere Menschen alltäglich. Sie hatte es sich schließlich nicht ausgesucht, als Tochter des Earl und der Countess von Willingdon geboren zu werden. Es war einfach passiert. Was noch lange kein Grund dafür war, im einundzwanzigsten Jahrhundert, nur weil man unglücklicherweise mit weiblichen Geschlechtsmerkmalen zur Welt gekommen war, sich wie ein hirnloses Dummchen zu verhalten. Beim Tee abgespreizte kleine Finger, Stickrahmen und züchtig gesenkte Blicke, sobald ein männliches Wesen in der Nähe war, gehörten der Vergangenheit an. Einer sehr weit entfernten, nach der sich keine Frau, egal welchen Standes, sehnte. Kaum eine, berichtigte sie sich. Suzanne, Cynthia und Ruby hatten immer wieder seufzend betont, dass sie auf der Stelle mit ihr tauschen würden, um sie einen Moment später zu überreden, den Abend in einem der vielen Londoner Clubs zu verbringen, anstatt daheim zu bleiben und zu studieren. Denn das war es, was ihre Eltern und ihre Großmutter von ihr erwarteten. »Du bist deinem Stand verpflichtet«, war das Mantra, das man ihr von klein auf eingebläut hatte. »Und meiner Familie«, hatte sie stets verständnisvoll nickend hinzugefügt und sich gleichzeitig in Gedanken damit beschäftigt, ihre Grenzen zu überschreiten, ohne den Anschein zu erwecken, genau das zu tun.

Seit dem Beginn des Studiums an der LSJ und dem Erreichen der Volljährigkeit hatte sie mit unschuldigem Augenaufschlag immer öfter die Karte ausgespielt, die ihr mehr Freiraum bot. Die tägliche Fahrt nach London raubte Zeit, die somit dem Lernen entzogen wurde und die Studiendauer mindestens um ein Jahr verlängerte, was wiederum eine mittelgroße Katastrophe bedeutete. Nicht für sie, denn wenn es nach Carina gegangen wäre, hätte sie den Abschluss auf unbestimmte Zeit verzögert. Vorzugsweise einige Jahrzehnte, bis ihr Gesicht faltig und ihr Körper den natürlichen Gesetzen der Schwerkraft folgend nicht mehr als knackig und frisch bezeichnet werden konnte. Denn obwohl der Earl of Willingdon zwar kein vorsintflutliches Heiratsversprechen mit dem Vater eines männlichen Sprosses eines anderen Adelsgeschlechtes getroffen hatte, so stand eines unmissverständlich fest: Sie, Carina Mary Ann Byron, würde standesgemäß heiraten, und zwar spätestens ein Jahr nach Abschluss ihres Studiums.

Sie seufzte – und versank in der Tiefe der funkelnden braunen Augen, die ihren Blick suchten.

Er starrte auf sie herab, beugte sich vor, strich mit seinen unglaublich weichen Lippen über die ihren und sie krümmte ihren Rücken. Wie hatte er sie dazu bekommen, genau hier und jetzt zu sein und sich seinen perfekt dosierten Stößen nicht nur hinzugeben, sondern ihm mit den Bewegungen ihres Beckens entgegenzukommen?

Er beugte seinen Kopf und küsste sie fordernd, ließ seine Zunge verführerisch um ihre tanzen.

»Du schuldest mir fünfzig Euro.« Er lächelte an ihren Lippen.

Sie lachte laut auf. »Träum weiter, Macho.« Um ihre Aussage zu unterstreichen oder weil es sich einfach so gut anfühlte, seinen muskulösen perfekten Arsch zu umfassen, packte sie ihn beiderseits und zog ihn noch näher an sich heran.

Es fühlte sich unwirklich an. Falsch – und doch nicht. Sie war wahrlich nicht die Art Frau, die mit dem erstbesten Mann Gelegenheitssex hatte. Aber das hier ... er ...

»Wenn du mich nicht bezahlen willst, musst du deine Schulden eben abarbeiten, Foxy.«

Sprachs, zog sich sanft aus ihr zurück und stieß so fest in sie, dass seine unbeschreibliche Härte genau den Punkt traf, der ein Feuerwerk in ihr auslöste und sie in einen atemberaubenden Höhepunkt stürzte. Er folgte ihr unmittelbar, umklammerte ihre Handgelenke, drückte sie neben ihrem Körper fest in das Kissen und küsste sie, bis sie ihren Verstand verlor. Und dann starb sie *La petite mort,* den sagenumwobenen perfekten Orgasmus, und landete in der besitzergreifenden Umarmung eines überirdischen Unbekannten unter dem nachtdunklen sternenübersäten Himmel Taorminas.

Wie verflixt noch einmal hatte dieser umwerfende Typ es nur geschafft, dass sie nun in seinem Zimmer war und ihm obendrein fünfzig Euro schuldete? Das war der Gedanke, der Carina, untermalt von Vogelgezwitscher und intensivem Rosenduft, aufweckte.

»Du denkst zu laut.« Sein Bariton, heiser und verschlafen, katapultierte die Antwort direkt in ihr Lustzentrum. Genau dorthin, wo sie die halbe Nacht lang seine Finger, seine Zunge und seinen harten Schwanz gespürt hatte. Wieder und wieder, bis sie ihn um Erbarmen angefleht und zugleich ihre Beine angewinkelt und ihre Schenkel weiter geöffnet hatte. Ihre Fersen hatten den perfekten Punkt seines noch perfekteren, stahlharten muskulösen Körpers gefunden, um ihn ganz nah an sich – und in sich – zu spüren. Es handelte sich dabei um die zwei Grübchen beiderseits seiner Wirbelsäule, knapp oberhalb seines Hinterns, der selbst den Davide von Raffaello nur wie die verblasste Kopie eines makellosen Mannes dastehen ließ.

»Wie kannst du wissen, dass ich denke? Du kennst mich doch gar nicht.«

Sein tiefes, warmes Lachen versetzte, wie schon am gestrigen Abend, die verflixten Schmetterlinge in ihrem Magen in Aufruhr. So musste es sich anfühlen, wenn man verliebt war. Der Gedanke schoss in ihren Kopf und nistete sich dort ein, als ob die letzten Stunden in Wirklichkeit viele Tage oder Wochen gewesen wären. Eine wundervolle Zeitspanne, die sie miteinander verbracht und in der sie festgestellt hatten, dass sie nicht mehr ohne den anderen leben ...

»Foxy?«

Carina riss die Augen auf. Er lag auf einem Ellenbogen aufgestützt neben ihr und funkelte sie vergnügt an. O Gott! Ihr Magen schlug Purzelbäume. Das Grübchen an seinem von einem dunklen Bartschatten bedeckten Kinn war ebenso hinreißend wie die beiden anderen an seinem unteren Rücken. Als ob ein paar Dellen einen Mann anbetungswürdig machen könnten. Oder diese samtweiche, dunkle Stimme, mit der er sie »Foxy« nannte und sie sich fühlte, als ob das ihr richtiger Name wäre, obwohl ...

»Sagst du mir jetzt, wie du heißt?«

Nicht, dass sie ihm die Frage nicht schon mehrmals gestellt hätte. Zuerst in der Bar, wo sie mit seinen Freunden einige Flaschen Prosecco geleert und sich über alles und nichts unterhalten hatten. Sie hatten gescherzt und gelacht, sich zugeprostet, wobei keiner einen der anderen mit seinem Namen angesprochen hatte. Die sechs Männer kommunizierten untereinander mit Blicken, hin und wieder mit einer Geste, nannten sie »Foxy«. Carina hatte versucht, irgendetwas über sie herauszufinden, ohne direkte Fragen zu stellen, doch selbst nach Stunden wusste sie nicht mehr als bei ihrem Aufeinandertreffen. Die sechs Freunde mit den maßgeschneiderten Anzügen und den teuren Uhren an ihren Handgelenken lagen in jeder Hinsicht weit über dem Durchschnitt. Beginnend bei ihrer zuvorkommenden, freundlichen Art, bis hin zu ihrem attraktiven Äußeren und der Tatsache, dass sie alle zumindest zwei Sprachen perfekt und akzentfrei beherrschten, war Mittelmäßigkeit das Attribut, das ihnen absolut nicht entsprach. Zudem machten sie den Eindruck, als ob sie durch ein unsichtbares Band miteinander verbunden wären.

Mr-Dark-and-Hot hatte irgendwann seinem Bruder zugenickt, woraufhin dieser die Rechnung beglichen hatte. Mit einer schwarzen Amex. Das hatte sie erkannt, doch noch bevor sie sich dem Tresen so weit nähern konnte, um den Namen zu lesen, hatte der Barkeeper die Karte an sich genommen und ihr Fake-Ehemann sich zu ihr gebeugt. »In welchem Hotel wohnst du?«

»Warum willst du das wissen?« Sie hatte sich entzweigerissen gefühlt. Einerseits wollte sie den Körperkontakt zu diesem atemberaubenden Mann nicht verlieren, der sie den ganzen Abend über nicht losgelassen und hin und wieder zärtlich auf die Wange oder die Stirn geküsst hatte. Andererseits war es viel vernünftiger, sich jetzt von ihm zu trennen.

»Weil wir dich begleiten.«

»Ihr?« Ungläubig hatte sie zu ihm aufgesehen.

Zuerst hatte sie das amüsierte Blitzen in seinen Augen gesehen, dann hatte er gelacht und damit ihr Innerstes nach außen gekehrt.

»Nur bis zum Hotel, Foxy. In dein Zimmer kommen sie nicht mit.«

Ihr Atem hatte gestockt. »Du glaubst doch nicht, dass du ... dass ich ...«

»Wir ist das Zauberwort, meine liebe Ehefrau. Wir.«

»Du irrst dich, wenn du denkst, dass ...«

Derjenige, der sich Stunden zuvor schalkhaft lächelnd als ihr Schwager vorgestellt hatte, hatte sie unterbrochen. »Mein Bruder irrt sich nie, Foxy.« Mit einer lässigen Geste schob er seine schwarze Amex – natürlich mit der Rückseite zu ihr – in seine Brieftasche und versenkte diese in seiner inneren Jackentasche.

»Ihr seid allesamt eingebildete, narzisstische Machos.«

»Schon möglich. Aber wir wissen, wie man sich einer Lady gegenüber benimmt.«

Sie erinnerte sich, dass sie bei dem Wort, das ihre korrekte Bezeichnung aufgrund ihres Standes war, zusammengezuckt war.

»Also in welchem Hotel wohnst du?« Mr-Dark-and-Hot hatte ihre körperliche Reaktion wohl als Schauer interpretiert, da sie mittlerweile aus dem Lokal nach draußen in die Nacht getreten waren. Die Temperatur wurde dem späten Frühling gerecht, es hatte um einige Grade abgekühlt. Gentlemanlike hatte er seine Jacke ausgezogen und um ihre Schultern drapiert.

»Im Grand Hotel Timeo.«

Seine Mundwinkel hatten ein Schmunzeln angedeutet. »Das trifft sich gut, wir auch.«

Der Rest hatte sich ergeben. Die anderen Männer hatten sich noch in der Hotellobby von ihnen verabschiedet und die Treppe genommen. Sie waren zu zweit in den Lift gestiegen, und Carina hatte ihre Tasche geöffnet, um die Schlüsselkarte herauszunehmen – doch dazu war es nicht mehr gekommen.

»Zu dir oder zu mir?« Ihr Fake-Ehemann hatte mit der klischeehaften Frage ihren inneren Gefühlsaufruhr weggefegt und ihr klargemacht, dass sie genau darauf gewartet hatte. Dann hatte er den Knopf zum obersten Stockwerk gedrückt und ohne ein weiteres Wort die Tür zu seiner Suite geöffnet, diese mit einem Fußtritt zugeworfen und seinen Mund auf ihren gepresst.

»Nenn mich doch einfach Ehemann«, erwiderte er jetzt auf ihre Frage nach seinem Namen.

»Das ist idiotisch!« Er erstickte ihre aufbrausende Antwort mit einem Kuss, der sie sogar vergessen ließ, dass ihr Atem sicher alles andere als taufrisch war. In einem derart derangierten Zustand hätte sie bis gestern noch nicht einmal ihr Schlafzimmer verlassen, um eine Wasserflasche aus der Küche zu holen.

»Du denkst schon wieder so laut, Foxy.« Mr-Dark-and-Hot knabberte an ihren Lippen, als ob sie eine Frucht wären, deren Schale er nur vorsichtig durchbeißen müsste, um an das saftige Innere zu gelangen.

»Du kennst mich doch gar nicht.« Sie schob ihn an den Schultern von sich, aber anstatt sich neben ihr auf den Rücken zu drehen, schwang er ein Bein herum und kniete plötzlich über ihr.

»Das stimmt so nicht. Mir fallen auf Anhieb mindestens zehn Punkte deines Körpers ein, die so sensibel sind, dass ich nur darüber lecken muss, um dich zum Stöhnen zu bringen. Zum Beispiel ...«

Er glitt mit seinen Lippen zu ihrem Hals, schob seine Finger in ihre Locken, zog daran und leckte aufreizend über ihre Halsschlagader.

Carina warf stöhnend den Kopf hin und her – und er ließ mit einem Keuchen von ihr ab.

»Wenn du mich umbringen willst, musst du es nur sagen.«

Er hielt sich die Nase an der Wurzel und starrte sie an.

Mit einem Ruck setzte sie sich auf, umfasste sein Gesicht mit beiden Händen und beugte sich vor. Mit dem Daumen schob sie seine Finger weg und küsste sich langsam über den Nasenrücken aufwärts.

»Es tut mir leid, ich wollte dir nicht wehtun«, flüsterte sie gegen seine Stirn.

»Ich fordere Schadenersatz.« Er küsste sie aufs Kinn, das sich auf der Höhe seines Munds befand.

»Und woran hast du gedacht?«

Er lachte leise, rutschte geschmeidig zurück, hob ihre Beine über seine Schultern und beugte sich vor.

Carina vergaß, was sie ihn hatte fragen wollen. Dachte nicht mehr daran, dass sie in der Nacht den größten Fehler ihres Lebens gemacht hatte, als sie Mr-Dark-and-Hot nicht in die Schranken gewiesen und den Lift auf ihrem Stockwerk verlassen hatte. Ihr Benehmen war nicht nur einer Willingdon nicht würdig, nein! Keine Frau mit gesundem Menschenverstand und durchschnittlicher Moral hätte alle Bedenken über Bord geworfen, um einem dunkelhaarigen, undurchschaubaren, zugleich charmanten und ausgesprochen attraktiven Unbekannten in seine Hotelsuite zu folgen, um mit ihm heißen, schmutzigen Sex zu haben.

Zum ersten Mal in ihrem Leben!

Zwar nicht Sex an sich, sondern solchen, der all ihre auch noch so fantasievollen Vorstellungen von einzigartiger, knieerweichender und erfüllender Leidenschaft in den Schatten stellte. Ihre beiden Erfahrungen mit unbekleideten Männern waren dermaßen gefühllos und unbedeutend gewesen, dass Carina sie in die unterste Schublade ihrer Erinnerungen abgelegt und den Schlüssel dazu weggeworfen hatte.

»Ich liebe deinen Geschmack, Foxy.« Seine Stimme drang zwischen ihren Beinen in ihr Innerstes und weiter in ihren Kopf. Mit einem Aufschrei vergrub sie ihre Finger in seinen seidigen Locken, fragte sich zum soundsovielten Mal, wie ein Mann so weiches Haar haben und dennoch ein derart dominanter und befehlsgewohnter Macho sein konnte. Aber im Grunde genommen war er, der nun seine Zunge immer tiefer in sie gleiten ließ und zugleich mit seinem Daumen gegen ihre angeschwollene und von der nächtlichen Überforderung schmerzende Klit schnippte, ein wandelnder Widerspruch.

Aufmerksam und herrisch, charmant und sarkastisch, abstoßend und anziehend. Ein Mann zum Niederknien, doch nicht im klassischen Sinn wie ein Märchenprinz, sondern von einer unterschwelligen Dominanz, die er mit jeder Berührung und mit jedem Blick zum Ausdruck brachte.

Mr-Dark-and-Hot war exakt der Typ, um den vernünftige Frauen einen großen Bogen machten, da seine von Selbstbewusstsein durchsetzte Aura so enorm war, dass sie ihn wie eine riesige Blase umgab, der man sich nicht nähern durfte, wollte man nicht von ihr umschlossen werden.

Und er war der, der sie genau in diesem Moment zu einem weiteren Höhepunkt leckte, der ihrem Gehirn den Sauerstoff entzog und ihren Körper in eine zuckende, bebende Masse verwandelte. Alle Luft wurde aus ihren Lungen gedrängt und wurde zu einem lauten, lustvollen Schrei, der durch die offen stehende Terrassentür nach außen drang. Das Vogelgezwitscher verstummte – nur um erneut, und fröhlicher als zuvor, wiedereinzusetzen. Im selben Moment, in dem er mit seinem muskelgestählten Körper in einer fließenden Bewegung über ihren glitt und er sich mit einem festen Stoß tief in ihr versenkte. Ohne Kondom, wie schon beim ersten Mal. Sie hatte ihn einfach nicht losgelassen, als er aufstehen wollte, nur ihrer inneren Überzeugung vertrauend, dass er nichts tun würde, was ihr schaden könnte. Wobei dies auf Gegenseitigkeit beruhte, da er darauf verzichtete, sie zu fragen, ob sie verhütete.

Carina stöhnte auf und er verschloss ihren Mund mit dem seinen. Sie schmeckte sich auf seiner Zunge, verlor sich in seinen Armen, umklammerte seine Hüften mit ihren Beinen und schob ihre Fersen in die beiden Grübchen, um ihm keinen Freiraum zu gewähren.

Sie hatte irgendwann nicht mehr mitgezählt, hatte keine Ahnung, wie oft sie in dieser unwahrscheinlichen, einem surrealen Märchen ähnelnden Nacht gekommen war. Schreiend und stöhnend und wimmernd, die

Intensität jedes einzelnen Augenblicks auskostend, als ob es der letzte gemeinsame Moment zwischen ihr und ihrem Fake-Ehemann, der sich anfühlte, als ob er zu ihr gehören würde, gewesen wäre.

Was dieser jetzt war.

Sie wusste es, bevor er sich ein allerletztes Mal in ihr ergoss, sich vorbeugte und seine Lippen auf ihre von all den Küssen geschwollenen legte, und mit seiner Zunge in ihren Mund vordrang. Minutenlang saugten sie sich aneinander fest, wieder und immer wieder, sodass keiner von ihnen ein Wort aussprechen konnte.

Weil weder er noch sie das beenden wollten, was zwischen ihnen geschehen war. Carina spürte instinktiv, dass es ihm nicht anders ging als ihr.

Längst war die Nacht dem Tag gewichen und die ersten schwachen Sonnenstrahlen von stärkeren ersetzt worden, die nun in die Suite schienen. Sie schloss die Augen, als einer sie direkt traf – und er löste sich von ihr.

»Was hältst du von einer Dusche, während wir auf das Frühstück warten?«

Sie riss die Augenlider auf, blinzelte wegen des Sonnenlichts. Plötzlich war sein Gesicht vor ihrem. Er sah sie fragend an.

»Du willst nicht, dass ich gehe?«

Er runzelte die Stirn. Eine steile Falte bildete sich oberhalb seiner Nasenwurzel. »Hältst du mich für ein Arschloch, Foxy?«

»Ich kenne dich nicht, um dich in irgendeine Schublade einordnen zu können.«

»Touché. Wobei ich dachte, dass du gemerkt hast, dass diese Nacht zwischen dir und mir ...« Er unterbrach sich abrupt, sah sie nicht mehr an, sondern an ihr vorbei – und schwieg.

»Was?« Sekunden später kam dieses eine Wort nur sehr leise über ihre Lippen, was wohl an dem Funken Hoffnung lag, den sein unvollendeter Satz in ihr entzündet hatte.

»Nichts.« Zögerlich machte er eine wegwerfende Handbewegung, setzte sich zurück, sodass er auf seinen Fersen saß, und fuhr sich mit den gespreizten Fingern beiderseits durch die Haare. Es schien eine hilflose Geste, eine, die nicht zu seinem Alltag gehörte.

Er räusperte sich. »Was ziehst du vor? Kaffee oder lieber Tee? Salzig oder süß?«

Er hatte ihr den Vortritt gelassen, indem er auf die Badezimmertür deutete, während er auf dem hotelinternen Anschluss das Roomservice anrief. Erst als sie fertig angekleidet in den riesigen Wohnraum getreten war und ihn in schwarzer Hose und ebensolchem Hemd vor sich sah, hatte sie begriffen, dass seine Suite offenbar noch ein zweites Schlafzimmer mit eigenem Bad hatte. Sie hätte ihm gern die Finger in die vom Duschen feuchten Haare geschoben, aber plötzlich hatte es sich falsch angefühlt. Dieser Mann mit dem undurchschaubaren Blick, dem sie in der Nacht so nahegekommen war wie noch nie jemandem zuvor, war ein Enigma auf zwei Beinen.

Jetzt saßen sie schweigend auf der Terrasse der Suite an dem runden schmiedeeisernen Tisch, dem ein riesiger Sonnenschirm Schatten spendete. In weiter Ferne erhob sich majestätisch der Ätna. Eine einzelne weiße Wolke schwebte oberhalb des Vulkans wie ein Heiligenschein im wolkenlosen Himmel. Unterhalb des Hotels ergoss sich ein Meer aus Blüten und Bäumen über den Steilhang, dazwischen die serpentinenreiche Straße, die auf Meeresniveau in die an der Küste entlang führende mündete. Auf dem dunkelblauen Wasser konnte man vereinzelt weiße Schaumkrönchen vermuten, die der Wellengang des Ionischen Meers erzeugte, wo er auf die steinerne Küste traf.

Carina trank eine Tasse Tee, er tat es ihr gleich.

Sie griff nach einem mit Marmelade gefüllten Cornetto, er ebenfalls.

Als sie das Glas mit dem frisch gepressten Orangensaft an die Lippen setzte, kam er ihr den Bruchteil einer Sekunde zuvor, indem er dasselbe tat.

Sie verbiss sich ein Schmunzeln, nahm ein Stück von dem kleinen weißen Holzofenbrötchen und riss es entzwei. Dann öffnete sie eine Hälfte mit den Fingern, versenkte den Löffel in dem frischen Ricotta aus Schafsmilch, füllte das Brot und biss hinein. Genussvoll stöhnte sie leise – und hörte ihn lachen.

Sie schaute auf und kämpfte erfolglos gegen das heitere Glucksen an, das aus ihrer Kehle hochstieg. Er hielt in seiner Hand ein Stück Holzofenbrot, aus dem Ricotta quoll.

»Vielleicht sollten wir unsere befristete Ehe verlängern, Foxy.«

Sie verschluckte sich an dem Bissen, den sie soeben in den Mund geschoben hatte. Er sprang auf und schlug ihr sanft auf den Rücken, reichte ihr das Glas mit dem Orangensaft.

»Du bist verrückt«, stieß sie aus, als sie wieder Luft bekam.

»Wenn mir das bis gestern irgendjemand gesagt hätte, wäre er unter meinem eisigen Blick erfroren.«

Sie glaubte ihm. Zwar kannte sie immer noch nicht seinen Namen, denn selbst die rasche Umschau in der Suite nach einem Hinweis in Form eines Ausweises oder sonstigen Papiers war erfolglos gewesen – doch sie glaubte ihm.

»Und weshalb ist mir jetzt nicht kalt?« Im Gegenteil, ihr war schon wieder schrecklich heiß. In ihrer Körpermitte schien ein Feuer ausgebrochen zu sein.

»Weil ich über Nacht verrückt geworden bin.« Er unterbrach sich, fixierte sie. »Nach dir.«

Sie verschluckte sich nur nicht, da sie nichts im Mund hatte. Wie ein Fisch am Trockenen schnappte sie nach Luft, suchte nach Worten, fand keine, ließ es.

»Ich habe keine Ahnung, warum wir beide uns ausgerechnet hier in Taormina über den Weg gelaufen sind«, fuhr er nachdenklich fort. »Nenn es Kismet, Schicksal, Karma. Was auch immer der Grund dafür ist, ich bin nicht bereit, dich nach dem Frühstück gehen zu lassen.«

»Du bist verrückt.«

»Du wiederholst dich.«

»Ich bin mit Freundinnen hier. Wir machen Urlaub.«

»Womit du mir gegenüber im Vorteil bist.«

»Warum?«

»Du bist zum Vergnügen hier, ich habe Verpflichtungen. Allerdings keine, die mich vierundzwanzig Stunden rund um die Uhr vereinnahmen. Was hältst du davon, heute Abend mit mir essen zu gehen?«

Carina war sich sicher, dass er ihre Aufregung an ihrer Halsschlagader erkennen konnte, so stark konnte sie ihren rasenden Puls fühlen.

»Mit deinen Freunden?«

»Wenn du deine Freundinnen mitbringst, ja. Ansonsten würde ich es vorziehen, mit meiner Fast-Ehefrau die Zweisamkeit zu genießen.« Er zwinkerte ihr zu, griff nach ihrer Hand und küsste sanft ihre Fingerspitzen.

Carinas Herz überschlug sich mehrfach.

Sie hatte nicht die geringste Ahnung, was Suzanne, Cynthia und Ruby gemacht hatten, nachdem sie ihr gestern etwa um Mitternacht zugewinkt hatten, um mit den beiden Italienern und dem Wikingertypen die Bar zu verlassen. Nur eines war sicher. Sie wollte sie keinesfalls dabeihaben, wenn sie ...

»Ich werde das klären und dann gebe ich dir Bescheid. Gib mir deine Handynummer, damit ich dir eine Nachricht schicke.«

»Netter Versuch, Foxy.«

»Was meinst du?«

»Du denkst, dass du über meine Telefonnummer an Informationen über mich kommst, aber ich muss dich enttäuschen. Ich habe kein Handy bei mir. Außerdem ist die Vorfreude doch die schönste Freude, heißt es. Ich verspreche dir, dass ich dir heute Abend meinen Namen verrate. Wir treffen uns um acht in der Lobby. Zu zweit oder in Begleitung, ganz wie du willst. Ich lasse mich überraschen.« Er beugte sich vor, hob eine silberne Cloche an und stellte eine der beiden kleinen Tassen, die darunter warm gehalten wurden, vor ihr ab. »Zucker?«

Carina schüttelte den Kopf.

Er lachte, griff nach seinem Espresso und kippte ihn zugleich mit ihr mit einem Schluck. Dann schob er seinen Stuhl zurück, erhob sich und rückte den ihren zurecht, damit sie aufstehen konnte.

An der Tür der Suite reichte er ihr ihre Tasche und küsste sie sanft auf die Lippen. Erst dann öffnete er und dirigierte sie mit einer Hand zwischen ihren Schulterblättern nach draußen. Carina ging davon aus, dass er zurücktreten und hinter ihr schließen würde, noch bevor sie nur zwei Schritte gemacht hätte. Hingegen blieb seine Berührung an ihrem oberen Rücken bestehen. Erstaunt drehte sie sich zu ihm um.

»Ich wäre ein schrecklicher Ehemann, wenn ich dich nicht zu deinem Zimmer begleiten würde, Foxy.« Sein Schmunzeln und die Tatsache, dass er ihren Gedanken erraten hat, erfüllte sie mit Wärme. Er war perfekt! Doch das musste er nicht wissen ...

»Du wärst ein entsetzlicher Ehemann, wenn du nicht mit mir dasselbe Zimmer teilen würdest.«

»Seid ihr immer noch im Spielmodus?«, fragte ein Mann lachend unweit von ihnen. Er entpuppte sich als ihr namenloser Schwager. Und er war nicht der Einzige, der ebenfalls wieder komplett schwarz gekleidet wie am Vorabend auf dem Flur war. Auch ein anderer der Freunde ihres Fake-Ehemanns stand ein paar Meter weiter und nickte ihnen wortlos zu.

»Kümmere dich um deine eigenen Angelegenheiten«, knurrte Mr-Dark-and-Hot und schob Carina vor sich her zum Lift.

»Schaffst du es pünktlich?«, rief sein Bruder ihnen nach.

Ohne sich umzudrehen, hielt ihr Fake-Ehemann den ausgestreckten Mittelfinger hoch und beugte seinen Kopf an ihr Ohr. »In welchem Stockwerk ist dein Zimmer?«

»Gleich unter diesem, aber fast auf der anderen Seite.«

Er nickte. »Dann lass uns die Treppe nehmen.«

Als sie den Flur auf ihrem Stockwerk betraten, stand dort ein weiterer schwarz gekleideter Mann, der sie auf Englisch grüßte. Nach etwa zwanzig Metern, als sie ihrem Zimmer näher kamen, der nächste. Stirnrunzelnd erwiderte Carina auch dessen Gruß, dann blieb sie stehen und wandte den Kopf.

»Wer um Himmels willen bist du?«

»Immer noch dein Ehemann auf Zeit.« Er wich ihrem Blick aus.

Sie hob den Arm, legte zwei Finger an seine Wange und zwang ihn, sie anzusehen. »Diese Männer sind nicht deine Freunde, richtig?«

»Wie kommst du darauf?« Er wirkte schockiert. »Natürlich sind sie das.«

»Das kannst du besser«, zischte sie. »Versuch es noch einmal. Was ist der Grund, weshalb sie rein zufällig im ganzen Hotel herumstehen, noch dazu genau dort, wo du vorbeikommst?«

»Zufall.« Er zuckte mit den Achseln.

Sie wandte sich ab und schüttelte ihre Schulter, um seine Hand loszuwerden. Mit weit ausholenden Schritten eilte sie zu ihrem Zimmer, holte die Key Card aus ihrer Tasche und hielt sie vor den Scanner. Die Tür entriegelte sich mit einem Klicken. Carina stieß sie auf, trat ein und wollte ihr einen Stoß versetzen, doch sie schloss sich durch den eingebauten Mechanismus gebremst nur langsam. Einer seiner unbestritten handgenähten eleganten Schuhe schob sich über die Schwelle. Sie seufzte tief und ließ zu, dass er seine Hand von außen auf die Klinke legte und im Türeinlass stehen blieb.

»Lass uns nicht so auseinandergehen, Foxy. Was willst du wissen?« Das dunkle Braun seiner Iriden glänzte wie flüssige Schokolade, was an der künstlichen Beleuchtung liegen musste. Alles andere war für einen Mann wie ihn undenkbar.

Ihr Magen zog sich schon wieder zusammen, doch diesmal lag es nicht an den Gefühlen, die er in ihr auslöste – zumindest nicht nur. Carina war zwar beschützt und behütet aufgewachsen, aber sie war nicht weltfremd. Verdammt, sie hatte Journalismus studiert, diverse Praktika absolviert, hatte recherchiert und sich über so viele Vorkommnisse auf der Welt echauffiert, dass sie sich aktiv in verschiedenen Causas eingebracht hatte. Verbrechen an Frauen und Kindern, solche an der Umwelt, Giftmüll und Kriege, wirtschaftliche Sanktionen im Namen des Friedens, die in Wahrheit als Deckmantel der unermesslichen Gier der Superreichen dienten ... nichts war ihr fremd. Sie wusste, wenn etwas faul war.

Und dieser Mann, der sie eine Nacht lang hatte wünschen lassen, dass er dasselbe in ihrer Gegenwart fühlte wie sie in seiner – entsprach genau dem Namen, den sie ihm im Stillen gegeben hatte. Mr-Dark-and-Hot. Ja, er war unbestritten heiß und hatte sie weit mehr berührt, als es für eine oberflächliche Bekanntschaft an einem Urlaubsort guttat. Aber er war vor allem dunkel. Nicht nur visuell wegen seiner pechschwarzen Locken und der Augen, deren Iriden fast mit den Pupillen verschmolzen. Auch nicht aufgrund der schwarzen Kleidung, die einen unnahbaren, unterkühlten Eindruck vermittelte. Allein sein Auftreten, die riesige Suite, die er in diesem Hotel der absoluten Luxusklasse bewohnte, die Art, sich auszudrücken, die Nonchalance, mit der er sich bewegte, schlichtweg alles an ihm schrie nach Reichtum und Macht. Doch wenn andere Frauen deshalb ehrfurchtsvoll erstarren würden, wobei ihr prompt die drei einfielen, mit denen sie gemeinsam studiert hatte, sie fühlte sich nicht eingeschüchtert. Wie denn auch? Sie selbst gehörte einer der wohlhabendsten

Familien des britischen Empires an. Doch soweit sie wusste, hatte sich die ihre im Laufe der Jahrhunderte keiner Gewalttaten schuldig gemacht, wenn man davon absah, dass manch einer ihrer Vorfahren für den König oder die Königin gegen Feinde des Königreichs in den Krieg gezogen waren. Aber dieser Mann, der sie immer noch abwartend ansah, der von Freunden umgeben war, die ihm offenbar auf Schritt und Tritt folgten, um ihn ...

»Du behauptest, dass sie deine Freunde sind. Ich denke, dass sie deine Bodyguards sind. Wer um Himmels willen bist du?«

Er zuckte nicht mit der Wimper. Stattdessen hob er die Hand und berührte damit sanft ihre Wange. Reflexartig schmiegte sie sich in seine Handfläche und atmete tief durch.

»Ich habe dir versprochen, dir meinen Namen heute Abend zu verraten, Foxy. Im Gegenzug will ich dann auch deinen wissen.«

»Den kann ich dir sofort ...«

Er unterbrach ihren Einwurf, indem er sich vorbeugte und ihren Mund mit dem seinen verschloss. Sein Kuss war sanft und zärtlich und dauerte nicht länger als der Flügelschlag eines Kolibris, und doch wurden ihre Knie weich.

»Ich liebe es, zu Weihnachten allen anderen zuzusehen, während sie ihre Geschenke auspacken und die Vorfreude auf den Moment steigt, an dem ich meine zuletzt öffne.«

Schon wieder eine Gemeinsamkeit. »Ich auch«, gestand sie flüsternd.

»Dann lass uns doch unser wundervolles Spiel noch bis heute Abend fortsetzen.« Er lächelte bei ihrem Nicken und strich ihr erneut über die Wange. »Ich werde es in den kommenden Stunden genießen, mich auf das Treffen mit meiner Ehefrau zu freuen.«

Ihr Puls beschleunigte. »Schade, dass du an einem so wundervollen Ort wie Taormina arbeiten musst.«

»Ich kenne viele schöne Orte auf der Welt, Foxy, aber auch hässliche, und es macht keinen Unterschied, wo ich mich aufhalte, denn ich arbeite immer.«

Sie runzelte die Stirn.

»Wir sind im Securitysektor«, antwortete er knapp. »Du hattest also nicht unrecht, meine Freunde als Bodyguards zu bezeichnen. Im weitesten Sinne sind wir das alle.«

Das war zwar nicht viel, aber zumindest eine Erklärung, die Carina aufatmen ließ. Das klang nicht danach, als ob er zu den Bösen gehörte.

»Und was wirst du heute machen, bis wir uns wiedertreffen, Foxy?«

Sie blinzelte kurz. »Zuerst werde ich herausfinden, wo meine Freundinnen sind. Möglich, dass sie schon ohne mich ans Meer gefahren sind, aber auf jeden Fall werde ich den Nachmittag mit ihnen verbringen. Und vielleicht kann ich noch Karten für eine weitere Aufführung bekommen, die gestrige war wundervoll.«

Er zog die Augenbrauen hoch und wirkte einen Moment lang irritiert.

»Gestern, bevor wir beide uns kennenlernten, waren wir bei der Tanzaufführung drüben im Teatro Greco«, erklärte sie. Er schaute sie immer noch schweigend an. »Hast du schon einmal von Jorge gehört, dem Flamenco-Tänzer?«

Seine Augen weiteten sich für den Bruchteil einer Sekunde, dann schüttelte er den Kopf.

»Ist ja nicht so wichtig. Es gibt nicht so viele Männer, die sich dafür interessieren.« Carina machte eine wegwerfende Geste. »Aber ich liebe jede Art von Tanz. Falls ich also noch Karten für eine andere Aufführung bekommen kann, werde ich sie nehmen. Auch nur für mich allein, denn meine Freundinnen haben gestern kein großes Interesse gezeigt. Oder willst vielleicht du ...?«

Er schüttelte den Kopf. »Wir reisen morgen ab.« Sie meinte, ein leises Brummen zu hören, als er die Hand in seine rückwärtige Hosentasche schob und mit zwei Fingern ein Handy herauszog. Stirnrunzelnd schaute er auf das Display. Rasch beugte er sich vor und küsste sie auf die Wange. »Wir sehen uns heute Abend um acht in der Lobby.«

Ihr Mr-Dark-and-Hot war ein Lügner.

Von wegen, er hatte kein Handy. Er hielt das iPhone, das sie unschwer als das letzte Modell erkannt hatte, an sein Ohr, während er eilig den Flur entlang in die Richtung ging, aus der sie gemeinsam gekommen waren. Der am nächsten stehende seiner Freunde ließ ihn vorbei und folgte ihm. Weiter vorn, wo er in das Treppenhaus abbog, verschwand der zweite ebenfalls.

Was auch immer er – außer seinem Namen – verschwieg, heute Abend würde sie ihm keine Gelegenheit geben, sich in weiteren Ausflüchten zu ergehen. Sie wollte so viel wie möglich von ihrem Fake-Ehemann wissen.

Wie hatte er gestern gesagt? *»Bevor ich es vergesse, Foxy. Ich verliere nie. Ich gewinne immer. Merk dir das.«* Nun, er wusste nicht, dass sie ihm darin nicht nachstand. Carina liebte Herausforderungen, vor allem aber hatte sie im sprichwörtlichen Sinn Blut geleckt. Mr-Dark-and-Hot gefiel ihr mehr als jemals ein Mann zuvor. Ihr Nonno hatte immer gesagt »Batti il ferro finché è caldo«, was bedeutete, dass man Eisen schlagen sollte, solang es heiß war. Er war ein weiser alter Mann gewesen, ein Italiener von der schweigsamen, tiefgründigen Sorte. Sie würde sich seinen Rat zu Herzen nehmen und heute Abend – und hoffentlich auch in der darauffolgenden Nacht – herausfinden, ob in dem Spiel mit ihrem Fake-Ehemann eine zweite Runde möglich war. Denn nichts wünschte sie sich mehr als diesen Mann, der nicht nur von ihrem Körper Besitz genommen hatte, sondern ihr so sehr unter die Haut ging, dass schon jetzt die Distanz zu ihm schmerzte, wieder festzuhalten.

Kapitel 3

Die Tür ihres Hotelzimmers fiel leise ins Schloss, während Carina die Sneakers von den Füßen trat, ihre Handtasche aufs Bett fallen ließ und zum Nachttisch ging, auf dem ihr Handy lag. Unmittelbar neben dem Hoteltelefon, an dem ein rotes Lämpchen aufgeregt blinkte. Sie nahm den Hörer ab, klemmte ihn zwischen Kopf und Schultern fest, wählte die neun und griff dann nach ihrem Smartphone. Sicher hatten Suzanne, Cynthia und Ruby ihr eine Nachricht hinterlassen.

»Lady Byron, gut, dass Sie sich melden.« Die sonore Stimme des Concierge klang unaufgeregt, sein nachfolgender Satz hingegen versetzte Carina in Aufruhr. »Der Earl of Willingdon hat in der letzten Stunde mehrmals versucht, Sie zu erreichen. Er ersucht um Rückruf.«

Der Hotelbedienstete hatte noch nicht ausgesprochen, da sah sie bereits auf dem Display ihres Handys fünf Anrufe in Abwesenheit. Alle von ihrem Vater. Sie murmelte einen Dank und drückte seine Kurzwahl.

»Dad?«

»Carina, du musst jetzt ruhig bleiben.« Er verlangte von ihr das, was er selbst nicht war. Seine Stimme bebte. Und seine Stimme bebte nie! Er war das personifizierte Abbild des perfekten und in sich ruhenden Adeligen, den nichts erschüttern konnte.

Carina sank kraftlos auf die Bettkante. »Was ist passiert?«

»Deine Mutter und deine Großmutter hatten auf dem Weg zur monatlichen Zusammenkunft der Horticultural Society einen Unfall.«

Carina schrie auf.

»Bleib ruhig, mein Kind. Sie sind am Leben.«

Es war der Klang, der seine Worte untermalte, die ihr suggerierten, dass er sich das Wörtchen »noch« verkniff.

»Dein Flug geht in knapp drei Stunden von Catania. Ein Wagen ist bereits beim Hotel, um dich abzuholen. Beeil dich bitte.«

Er unterbrach das Gespräch abrupt und grußlos.

So konfus wie das Verhalten ihres Vaters reagierte sie.

Sie sprang auf, warf den Koffer aufs Bett und den Inhalt des Schranks hinein. Dann hielt sie kurz ein, zerrte die Bluse über den Kopf und fischte die am wenigsten zerknitterte heraus, um sie anzuziehen. Die Kosmetikartikel wischte sie mit einer einzigen Bewegung direkt von der marmornen Ablage im Badezimmer in das Necessaire. Sie nahm sich nicht die Zeit, einen Hotelpagen zu rufen, sondern zog den großen Trolley selbst durch den langen Flur zum Lift.

Als sich die Türen in der Lobby öffneten, kam der Concierge rasch hinter dem Tresen hervor und eilte auf sie zu. Mit unbeweglichem Gesichtsausdruck griff er nach dem Koffer und deutete ihr vorzugehen. Der Chauffeur stieg aus der unmittelbar vor dem Eingang geparkten Limousine, grüßte sie mit einem Nicken und übernahm den Trolley.

»Meine Freundinnen ...« Ihre Stimme war nahezu tonlos.

Der Concierge unterbrach sie sofort. »Der Earl of Willingdon hat mir aufgetragen, die Damen über den

Grund Ihrer überstürzten Abreise zu informieren, und mitgeteilt, dass alle getroffenen Vereinbarungen für deren Aufenthalt aufrecht bleiben.«

Sie nickte und schaute auf die Hand, die ihr der Mann reichte. Das tat er nie. Niemand seiner Position auf der ganzen Welt tat es. Wenn, dann nur, um Trinkgeld entgegenzunehmen und diskret einzustecken. »Alles nur erdenklich Gute für Sie und Ihre Familie, Lady Byron. Ich bin sicher, dass wir Sie bald wieder alle gemeinsam bei uns begrüßen dürfen.« Das Letzte, was Carina tat, bevor sie in den Wagen stieg, war, seinen Händedruck zu erwidern.

Das war das Erste, woran sie sich erinnerte, als sie aus dem Flugzeugfenster nach unten auf die sizilianische Küste schaute. Die Fahrt, den Check-in und die Passkontrolle hatte sie wie in dichten Nebel gehüllt erlebt. Als Taormina in Sicht kam, hoch oben auf dem Felsen und von der strahlenden Sonne beschienen, verschleierte sich Carinas Blick. Sie hatte vergessen, dem Concierge aufzutragen, Mr-Dark-and-Hot eine Nachricht zu überbringen. Tränen kullerten lautlos über ihre Wangen, als ihr klar wurde, dass sie sich lächerlich gemacht hätte, wenn sie ihren Fake-Ehemann, diesen namenlosen, hinreißenden, sexy Unbekannten, einem Fremden gegenüber so genannt hätte.

Vielmehr ... ein Gedanke kam ihr in den Sinn und verflüchtigte sich wieder.

Sie bestellte sich bei der Hostess einen Kamillentee. Während sie den Tee trank, reifte ein Plan in ihr.

Selbstverständlich würde der Wagen ihres Vaters in Heathrow auf sie warten und sie direkt in die Klinik bringen. Sobald sie sicher war, dass Mummy und Granny rasch wieder gesund würden – denn davon war sie überzeugt –, würde sie im Grand Hotel Timeo anrufen.

Sie warf einen Blick auf ihre Armbanduhr und starrte das Ziffernblatt an. Dann seufzte sie auf. Das sollte klappen. Wenn alles nach Plan lief, würde sie heute Abend um exakt acht Uhr mit dem Mann sprechen, der in der Lobby des Grand Hotel Timeo auf sie warten würde.

Doch wie immer im Leben war das Schicksal nicht beeinflussbar. Es agierte eigenständig und wuchs zu einem riesigen Gebilde heran, das wie das Schwert des Damokles sämtliche Hoffnungen und Pläne zerschnitt und pure Verzweiflung einerseits und Ratlosigkeit andererseits zurückließ.

Dreizehn Tage nach ihrer übereilten Rückkehr aus Taormina stand Lady Carina Mary Ann Byron unweit der Privatkapelle neben ihrem Vater Alistair Byron, dem Earl of Willingdon. Die blütengeschwängerte Luft und das Summen der Insekten verhöhnten den Akt, sowie der strahlend blaue Himmel an diesem Junitag schienen die Trauernden zu verhöhnen, die sich im wundervollen Park von Willingdon Castle zusammengefunden hatten. Als der Priester die dunklen Eichensärge segnete und ihr Vater ihren Arm losließ, um die langstieligen Rosen auf die beiden Särge seiner Frau und seiner Mutter zu legen, strauchelte sie. Jemand umgriff ihren Ellenbogen und stützte sie. Sie wandte weder den Kopf noch dankte sie, interessierte sich nicht dafür, wer ihr in diesem Moment der Schwäche geholfen hatte. Es war unwichtig.

Stattdessen trat sie nun an die Stelle ihres Vaters und wiederholte seine Gesten, wie sie es zuletzt vor acht Jahren gemacht hatte. Sie drehte ihren Kopf nahezu unmerklich ein wenig nach rechts zum Grab ihres Bruders. Ihr Blick flackerte kurz, doch der Hutschleier, der ihr Gesicht bis zu den Lippen bedeckte, machte es den Umstehenden aus der Entfernung unmöglich, dies zu erkennen. Mechanisch, wie eine steife Puppe, legte sie die Rosen auf die reich verzierten Särge, in denen ihre Mum und ihre geliebte Granny lagen. Sie war keiner Tränen fähig. Die hatte sie bereits alle geweint.

Daher ertrug sie auch die Beileidsbekundungen derjenigen, die sich in Dutzenden an ihr vorbeischoben, mit versteinertem Gesicht. Irgendwann spürte sie ihre Finger in den hauchzarten schwarzen Netzhandschuhen nicht mehr, war nur froh, dass diese sie vor all den Berührungen schützten. Es waren so viele Menschen gekommen, von denen sie einige noch nie gesehen hatte, dass sie den Überblick verlor.

Doch eines wurde ihr bewusst. Diejenigen, die in den vergangenen vier Jahren nicht nur das Studium an der LSJ, sondern im Grunde genommen ihr Leben geteilt hatten, waren nicht hier. Cynthia und Ruby hatten nach ihrer Rückkehr aus Sizilien ein an ihren Vater und sie gerichtetes Dankschreiben geschickt und ihnen darin zugleich ihr Beileid ausgedrückt. Suzanne hatte ihr am auf den Unfall folgenden Tag geschrieben, dem letzten der beiden Frauen, die wenige Stunden nach ihrer Einlieferung in der Klinik verstorben waren. Carina war zu spät gekommen, um sich von ihnen zu verabschieden.

Die Nachricht des tragischen Todes der Mutter und der Gattin des Earl of Willingdon, die ihren Bentley selbst steuerte, als ein Lastwagenfahrer die Kontrolle über sein Fahrzeug verlor und frontal in den schweren Wagen donnerte, hatten alle nationalen und auch internationalen Medien gebracht. Carina hatte ihrer Freundin einsilbig geantwortet. Dennoch war Suzanne vor einigen Tagen aus London gekommen, um ihr und Dad persönlich das Beileid auszusprechen und sich zu entschuldigen, dass sie der Beerdigung nicht beiwohnen konnte. Sie hatte überraschend eine Anfrage der hippen Frauenzeitschrift erhalten, bei der sie im Vorjahr ein Praktikum absolviert hatte, und bereits gestern die Mutterschaftsvertretung einer Redakteurin übernommen.

»Wenn Sie Beistand brauchen, Countess, so wenden Sie sich vertrauensvoll an mich.«

Carina begriff erst, dass der Priester mit dieser Anrede sie meinte, als dieser ihre Hand nahm und sie behutsam drückte. Ein eiskalter Schauer löste sich in ihrem Nacken und breitete sich von dort in ihrem ganzen Körper aus.

»Ich will diesen Titel nicht«, schrie sie am selben Abend ihrem Vater ins Gesicht, der sie zu einer dringenden Aussprache in sein Arbeitszimmer gebeten hatte.

Er erhob sich und umrundete seinen Schreibtisch. Die schweren schleppenden Schritte zeugten davon, wie sehr er unter dem Verlust seiner geliebten Frau und seiner Mutter litt. Nicht weniger als sie selbst.

»Entschuldige, Dad.« Sie warf sich in seine Arme und spürte, dass er sich nicht minder an ihr festklammerte als sie sich an ihm.

»Da gibt es nichts zu entschuldigen, Carina. Ich weiß genau, wie du dich fühlst, aber ...«

Sie schob ihn von sich und blickte ihn argwöhnisch an.

»In einem solchen Moment kann es kein Aber geben, Vater. Das Einzige, was wir beide jetzt brauchen, ist Zeit. Zeit, um zu trauern. Zeit, um zu begreifen, wie unser Leben von nun an weitergehen soll.«

»Die haben wir nicht, Carina. Es gibt gesellschaftliche Regeln, die einzuhalten sind.«

»Die beim Tod eines nahen Verwandten ein Trauerjahr vorsehen. Wir haben zwei am selben Tag verloren! Und damals, als William starb ...«

Er ließ sie nicht weitersprechen, wischte ihren begonnenen Einwand mit einer herrischen Geste vom Tisch.

»Du kannst seinen Tod nicht mit dem deiner Mutter vergleichen, Carina!«

Sie zuckte zusammen.

»Wie erlaubst du dir nur, den Tod deines Sohnes nicht auf dieselbe Stufe zu stellen wie den deiner Frau?« Nur mühsam hielt sie sich zurück, ihre Arme anzuheben und ihn an den Schultern zu packen und zu rütteln.

»Du willst mich unbedingt missverstehen. Dabei bist du doch eine intelligente junge Frau, Carina.« Er schüttelte den Kopf, wirkte hilflos.

Sie knirschte mit den Zähnen. »Dann erklär mir bitte, wie du das gemeint hast.«

»Du bist jetzt in den Augen aller die Countess of Willingdon, Carina. Das bringt Verpflichtungen mit sich. Die gesellschaftlichen musst du nicht vor Ende des Tauerjahrs wahrnehmen. Niemand erwartet von dir, dass du sofort in der Royal Horticultural Society den Platz deiner Mutter einnimmst, dich in unserer Loge im Royal Opera House zeigst oder gar auf Empfängen und Bällen in London erscheinst. Es gibt jedoch Papiere, die wir gemeinsam mit unseren Anwälten durchgehen müssen. Unter anderem Besitzurkunden von Immobilien, die auf dich übergehen, weshalb du sie sichten musst. Das Hauspersonal kennst du zwar, doch nun ist nicht mehr deine Mutter da, um ihnen Anordnungen zu erteilen. Du wirst nicht umhinkommen, dies umgehend in die Hand zu nehmen, das geduldet kein Jahr Aufschub. Und außerdem ...«

»Vater!« Sie schnitt ihm mit dem eiskalten, schneidenden Ausruf das Wort ab.

Seine Schultern schienen noch ein wenig nach unten zu sacken, und plötzlich wirkte er nicht mehr wie der mächtige Earl of Willingdon, sondern war ein Mann, der in den zurückliegenden zwei Wochen mindestens um zehn Jahre gealtert war.

»Du wirst nicht umhinkommen, dich deinen Verpflichtungen zu stellen, Carina. Du bist die letzte Byron, die noch außer mir am Leben ist. Du wirst den Titel der Willingdons weiterführen, bis du ihn an deinen Sohn abtreten kannst.«

»Heiraten soll ich also auch gleich?« Carina lachte hysterisch auf.

»Nicht sofort, nein, obwohl dies der Wunsch deiner Mutter war. Doch nun muss natürlich das Trauerjahr rigoros eingehalten werden. Sie hatte zu deinem fünfundzwanzigsten Geburtstag im nächsten Monat ein Fest geplant und wollte dir bei der Gelegenheit den Neffen der Großcousine der Königin ...«

Carina konnte das Lachen nicht zurückhalten. Es war sicher nicht damenhaft, schon gar nicht ladylike, in jedem Fall ziemte es sich nicht für die frisch gebackene Countess of Willingdon, noch dazu wenige Stunden nach der Beerdigung, aber sie konnte nicht anders. Allein die Vorstellung, wie ihre Mutter, eine in Sizilien in einer bürgerlichen Familie geborene Italienerin, mit irgendwelchen über sieben Ecken mit der Königin verwandten Adeligen ihren zukünftigen Ehemann ausgewählt hatte, war zu komisch.

»Carina!« Ihr Vater hatte sich plötzlich zu seiner Normalgröße erhoben, die Schultern begradigt und das Kreuz durchgedrückt, und funkelte sie an. »Ich lasse nicht zu, dass du über deine verstorbene Mutter lachst.«

»Und ich lasse nicht zu, dass du weiterhin über mein Leben entscheidest, als ob wir im viktorianischen Zeitalter hängen geblieben wären. Ich bin seit fast sieben Jahren volljährig. Dennoch habe ich mich bisher immer deinen Regeln unterworfen. Ich habe niemals Drogen probiert, nicht einmal einen Joint geraucht, mich nie betrunken. Nachweislich habe ich noch nie gegen die Straßenverkehrsordnung verstoßen, nicht ein einziges Mal falsch geparkt. Mein Studium habe ich nicht nur in der vorgeschriebenen Zeit, sondern als beste meines Jahrgangs abgeschlossen. Ich habe niemals auch nur das geringste getan, was gegen die Regeln«, sie spuckte das Wort aus und unterstrich es mit in die Luft gemalten Gänsefüßchen, »verstößt. Die der scheinheiligen adeligen Gesellschaft unseres Landes, die hinter hohen eisernen Zäunen ihre Gier nach Drogen, Alkohol und Sex auslebt. Wohlgemerkt nicht nur solchen, der als einvernehmlich unter Volljährigen bezeichnet werden kann. Aber weißt du was?«

Carina holte tief Luft, weil sie ohne Punkt und Komma gesprochen hatte. Sie ging davon aus, dass ihr Vater jetzt jedes einzelne ihrer Argumente auseinandernehmen würde. Doch nichts dergleichen geschah. Er legte nur den Kopf ein wenig schräg und sah sie abwartend an.

»Obwohl wir im einundzwanzigsten Jahrhundert leben, habe ich mich nach Williams Tod deinem, Mutters und Großmutters Willen untergeordnet. Ich tat es, weil ich dachte, dass es euren und meinen Schmerz um unseren Verlust ein wenig erträglicher machen würde. Mittlerweile habe ich begriffen, dass nichts etwas daran ändern kann, dass dein einziger männlicher Nachkomme, der rechtmäßige Erbe deines Titels, nicht mehr am Leben ist. Und aus diesem Grund, Vater, hatte ich bereits vor dem Studienabschluss einen Entschluss gefasst. Eigentlich wollte ich diesen euch allen nach meiner Rückkehr aus Taormina mitteilen, aber wie wir beide wissen ...«

Sie brach ab und schluckte, starrte dabei auf ihre Schuhspitzen, als ob sie dort den Mut finden würde, weiterzusprechen.

»Sprich es aus, Carina.«

Erstaunt schaute sie auf und sah im Gesicht ihres Vaters – nichts von dem, was sie erwartet hatte. Weder Zorn noch Unruhe noch Anspannung. Er stand einfach nur da und wartete.

»Ich reise morgen ab.«

Er nickte. »Wohin?«

»Ich weiß es nicht. Ich werde zum Flughafen fahren und den ersten Flug nehmen, auf dem ich einen Platz bekomme.«

Ihr Vater nickte erneut. »Wie lange?«

Sie zuckte mit den Achseln. »Ein paar Monate, ein Jahr, vielleicht auch zwei.«

Alistair Byron, der Earl of Willingdon, seufzte tief, bevor er seine Tochter in die Arme nahm und sie eng umschlungen minutenlang an sich drückte.

»Wie gern hätte ich in deinem Alter deinen Mut gehabt und mich gegen meinen Vater und die Erwartungen meiner Familie aufgelehnt, Carina. Mach du, was ich damals nicht getan habe, mein Kind. Bereichere dein Leben. Erweitere deinen Horizont. Ich werde auf dich warten, und wann immer du bereit bist, zurückzukehren, werde ich jede deiner Entscheidungen akzeptieren.«

Als sie am darauffolgenden Abend während ihres Zwischenstopps in Dubai auf der Flughafentoilette ihre

Necessaire öffnete, entdeckte sie eine schwarze Amex auf ihren Namen und eine zweite normale Kreditkarte für Carina Rossetti. Die beiden steckten in einem kleinen Kuvert, in dem eine handschriftliche Notiz ihres Vaters lag.

Damit du jederzeit entscheiden kannst, ob du offiziell als die Frau auftreten willst, als die du geboren wurdest, oder die, die du in deinem Innersten immer gewesen bist. In Liebe, Dad.

Ihre Mutter war in Sizilien als Maria Rossetti zur Welt gekommen.

Kapitel 4

Drei Jahre und zehn Monate später.

Flüchtlingslager Jabalia Camp, Gazastreifen.

»Runter, Rossetti!« Der Schrei kam den Bruchteil einer Sekunde vor dem ohrenbetäubenden Knall, der Staub aufwirbelte und kleine Steinchen wie Geschosse durch die Gegend wirbelte. Carina knickte in den Knien ein, zog den Kopf zwischen die Schultern, verschränkte die Arme hinter dem Nacken und schloss die Augen. Die Druckwelle der Granate, die kaum dreißig Meter von ihnen entfernt eingeschlagen hatte, riss sie aus ihrer hockenden Stellung. Sie flog zur Seite und krachte mit dem linken Arm gegen den Radkasten des Jeeps. Der stechende Schmerz zog sich durch ihren ganzen Körper und raubte ihr den Atem. Sie japste nach Luft, ließ sich auf ihren Hintern fallen und lehnte sich zurück. Nur war dort nichts, und so knallte sie mit dem Kopf auf den Boden. Das Geräusch des Aufpralls des metallenen Helms war weit weniger laut als der in ihren Ohren. Ein durchdringender schriller Pfeifton schien von beiden Seiten her zugleich in ihr Hirn einzudringen und trieb ihr Tränen in die Augen. Daher hörte sie weder den

Warnruf noch das Zischen, das die zweite Granate auf ihrem Flug zum Zielort erzeugte. Sie spürte nur das Beben unter sich, den Sand in ihrer Nase und der Mundhöhle. Reflexartig presste sie die Lippen zusammen und riss sie sofort wieder auf. Die körnige Masse klebte an ihrem Gaumen und auf der Zunge, hatte sich mit dem Speichel verklebt. Es fühlte sich an, als ob sie ersticken würde. Hektisch stemmte sie sich mithilfe der Ellenbogen hoch und neigte sich seitlich vor, um den schrecklichen Brei auszuspucken. Abrupt endete das Pfeifen hinter ihren Schläfen und der Druck auf ihren Ohren ließ nach. Wie ein Taucher, der seinen Kopf aus dem Wasser streckte, konnte sie wieder hören. Nur handelte es sich nicht um das sanfte Geräusch von Wellen und Kinderlachen vom Strand, sondern um laute Schreie, die sich mit dem, was sie als Knattern automatischer Gewehre identifizierte, und dem Aufheulen von Motoren vermischten. Sie spuckte erneut aus und rappelte sich auf. Wohlweislich nur gebeugt, denn was immer hier rundum geschah, sie wusste instinktiv, dass der Jeep ihr einziger Schutz war.

In der einen Richtung.

Aber das dachte sie nicht. Es wurde ihr in dem Moment klar, in dem sie etwas mit voller Wucht von schräg hinten an der Schulter traf und sie nach vorn schleuderte. Der Schmerz raubte ihr den Atem. Ihr Gesicht scheuerte über Steine. Ihre Lippen rissen auf, Blut drang in ihren Mund. Und dann versank sie im schwärzesten Schwarz.

Kurz vor Mitternacht in London.

Es war weiß Gott nicht ungewöhnlich, dass im Gebäude des London Chronicle unweit des Piccadilly Circus um diese Zeit Licht brannte. In der Redaktion war das kurz vor Druckbeginn die Norm. Doch nie, seitdem der Medienmogul Rick Rearden die Leitung dieser Zeitung und weiterer Firmen seinem Sohn übergeben hatte, in seinem Büro im obersten Stockwerk. Bis heute.

Sein Handy hatte gegen Ende des ersten Akts von Mozarts *Così fan tutte* in der Innentasche seiner Jacke vibriert, was ihm einen strengen Seitenblick seiner Frau eingebracht hatte. Daher hatte er die Pause abgewartet, bevor er die Nachricht im rückwärtigen Teil ihrer Loge im Royal Opera House gelesen und einen entsetzten Ausruf ausgestoßen hatte. Wortlos hatte er sie Edith gezeigt, die sich Halt suchend an seinen Arm geklammert hatte. »Und was machen wir jetzt?« Sie hatte sich geweigert, für den zweiten Akt in der Oper zu bleiben, ebenso, in die Stadtwohnung nach Mayfair zu fahren. Stattdessen saß sie nun mit seitlich untergeschlagenen Beinen auf dem Sofa seines Büros und beobachtete ihn, während er mit Alistair Byron telefonierte, mit dem ihn seit ihrer fünf Jahrzehnte zurückliegenden Kindheit nach wie vor eine lockere Freundschaft verband.

Der Earl of Willingdon hatte ihn im Dezember vor etwas mehr als zwei Jahren um einen Gefallen gebeten, was absoluten Seltenheitswert hatte, denn er bat nie jemanden um irgendetwas. Aufgrund seines Erbtitels hatte er automatisch einen Sitz im Londoner Oberhaus und viele Politiker waren wie Fähnchen im Wind und verteilten ihre Gunst gegen Freundschaftsdienste.

Alistair Byron war hingegen der integerste Mann, den Rick kannte. Verwunderlicher als die Bitte an sich, die Alistair ihm an einem vorwinterlichen Dezembertag persönlich und unter vier Augen darlegte, war jedoch deren Inhalt. Von dem damaligen Gespräch, das nur ihnen beiden und seiner Frau Edith bekannt war, gab es weder Tonaufnahmen noch schriftliche Aufzeichnungen.

Am darauffolgenden Tag hatte Rick Rearden seinen Personalchef beauftragt, ihn umgehend zu benachrichtigen, falls eine Carina Rossetti sich in einem der zur Mediengruppe gehörenden Unternehmen bewerben sollte. Dass die Absolventin der London School of Journalism das längst getan hatte, erfuhr er wenig später. Aufgrund der Zeitverschiebung mit Australien hatte er den nächsten Morgen abgewartet und ein interessantes Telefongespräch mit der Tochter seines Jugendfreundes geführt, die er zuletzt als Kind gesehen hatte und die zu der Zeit in Hobart lebte und an einer Reportage über Tasmanien arbeitete. Natürlich hatte er ihr nicht gesagt, dass er ihre wahre Identität kannte, und sollte sie sich gewundert haben, dass er sie persönlich kontaktierte, so hatte sie ihn nie darauf angesprochen. Wohl auch, da sie sich wie alle anderen anfangs als Praktikantin beweisen musste, bevor sie einen unbefristeten Arbeitsvertrag erhielt.

Seit über zwei Jahren war Carina Rossetti als Korrespondentin für Rearden-Media an den unterschiedlichsten Orten der Welt tätig. Je heißer ein Pflaster war, je kritischer die Situation der Menschen vor Ort, umso sicherer konnte man sein, dass sie in der Reiseabteilung des Konzerns ein Flugticket für sich und ihren Fotografen orderte. Sie machte ihren Job gut. Sehr gut sogar. So sehr, dass niemand – auch er nicht – ihr nahelegte, die eine oder andere Reportage einem männlichen Kollegen zu überlassen. Rossetti, wie sie genannt werden wollte, hasste jede Form von geschlechtlicher Bevorzugung oder Benachteiligung. »Ich bin Reporter. Nicht Frau oder Mann, nicht schwach oder stark, sondern einfach Reporter.«

Die Aussage, die einem Interview mit einem Kollegen der amerikanischen CNN entstammte, dem einzigen, das sie jemals vor einer laufenden Kamera gegeben hatte, hatte sie mit einem Kopfschütteln untermalt. Dabei war eine ihrer roten Locken unter dem Basecap, das ebenso fixer Bestandteil ihres Images war wie die Ray-Ban mit den dunkel getönten Gläsern, hervorgerutscht. Rick war besorgt gewesen, dass Carina Byrons Tarnung auffliegen würde, doch das war nicht passiert. Niemand brachte die Journalistin Rossetti, die ihre Reportagen lieber abgedruckt sah, als die Stimme im Hintergrund einer Fernsehreportage zu sein – und niemals vor einer Kamera –, mit der Tochter des Earls of Willingdon in Verbindung. »Auf den wenigen Fotos, die es von ihr gibt, würden selbst ihre Freunde sie nicht erkennen«, hatte Alistair ihm vor nicht allzu langer Zeit anvertraut. Was sich jetzt vermutlich ändern und eine ganze Menge Staub aufwirbeln würde, egal wie die Sache ausging. Sie und ihr Fotograf waren nicht die einzigen Journalisten gewesen, die von Vertretern des UNRWA, des Hilfswerks der Vereinten Nationen für Palästina-Flüchtlinge im Nahen Osten, in das Jabalia Camp eingeladen worden waren. Und auch die Kollegen der CNN waren verletzt, doch Rossetti hatte es am schlimmsten erwischt.

»Nein, sie hat absolut keine Ahnung, dass ich weiß, wer sie ist, Alistair«, beruhigte Rick Rearden jetzt seinen Freund, der ihm dieselbe Frage zum zweiten Mal stellte. »Sie erwartet also sicher nicht, dass du bereits durch mich von dem Vorfall informiert bist. Abgesehen davon hat man ihr Schlafmittel verabreicht, die sie mindestens achtundvierzig Stunden in einem Dämmerzustand halten sollen, bevor man darüber entscheiden wird, wann sie ausgeflogen werden kann.«

Edith nickte ihm aufmunternd zu, und er schloss zum Zeichen, dass Alistair nun ruhiger war, seine Augen. Nur um sie weit aufzureißen, als der Earl of Willingdon einen Satz sagte, von dem er nie gedacht hätte, ihn noch einmal aus seinem Mund zu hören. »Du musst mir einen Gefallen tun, Rick.«

KAPITEL 5

Am nächsten Tag.

In einem Privatjet irgendwo über Europa.

»Jetzt komm. Nur ein minimales Lächeln, das deine Zufriedenheit ausdrückt.«

Dante Cipriani warf seinem Bruder einen kühlen Blick zu, ohne den Kopf nur minimal in dessen Richtung zu drehen. Damiano nervte. Das hatte er schon als Kind getan, aber das Schicksal des Erstgeborenen, dem die kleineren Geschwister nachliefen und keine ruhige Minute gönnten, teilte Dante mit vielen anderen. Doch während in den meisten Familien mit dem Erwachsenwerden die jüngeren zahmer wurden und sich mit ihrer Rolle abfanden, hatte das zwischen ihnen nur ein knappes Jahrzehnt funktioniert. Bis zu dem Aufenthalt in Taormina, der mittlerweile fast vier Jahre zurücklag, in seinem Kopf jedoch so präsent war, als ob nicht einmal eine Woche vergangen wäre. Denn dort hatte sich alles geändert.

Er selbst.

Seine zuvor sprichwörtliche gute Laune.

Sein Umgang mit anderen, wobei er dabei nicht zwischen seinen Freunden, Mitarbeitern oder Klienten unterschied. Er bedachte sie alle gleichermaßen mit wortkarger Ernsthaftigkeit und auf wenige Momente beschränkte Empathie. Auch seinen Bruder, der sich davon jedoch nicht abschrecken ließ und ihm gehörig zusetzte, wann immer sich die Gelegenheit bot.

Der Abend, an dem er wie ein Idiot pünktlich um acht Uhr mit einer langstieligen dunkelroten Rose in der Lobby des Grand Hotel Timeo auf diese Frau gewartet hatte, hatte ihn verändert. Nicht sofort. Auch nicht nach fünf Minuten und nicht nach zehn oder fünfzehn. Denn eigentlich hatte die wunderschöne Rothaarige mit den strahlend grünen Augen bereits bei ihrem Treffen kaum vierundzwanzig Stunden zuvor einen Schalter in ihm umgelegt. Immer noch sah er sie vor sich, wie sie ihn in dem randvollen Lokal am Arm gepackt und ihm einen Hilfe suchenden Blick zugeworfen hatte, der jedoch so tief unter ihrer selbstsicheren Maske verborgen war, dass er im ersten Moment gedacht hatte, einer Täuschung zu unterliegen. Eine wie sie, mit diesen perfekten Kurven, dem selbstbewussten Auftreten und der Ladung Sex-Appeal, die für weitere neun Frauen reichte, hatte ihn am Haken gehabt, bevor es ihm bewusst wurde. Sobald sie ihn als ihren Ehemann bezeichnet hatte, um dem lallenden aufdringlichen Texaner zu entkommen, hatte er nur einen Gedanken gehabt: Sie ist es. Und sie hatte dasselbe gedacht. Dante hatte es gespürt. In dem Moment war er sich nicht hundert, sondern dreihundert Prozent sicher, dass diese unwahrscheinliche Nacht zwischen ihr und ihm nur der Beginn von etwas Großem und Einzigartigem gewesen war und sie beide nie wieder auseinandergehen würden. Auch noch zwanzig Minuten nach acht in der Lobby des Hotels in Taormina, das er niemals für einen seiner Aufenthalte in der kleinen sizilianischen Stadt gegen ein anderes tauschen würde, hatte er zuversichtlich vom Eingang zum Lift und weiter zum Treppenabgang geschaut. Bis er fünf vor halb neun den Arm angewinkelt und die Uhrzeit kontrolliert hatte, da er nicht glauben konnte, dass die Wanduhr in der Lobby die richtige anzeigte. Die versteckten Blicke der beiden Rezeptionisten in seine Richtung hatten an Häufigkeit zugenommen und waren Mitleid gewichen, als er sich ihnen genähert, Foxys Zimmernummer genannt und nach ihr gefragt hatte.

Sie war abgereist. Einfach so und nur eine knappe Stunde nachdem er sie zu ihrem Zimmer gebracht hatte. Sie hatte keine Nachricht für ihn hinterlassen. Und nein, man konnte ihm die Kontaktdaten der Dame aus den ihm bekannten Gründen nicht mitteilen. Gerade er musste das verstehen, wo er doch allergrößten Wert darauf legte, seine Identität zu wahren, weshalb er seit seinem ersten Aufenthalt im Grand Hotel Timeo stets als Mister Smith angesprochen wurde. Zähneknirschend hatte er die Erklärung runtergeschluckt und nach den Freundinnen der Dame gefragt. Die kannte er zwar nicht, aber sie hatte von ihnen gesprochen. Es war doch möglich, dass sie noch im Hotel waren. Einer der beiden Hotelangestellten hatte mit den Achseln gezuckt und sich abgewandt, um ein Telefongespräch zu führen, der andere hatte den Kopf geschüttelt.

Dante hatte mit wütenden Gesten der Rose jedes einzelne Blütenblatt abgerissen, den Stiel mehrfach gebrochen, sich dabei einen Dorn in den Daumennagel gerammt und das Grünzeug in den Abfalleimer gepfeffert, bevor er den Lift nach oben genommen hatte. In seiner Suite hatte es am darauffolgenden Morgen kein unversehrtes Glas und keine heile Flasche mehr gegeben und der Spiegel im Badezimmer hatte einem Spinnennetz geglichen. Zwei seiner Freunde hatten ihn gestützt, die anderen beiden vor neugierigen Blicken geschützt, als sie die Lobby durchquert hatten, um zu den wartenden Taxis zu gelangen, während Damiano sich um die Rechnung gekümmert und nebst Schadenersatz auch lauteres Trinkgeld hinterlassen hatte. Offenbar war man derartige Exzesse gewohnt, denn bei seinem nächsten Aufenthalt in dem geschichtsträchtigen Hotel hatte man Mister Smith und seine Begleiter freundlich begrüßt und mit all den luxuriösen Aufmerksamkeiten bedacht wie in den Jahren zuvor. Und das, obwohl sein Gesichtsausdruck der eines griesgrämigen und furchterregenden Mannes war, der mit seinen eiskalten Blicken und einsilbigen Antworten jeden in die Flucht jagte.

»Zieh die verdammten Mundwinkel nach oben, Dante.«

Damiano ergriff sein Wasserglas, das auf der unter dem Bullaugenfenster fixierten Tischplatte aus Teakholz zwischen ihren einander zugewandten ledernen Loungesesseln stand, und nahm einen tiefen Schluck.

»Du sollst nicht fluchen«, wies er seinen Bruder zurecht. »Außerdem ist es nicht von Bedeutung, in welche Richtung meine Mundwinkel deuten.«

»Für mich schon.«

Dante zog die Augenbrauen hoch, was die Falten an seiner Nasenwurzel vertiefte.

Damiano stellte das Glas ab und beugte sich vor. »Ich hasse deinen ständigen Missmut. Du hast in nicht einmal drei Wochen Frieden zwischen zwei der ältesten und uneinsichtigsten Roma-Familien Rumäniens gestiftet, die seit Jahrzehnten verfeindet waren. Du solltest stolz darauf sein, das geschafft zu haben, was nicht einmal unserem Vater gelungen ist.«

Dante knurrte tief. Er mochte es gar nicht, wenn irgendjemand von seinem Vater sprach, der ihm mit seinem viel zu frühen Tod all die Verantwortung auf die

Schultern geladen hatte. Noch mehr aber hasste er es, mit ihm verglichen zu werden, selbst von seinem Bruder.

»Damals war die Zeit nicht reif. Wenn er nicht gestorben wäre, hätte er an meiner Stelle die beiden neuen Familienoberhäupter dazu gebracht, diese idiotische Feindschaft ihrer Vorfahren zu beenden. Ich habe nur getan, was auf der Hand lag.«

»Du bist in solchen Dingen besser, als er es je war, Dante. Er war ein Hitzkopf, der den beiden zuerst die Schädel eingeschlagen und ihnen erst danach ihr unsinniges Verhalten aufgezeigt hätte.«

Nein, ich bin nicht besser. Sein Vater war ein heißblütiger Mann gewesen. Doch einer, der einer italienischen Blutlinie abstammte, konnte gar nicht anders sein. Es war der genetisch verankerte ruhige und bedächtige Charakterzug seiner englischen Frau, der aus Dante und seinem Bruder die Männer gemacht hatte, die sie heute waren. Und das, obwohl ihre Mutter auch spanisches Blut in ihren Adern hatte und sie nur wenige Jahre selbst erziehen konnte und nicht hatte aufwachsen sehen. Damiano war bei ihrem Tod erst drei und er fünf gewesen, als sie das Trapez nach einem doppelten Salto haarscharf verfehlt hatte und mit dem Kopf voran ungebremst auf den Boden der Manege aufschlug. Wäre der Unfall während einer Probe passiert, hätte das Sicherheitsnetz ihren Fall gebremst. Aber die Trapezkünstler einer der ältesten Gipsy-Familien des englischen Königreichs waren bekannt dafür, ohne Netz zu arbeiten.

Dante hatte immer noch den animalischen Schrei seines Vaters im Ohr, der mit ihm am äußersten Ende neben den Tribünen gestanden hatte, während Damiano bereits in ihrem Trailer schlief. Er hatte wie erstarrt auf den eigenartig verrenkten Körper seiner Mutter gestarrt, bis irgendwer ihn mit einem Ruck hochgehoben und aus dem Zirkuszelt getragen hatte. Das Nächste, woran er sich erinnerte, war eine unendlich lange Fahrt in einem Lieferwagen, während der Damiano abwechselnd geschlafen und aufgeregt geplappert hatte, und schließlich ihre Ankunft in London. Ihr Vater hatte alle Brücken zur Familie Smith abgebrochen und war endgültig sesshaft geworden – mit Wohnsitzen in Italien und England. Bis dahin hatte er über die Sommermonate seine Geschäfte von überall dort geführt, wo der Circus Smith gerade auftrat. Er hatte mit seiner Frau, die einundzwanzig war, als sie heirateten, den Pakt geschlossen, dass sie vor dem ersten Schultag ihres erstgeborenen Kindes zum letzten Mal auftreten würde. Rosella Smith starb während der Aufführung, der nur noch vier folgen sollten. Einen Monat nach dem Tod seiner Mutter wurde Dante eingeschult.

An diesem Punkt seiner Grübeleien angekommen bemerkte er, wie sehr er in der Tiefe der Erinnerungen versank. Das war etwas, was er um jeden Preis vermeiden musste. Er schüttelte den Kopf, als ob die Gedanken davon verschwinden würden, hob den Arm und schnippte mit den Fingern. Das genügte dem Steward, der wie die Piloten zum Inventar des Firmenjets der Cipriani Ltd gehörte. Nicht einmal zwei Minuten später hielt Dante ein Glas mit seinem bevorzugten Rotwein mit beiden Händen, hob es an, schloss die Augenlider und sog den Duft ein. Erst dann setzte er das bauchige Weinglas an die Lippen und trank einen ersten Schluck.

»Ich frage mich ernsthaft, warum du nicht irgendeinem menschlichen Wesen so viel abgewinnen kannst wie deinem geliebten Etna Rosso.«

Damiano sagte wahrlich immer das Falsche im schlechtesten Moment. Dieser Wein, der auf den Abhängen des Vulkans Ätna wuchs, war eine der wenigen Distraktionen, die er sich leistete, um für einen Augenblick alles zu vergessen.

»Du bist lästig«, erwiderte Dante seinem Bruder und öffnete die Augen. »Ich hingegen frage mich, wie ich dich in den letzten Wochen in den Karpaten tagtäglich ertragen habe.«

»Dann sind wir schon zwei.«

Dante lehnte sich zurück und kniff die Augen zusammen. Aus dieser leicht verschleierten Perspektive wirkte sein jüngerer Bruder wie sein Spiegelbild. Vor allem jetzt, da sie sich beide glatt rasiert hatten. Manchmal war es von Vorteil, wenn die Gesprächspartner dachten, dass Damiano er sei und sie mit ihm sprachen, während er an einem anderen Ort dasselbe tat. Mittlerweile bedeckten dunkle Bartstoppeln ihre Gesichter. Obwohl in manchen Gebieten Europas immer noch winterliche Konditionen herrschten und der Frühling anderswo nur vorsichtig seine Fühler ausstreckte, war ihre Haut schon von der Sonne gebräunt. In spätestens zwei Monaten würden ihre Geschäftspartner und Kunden sie wieder fragen, wo sie denn auf Urlaub gewesen waren, und sie würden antworten, dass doch allgemein bekannt war, dass sie aus beruflichen Gründen ständig durch die Welt zigeunerten. Mit diesem Ausdruck würden sie Lacher ernten – dabei war es nichts als die Wahrheit. Sie waren Gipsys, Zigeuner, Roma. Egal welche Bezeichnung sie wählten, ihre Vorfahren waren vor Jahrhunderten aus Indien nach Europa gekommen. Es war unwichtig, dass viele Menschen, die mit dem Klang der Sprache Romani und der Musik ihrer Ahnen im Ohr aufgewachsen waren, schon seit Generationen nicht mehr als Schausteller, Messerschleifer oder Kesselflicker umherzogen. Dass sie sesshaft waren und ganz normale Berufe ausübten wie andere auch. Unbedeutend, dass der Prozentanteil der Delinquenten unter ihnen, die Steuern zahlten wie alle, sich nicht von dem der Gesamtbevölkerung des jeweiligen Landes, in dem sie geboren wurden und lebten, unterschied. Man beschimpfte sie als Abschaum und Zigeuner und ging ihnen aus dem Weg, außer ... sie hatten sich integriert. Das war es, was ihrem Großvater mit der Eröffnung seines ersten Luxusrestaurants, das einer urigen Trattoria ähnelte, bereits vor dem Zweiten Weltkrieg gelungen war und womit er den Weg für seine Nachkommen vorgegeben hatte.

»Sprich klar und akzentfrei, eigne dir so viel Wissen an, dass man dich dafür bewundert, tritt leise und überlegt auf, agiere höflich, aber nicht katzbuckelnd. Kleide dich dezent, mit Geschmack und keinesfalls billig, sodass alle davon ausgehen, das Mitglied einer alteingesessenen und anerkannten Familie vor sich zu haben. Besser noch den Spross eines Adelsgeschlechts.« Beim letzten Satz hatte Riccardo Cipriani, ihr Vater, Damiano und ihm immer zugezwinkert. Denn die Ciprianis waren de facto mit dem Hochadel gleichzusetzen, nur eben in ihren Kreisen. Alle Angehörigen der Roma, Sinti, Gitanos, Kalé, kurz gesagt sämtlicher Zigeuner des europäischen Kontinents, erkannten sie als Schlichter an. Der jeweilige Erstgeborene der Ciprianis erbte diese Aufgabe von seinem Vater. Sie waren diejenigen, die Streit zwischen Familien beilegten, für ihre Sicherheit sorgten, sich um die Schwächsten und Ärmsten unter ihnen kümmerten, Kindern Bildung ermöglichten und ihnen den Weg in ein glückliches Leben ebneten. Die Ciprianis waren keine Herrscher, sie berieten ihre Leute mit Weisheit und Vernunft. Nie hatten sie andere unterdrückt oder befehligt, und gerade das hatte ihnen seit Generationen Anerkennung eingebracht und sie auf ein Podest gehoben, um das sie nie gebeten hatten.

Denselben Platz ganz oben, den Damiano und er sich in mehr als einem Jahrzehnt mit ihrem weltweit agierenden Security-Unternehmen in der internationalen Wirtschaft erobert hatten, das neben der Gastronomie das zweite Standbein der Cipriani Ltd war. Man kannte ihre Namen und bezeichnete sie als die geheimnisvollen italienischen Brüder, da über ihren familiären Hintergrund und ihr Privatleben nichts bekannt war, sie keine Profile auf den sozialen Netzwerken pflegten und ihr Internetauftritt weder ihre Biografien noch Bilder von ihnen beinhaltete. Sie lehnten Interviews grundsätzlich ab. Die überließen sie den vier Managern, ihren besten Freunden, die verschiedene Sparten des Unternehmens leiteten.

»Wie meinst du das?« Dante bezog sich auf die Aussage seines Bruders »Dann sind wir schon zwei«, mit der er ihm geantwortet hatte, weil er sich wunderte, wie er ihn in den vergangenen Wochen in Rumänien ertragen hatte.

»Ich ertrage dich nicht mehr, Dante. Ich will meinen humorvollen, freundlichen Bruder wieder zurück, der zwar immer eine Spur zu ernst und an Gewissenhaftigkeit nicht zu überbieten war, aber dennoch abschalten konnte und mindestens einmal täglich lächelte.«

In Dantes Gesicht regte sich nichts. Selbst seine Augenlider mit den langen Wimpern schienen wie festgetackert.

»Jetzt sag doch was!« Damiano sprang auf, versenkte die Hände in den Hosentaschen und blieb in der Mitte des Jets stehen, den Blick auf ihn gerichtet.

»Was willst du hören?«

»Himmel, Arsch und Zwirn!« Damiano beugte sich über ihn, bis ihre Gesichter nur noch eine Handbreit voneinander entfernt waren. »Tu endlich was. Es sind fast vier Jahre vergangen!«

»Drei Jahre, zehn Monate und fünf Tage.«

»Das fass ich nicht.« Damiano richtete sich auf und stieß prompt mit dem Kopf an die Decke des Jets. Er rieb sich über die Stelle. »Du zählst sogar die Tage?«

Nicht nur. Auch die Stunden und überdies die Minuten seit dem letzten Kuss vor Foxys Zimmertür im Hotel, hätte er jetzt antworten können. Doch er tat es nicht. Er hielt sich ja selbst für verrückt und wollte nicht wissen, wie das in den Augen anderer wirken würde. Vor allem in denen seines Bruders.

»Dir ist schon klar, dass das nicht normal ist?«

Na bitte. Lag ja auf der Hand, dass er das sagen würde. Dante nahm einen Schluck aus seinem Weinglas, stellte es ab und drehte den Blick zum Fenster.

»Das bringt dir gar nichts, wenn du versuchst, mir auszuweichen. Wir sitzen gemeinsam in diesem Jet fest. Nur wir beide und noch mindestens zwei weitere Stunden. Zum ersten Mal seit ewigen Zeiten kannst du mir nicht davonrennen oder mich fortschicken.«

Seine Kehle wurde eng. Er schluckte, obwohl sein Mund plötzlich staubtrocken war. Dann spürte er die Hand, die sich sanft auf sein Knie legte, die Finger, die zudrückten.

»Du musst sie endlich vergessen, sonst gehst du zugrunde.«

Dante wandte langsam den Kopf und erkannte die Sorge in den dunkelbraunen Augen, die der Spiegel seiner eigenen waren.

»Ich kann nicht«, flüsterte er. »Sobald ich im Bett liege und das Licht abdrehe, sehe ich sie vor mir. Deshalb schlafe ich nicht mehr, sondern arbeite die Nächte durch. Manchmal erwache ich kopfüber auf meinen auf dem Schreibtisch verschränkten Armen, andere Male mit überdehntem Hals in meinem Drehstuhl. Aber jeder physische Schmerz ist besser, als ständig ihr Gesicht zu sehen und mich zum millionsten Mal zu fragen, was ich falsch gemacht habe.«

»Nichts hast du falsch gemacht!« Damiano schüttelte den Kopf. »Rein gar nichts.«

Dante schaute ihn misstrauisch an.

»Ich habe euch beide gesehen, als ihr an dem Morgen aus deiner Suite gekommen seid, erinnerst du dich?« Okay, sein Bruder erkannte sofort, dass die soeben gestellte Frage idiotisch war, wo er sich doch an jede Hundertstelsekunde erinnerte, als ob gerade mal ein paar Stunden vergangen wären, denn er sprach weiter. »Ihr hattet beide denselben Ausdruck im Gesicht, Dante. Foxy strahlte von innen heraus und ihre Bewegungen, als sie neben dir den Flur entlangging, waren nur darauf ausgelegt, dich dabei zu berühren. Weißt du, was ich in dem Moment gedacht habe?«

Er verneinte leise.

»Ich war mir sicher, dass ich meinen großen Bruder über Nacht verloren hatte. An eine bezaubernde, witzige, sexy Rothaarige, die innerhalb kürzester Zeit tatsächlich meine Schwägerin werden würde, weil sie ihn in dem Moment verzaubert hatte, in dem sie ihn einem Vollidioten gegenüber als ihren Ehemann bezeichnet hatte, um zu entkommen.«

Dante schluckte schwer.

»Du hättest mich nie verloren.«

»Nicht, wenn sie nicht abgereist wäre, nein. Aber das ist mir erst klar geworden, als ich dich wirklich verlor, Dante. Du bist einfach nicht mehr du, sondern nur eine verblasste, mürrische Kopie deiner Selbst.« Damiano strich sich mit gespreizten Fingern die Haare aus dem Gesicht, bevor er seinen Blick fokussierte und weitersprach. »In unseren Adern rinnt reinstes Gipsy-Blut, Bruder! Wir sind die Nachkommen zweier stolzer Geschlechter. Die Ciprianis waren schon vor Hunderten von Jahren diejenigen, die Streit zwischen den Angehörigen aller Stämme des fahrenden Volks in Ihrem Heimatland Italien schlichteten, und die Familie unserer Mutter das Äquivalent in England. Die Vereinigung unserer Eltern und die Lehren unseres Vaters haben dich zu dem Mann gemacht, der von allen Gipsys um Rat gebeten wird und ein weltweit agierendes Security-Unternehmen leitet, das in den Zentralen der mächtigsten Firmen und Politbüros der Welt als Geheimtipp im Sicherheitsbereich gilt. Aber dieser Dante Cipriani, der nach außen hin so fehlerlos ist, ist ein kaputter Mann. Ein Zigeuner, dessen feuriges Herz zu einem eiskalten Klumpen zusammengeschrumpft ist. Einer, der für alle anderen der geheimnisvolle Unternehmer ist, dessen Benehmen und Wissen selbst im Buckingham Palace als überragend bewertet wird und der jede Frage nach seiner Herkunft geschickt umgeht. Doch in Wahrheit bist du ein einsamer, trauriger, zutiefst verletzter Mann, der das Lächeln verlernt hat und sich nur noch wie eine hohle Marionette bewegt, die ihren Antrieb einzig dem Puppenspieler verdankt, der ihre Fäden hält. Selbst wenn du tanzt, wirkst du gefühllos, obwohl du in den vergangenen Jahren deine Technik so weit perfektioniert hast, dass sogar ich manchmal Schwierigkeiten habe, mit dir mitzuhalten. Früher war in jeder Hinsicht ich der bessere Tänzer von uns beiden.«

Dante hatte die Lippen zusammengepresst und erwiderte weiterhin seinen Blick, wich ihm nicht aus. Nur bei den letzten Worten klimperte er zweimal hintereinander mit den Lidern, um seinen inneren Aufruhr einzudämmen.

Damiano kannte ihn fast so gut wie sich selbst. Und er wusste, dass er hier, zehntausend Fuß über Mitteleuropa, knapp davor stand, von ihm verprügelt oder verstoßen oder beides zu werden, sofern er jetzt fortfuhr. Das war es, was Dante seinem Bruder mit einem einzigen Blick zu vermitteln versuchte, doch der ignorierte die Nachricht und sprach weiter.

»Du musst Foxy endlich vergessen und ihre Erinnerung mit einer anderen Frau ersetzen. Am besten eine Rothaarige mit grünen Augen und einem breiten Mund, sodass die Mundwinkel beim Lächeln fast bis zu den Ohren wandern. Eine mit sexy Kurven und einer Oberweite, die das Tragen eines BHs unerlässlich machen, wenn du nicht willst, dass jeder andere Kerl sich sabbernd nach ihr umdreht. Die Jungs und ich haben doch diese Liste mit den Namen und dem Wohnort all der rothaarigen Frauen, die uns in den vergangenen vier Jahren da und dort über den Weg gelaufen sind und die den Vorgaben entsprechen. Du musst nur ...«

»Nein!« Dantes schneidende Antwort unterbrach den Monolog seines Bruders genau in dem Augenblick, in dem sein iPhone klingelte und vibrierend auf der Tischplatte vor ihnen einen Kreis drehte. So konnte auch Damiano den Namen des Anrufers auf dem Display lesen. Rick Rearden. Er war einer der raren Männer, die sich ein Imperium aufgebaut hatten, ohne den Weg bis dorthin mit Blut und Gewalt oder gar Leichen zu pflastern. Er war hart, aber gerecht. Einer, der nicht doppelt, sondern dreimal so viel gearbeitet hatte wie andere, und deshalb seine Mitstreiter überholt, hinter sich gelassen und das Ziel als Erster erreicht hatte. Was jedoch nicht hieß, dass er nur Bewunderer hatte. Im Gegenteil. Neider und Arschlöcher gab es überall. Mehr als anderswo in der schnelllebigen Welt der Medien, wo die Veröffentlichung eines Artikels oder von Breaking News fünf Minuten vor der Konkurrenz über eine doppelte oder dreifache Auflagenhöhe bei den Printmedien, enorme Einschaltquoten im Fernsehen und dementsprechende Werbeeinnahmen entschied. Die waren der Schlüssel des wirtschaftlichen Erfolgs – und der Dorn im Auge der Neider, die versuchten, sich mit unlauteren Mitteln Zugriff auf Informationssysteme von Rearden-Media zu verschaffen. Diese Angriffe von außen, aber auch mithilfe eingeschleuster Spione, waren der Grund, weshalb der britische Medienmogul sie bereits vor mehr als einem Jahrzehnt zum ersten Mal engagiert hatte. Dante kontrollierte das Signal des Satellitenempfangs, bevor er das Gespräch annahm.

»Mister Rearden, was kann ich für Sie tun?«

Dante hörte seinem Gesprächspartner zu und sein Gesicht verlor zunehmend an Farbe.

»Ich glaube nicht ...«

Er wurde unterbrochen.

»Das fällt aber wirklich nicht in unser Aufgabengebiet ...«

Und erneut übernahm Rick Rearden und redete auf ihn ein. Minutenlang.

»Gerade im britischen Königreich gibt es eine Vielzahl an Firmen, die auf Personenschutz spezialisiert und in höchstem Maß vertrauenswürdig sind. Ich befinde mich derzeit auf dem Rückflug nach London und verspreche Ihnen, dass ich die restliche Zeit nutzen werde, um abzuklären, wer für diesen Auftrag ...«

»Nein!«

Der Schrei, der aus dem iPhone drang, war so laut, dass sogar Damiano zusammenzuckte, der bisher nur die Hälfte des Gesprächs gehört hatte.

»Ich will Sie und niemand anderen, Mister Cipriani! Melden Sie sich nach der Landung.«

Auch die letzten beiden Sätze im Befehlston hatte sein Bruder problemlos gehört.

Dante warf das Handy auf die Tischplatte, griff nach dem Weinglas und leerte es mit einem Zug. Der Steward stand bereits neben ihm, um nachzuschenken, bevor er das Glas heben konnte. Er trank noch einen Schluck und stellte es vor sich ab.

»Rearden will uns als Bodyguards.«

»Uns oder dich?«

Dante machte eine wegwerfende Handbewegung. »Einer allein reicht nicht. Überwachung 24/7 ab übermorgen.«

»Japanischer Wirtschaftsboss? Ausländischer Regierungschef?«

»Schön wär's.« Dante lachte verächtlich. »Die Tochter von einem Adeligen. Irgend so ein Prinzesschen, das einen kleinen Unfall hatte, weshalb Daddy jetzt Angst hat, dass sie sich ihr Stupsnäschen verbiegen könnte.«

»Das ist nicht dein Ernst.«

»O doch!« Dante hob sein Glas und prostete seinem Bruder zu.

»Wie heißt sie?« Damiano griff nach seinem Tablet.

»Keine Ahnung. Rearden macht ein Staatsgeheimnis draus. Name der Zielperson, Ort und sonstige Details folgen.«

»Na großartig. Obwohl ...« Damianos Mundwinkel zuckten, und er feixte, als er weitersprach. »Eigentlich gar nicht so schlecht gewählt, der Zeitpunkt. Ich hab dir vorhin gesagt, dass du dich endlich wieder dem weiblichen Geschlecht nähern musst. Für den Anfang ist so eine kleine Prinzessin doch perfekt, die hält dich mit ihren Tussi-Allüren sicher auf Trab.«

Dante schaute zum Steward, der auf seinem Platz vor dem Durchgang zum Cockpit saß und rief: »Ein zweites Glas für meinen Bruder.«

»Ich will nichts von deinem Rotwein.«

»Nur ein Gläschen zum Anstoßen.« Er grinste, wartete, bis Damiano sein Glas hochhielt, und stieß mit seinem dagegen.

»Worauf trinken wir?«

»Darauf, dass du die Prinzessin übernimmst und die ersten zwölf Stunden an ihrer Seite bleibst. Ich lass dich dann rechtzeitig wissen, wer dich ablöst, aber rechne nicht mit mir.«

KAPITEL 6

Zur selben Zeit in Tel Aviv, Israel.

Nichts war unangenehmer als jemanden über sich reden zu hören. Im Gegensatz zu ihrem Bruder William hatte Carina in ihrer Kindheit, bevor sie aufs Internat kam, immer das Weite gesucht, sobald zwischen ihren Eltern ihr Name fiel und sie nicht im Raum war. Auch später, wenn sie in den Ferien daheim war. Auf Willingdon Castle mit all seinen Korridoren und Zimmern war es ganz einfach gewesen, davonzulaufen. Groß genug war das Haus ja, in dem sie aufgewachsen war, weiß Gott.

Jetzt aber lag sie hier, wobei sie keine Ahnung hatte, wo das eigentlich war, und hörte diese Menschen, die sich über sie unterhielten. Auf Englisch zwar, doch mit verschiedenen Akzenten. Nur eine Stimme kannte sie. Die ihres Fotografen Jack Jones, dem Australier aus Hobart, den sie auf ihrer Flucht aus England und vor ihrem tonnenschweren Erbe kennengelernt hatte. Aus London kommend, wo sie den ersten Flug genommen hatte, auf dem ein Platz frei war, hatte sie in Dubai auf ihren Anschluss gewartet. Er hatte sich im Wartebereich vor dem Gate neben sie gesetzt, seinen Laptop aufgeklappt – und sie hatte ihre Augen weit aufgerissen. Dass sie auf den Bildschirm gestarrt hatte, auf die farbenprächtigen Naturaufnahmen, war ihr erst aufgefallen, als er zu lachen begann. Und dann hatte er ihre Fragen nach den Namen der Pflanzen und den Orten, wo man diese finden konnte, beantwortet. Bei ihrer Ankunft in Sydney, wo sie beide umstiegen und jeder in eine andere Richtung weiterflogen, hatten sie ihre Telefonnummern getauscht und sich versprochen, sich irgendwann zu treffen. Es waren vierzehn Monate vergangen, bevor sie ihr Versprechen eingehalten hatte.

Zuerst hatte Carina Neuseeland bereist und eine Reportage über das Land, seine Schafzüchter, vor allem aber das funktionierende Zusammenleben der Maori und der weißen Einwanderer, die ab dem siebzehnten Jahrhundert ihre Heimat bevölkert hatten, geschrieben. Von ihrem neu eingerichteten Mailaccount »Rossetti« hatte sie etwa zwanzig Seiten an die Redaktion von National Geographic geschickt, aber nicht wirklich mit einer Antwort gerechnet. Doch schon zwei Tage später hatte man sie kontaktiert und ihr mitgeteilt, jede weitere Reportage in diesem einzigartigen Stil von ihr kaufen zu wollen. Das war der Beginn eines neuen Lebensabschnitts gewesen. Nach Vietnam, Malaysien, Indonesien, den Philippinen und Papua-Neuguinea war sie dann endlich wieder in Australien gelandet. Sie hatte sich so viel von dem kleinsten Kontinent der Erde versprochen – aber das meiste war längst weltweit bekannt. Es gab bereits Tausende Reiseberichte über Sydney, Brisbane und Melbourne, Ayers Rock, das UNESCO-Weltnaturerbe Great Barrier Reef und die Aborigines, dass sich jede Zeile, die sie zu Papier brachte, wie kopiert anfühlte. Wären ihre Fotos nicht amateurhaft gewesen, hätte sie das eine oder andere in die fertigen Artikel integriert. So aber waren ihre Unzufriedenheit und Rastlosigkeit tagtäglich angewachsen, und sobald sie in einen unruhigen Schlaf fiel, hatte sie immer öfter von der Nacht in Taormina geträumt.

Nicht, dass sie ihren hinreißenden Mr-Dark-and-Hot seither vergessen hatte können. Sie musste nur die Augen schließen, um sein Gesicht zu sehen, ihn in sich zu spüren und sich zu wünschen, dass alles anders gekommen wäre – nicht nur, weil sie an diesem entsetzlichen Tag Mummy und Granny verloren hatte. Sie wünschte sich, wenigstens seinen Namen zu kennen, um ihn zu finden und ihm zu erklären, was passiert war. Im Grand Hotel Timeo hatte man ihr, als sie eine Woche nach ihrer überstürzten Abreise endlich in der Lage war zu telefonieren, unmissverständlich klargemacht, dass die Privatsphäre der Gäste des Hauses alleroberste Priorität hatte. Sie hatte gehofft, dass man ihr sagen würde, dass jemand eine Nachricht für sie hinterlassen hätte – aber natürlich hatte er das nicht getan. Carina wollte sich gar nicht vorstellen, welch schreckliche Meinung er über sie hatte, und so hatte sie ihrem ersten Instinkt, dem Hotel einen Brief für den Bewohner der grandiosen Suite mit der riesigen Dachterrasse in jener Nacht zu schicken und um Weiterleitung zu bitten, nicht nachgegeben.

Nach über einem Jahr, in dem ihre tiefe Trauer für Mummy und Granny zunehmend von den Erinnerungen an ihre gemeinsame Zeit ersetzt worden war, hatte die für den Verlust dieses Mannes exponentiell zugenommen. Sie hatte ihn unverschämterweise ihren Ehemann genannt, doch obwohl sie nur eine Nacht miteinander verbracht hatten, hatte sich alles zwischen ihnen einfach richtig angefühlt. Selbst der Moment vor ihrem Hotelzimmer, als sein Handy, das er angeblich nicht besaß, geklingelt hatte und er sich mit einem flüchtigen Kuss von ihr verabschiedet hatte, war perfekt gewesen. Er musste arbeiten, sie würde den Urlaubstag genießen, und am Abend würden sie einander wiedersehen und dort weitermachen, wo sie aufgehört hatten. Dass alles anders gekommen war und sie nicht die geringste Möglichkeit hatte, ihn jemals wiederzufinden, tat weh. Doch je intensiver sie in ihre Reportagen eingetaucht war, umso besser war es ihr gelungen, die Erinnerung an ihn zumindest einige Stunden in einen remoten Winkel ihres Unterbewusstseins zu verschieben. Bis sie wieder in Sydney gelandet war – diesmal, um für längere Zeit zu bleiben.

Während sie sich über die Fauna und Flora Australiens schlaumachte, putzige Koalas beobachtete, Tierpfleger und Veterinäre interviewte und lernte, dass Kängurus und Wallabys nicht nur nett anzusehen waren, sondern Schäden verursachten und sogar Menschen angriffen, wurde sie zunehmend unglücklicher. Nach einer weiteren schlaflosen Nacht hatte sie in den frühen Morgenstunden eine Nachricht an Jack Jones geschickt. Keine, mit der sie ihm eines ihrer verwackelten Fotos schickte, wie so oft seit ihrem Kennenlernen, sondern einen Hilferuf.

Am selben Nachmittag hatte der Fotograf sie vom Flughafen in Hobart abgeholt, in seinem Gästezimmer einquartiert und ihr vom Tasmanischen Teufel erzählt, einem räuberischen Beuteltier, und der ältesten Pflanze der Welt, der Lomatia tasmanica, die weit über vierzigtausend Jahre alt war. Beide gab es nur in Tasmanien. Jack hatte ihr sofort klargemacht, dass er sie sehr mochte, sie aber nicht sein Typ war, da sie oben zu viel und unten zu wenig hatte, und außerdem keinen Bartwuchs. Seither waren sie unzertrennlich, denn seitdem ihre Bewerbung bei Rearden-Media nach langem Warten endlich beantwortet worden war, reisten sie gemeinsam durch die Welt.

Ihr bester Freund sprach also jetzt mit seinem unverkennbar australischen Akzent mit mehreren Menschen, die keine Muttersprachler waren – und bemerkte sie nicht. Vielleicht war er nicht im selben Zimmer? Sie hatten zwar schon öfter in einem geschlafen, unter anderem in New Orleans während des Orkans im letzten Herbst oder in Sizilien in der engen Kabine auf dem Segelschiff, mit dem sie wenige Tage nach dem Vulkanausbruch so nah wie möglich vor der kleinen Insel Stromboli geankert hatten. Ganz zu schweigen von dem Zweimannzelt, in das sie sich in Syrien ...

»Ich kann Ihnen versichern, Mister Jones, dass sich Ihre Freundin nie in Lebensgefahr befunden hat, so wenig wie Sie. Sie waren beide glücklicherweise weit genug von den Einschlagsorten der Granaten entfernt. Dass Miss Rossetti von dem schweren Metallteil getroffen wurde und derart unglücklich gestürzt ist, ist schrecklich, aber nicht lebensbedrohend.«

»Warum ist sie dann immer noch nicht bei Bewusstsein?«

»Weil wir sie sediert halten, um ihre Heilung voranzutreiben. In dem Zustand, in dem sie sich derzeit befindet, ist nämlich ein Flug von mehreren Stunden nicht möglich.«

»Sagt wer?«

Himmel! Jack klang wie ein Inquisitor im Mittelalter, nicht wie der wortkarge Fotograf an ihrer Seite, der manchmal auch zwei Stunden lang kein Wort über die Lippen brachte, wenn er sich auf ein Motiv konzentrierte.

»Mister Jones.« Halt, die Stimme war neu – und weiblich. Mütterlich irgendwie. »Wie ich bereits Mister Rearden sagte, ist Schlaf in vielen Fällen das beste

Heilmittel. Miss Rossetti hatte weniger Glück als Sie, die Sie vor mir auf beiden Beinen stehen und nur Schürfwunden und die leichte Prellung an Ihrem Arm aufweisen. Wobei die Erholung natürlich auch an Ihrer Konstitution liegt. Bei Ihrer Körpergröße und Ihrem Gewicht, das das doppelte von dem Ihrer Freundin ist, regeneriert sich Ihr Körper rascher.«

Carina musste bei den Worten der Frau schmunzeln. Zumindest dachte sie, dass sie es tat, denn sie fühlte sich, als ob man sie mitten in einen Wattebausch gesteckt hätte. Deshalb fiel ihr das Denken auch so schwer. Irgendwie ließen sich die Teilchen des Gehörten nicht mit den anderen verbinden, die das Geschehen der letzten Stunden und Tage betrafen.

Es hatte einen Unfall gegeben. Granaten hatte die Frau gesagt. Da war doch was ... Ach ja. Endlich erinnerte sie sich. Syrien! Das Yarmouk Camp. Dieses riesige Flüchtlingslager etwas außerhalb von Damaskus, das 1957 gegründet wurde und in dem circa hundertvierzigtausend Menschen lebten. Palästinenser. Und als ob das nicht schlimm genug wäre, hatte die IS ab 2015 drei Jahre lang die Kontrolle übernommen. Deshalb waren sie hier. Das UNRWA, das Hilfswerk der Vereinten Nationen für Palästina-Flüchtlinge im Nahen Osten, hatte ihnen erlaubt, einige der Menschen, die seit ihrer Geburt in dem Lager lebten, zu interviewen und zu fotografieren. Und man hatte ihnen garantiert, dass es sicher für sie war. Auch die Soldaten, die sie begleitet hatten ... Hatten. Nicht haben. Nein, das war länger her.

Mühsam konzentrierte sich Carina auf ihre Augenlider.

Wenn sie nur blinzeln könnte, damit die Menschen hier begriffen, dass sie wach war.

Laute Schritte ertönten, eine Tür wurde geöffnet, wieder geschlossen.

»Gibt es Neuigkeiten, Major?« Das war Jacks Stimme.

»Der Anschlag kam von innen, nicht von außen.« Der Mann sprach zackig, klang befehlsgewohnt.

»Das würde ich an deren Stelle auch behaupten.«

Ein eigenartig unangenehmes Schweigen lag in der Luft.

»Von wem sprechen Sie, Mister Jones?«

»Von denjenigen, die infrage kommen. Die Anzahl derer, die ein Interesse am Gazastreifen haben, ist ja nicht unbegrenzt.« Der spöttische Ton in Jacks Stimme war nicht zu überhören.

»Ich bin Israeli, wie Sie wissen«, antwortete der Major emotionslos mit eisiger Stimme. »Wir alle hier sind es – bis auf Sie und Ihre Kollegin, Mister Jones. Sie scheinen also zu denken, dass die beiden Granaten von Israel abgefeuert wurden? Ist Ihnen klar, dass das bedeuten würde, dass wir Ihnen zuerst die Passierscheine für den Grenzübertritt bei Erez gewährt hätten, um Sie und Ihre Kollegen von der CNN, die vom UNRWA die Erlaubnis erhielten, im Jabalia Camp zu fotografieren und Interviews zu führen, dann gezielt anzugreifen? Zivilisten?«

Der Watteball um sie herum schien zu wachsen. Carina hörte nichts mehr. Nicht von außerhalb zumindest, nur in ihrem Kopf.

Erez? Der Kibbuz. Der Grenzübergang.

Plötzlich erinnerte sich Carina an alles. Sie waren mit zwei Jeeps hinübergefahren. Im anderen Wagen waren Kollegen von der CNN. In jeden waren an der Grenze *zu ihrer Sicherheit* bis zu den Zähnen bewaffnete Palästinenser in Tarnuniform eingestiegen. Einer als

Fahrer, der zweite auf dem Beifahrersitz. Jack und sie waren auf den Rücksitz verbannt worden. Sie waren etwas zu früh dran gewesen und hatten nördlich der kleinen Stadt Jabalia, die dem riesigen Flüchtlingslager den Namen gab, an dem vereinbarten Treffpunkt gehalten. Carina war ausgestiegen und hatte zu Jack gesagt, dass diese Ansammlungen dreckiger, teils zerbombter Häuser, in der weit über hunderttausend Menschen lebten, um nichts besser als das Camp in Syrien war. Sie hatte noch nicht ausgesprochen gehabt, als sie in einiger Entfernung drei Fahrzeuge mit dem unübersehbaren Emblem der Vereinten Nationen erkannte, die in ihre Richtung kamen. Sie hatte ihr Basecap herumdrehen wollen, um besser zu sehen, und bemerkt, dass sie stattdessen den metallenen Helm aufhatte. In genau dem Moment hatte Jack »Runter, Rossetti« geschrien.

Kapitel 7

Am darauffolgenden Morgen kurz nach Sonnenaufgang.

Die Tür wurde geöffnet, Schritte näherten sich ihrem Bett. Gummisohlen quietschten auf dem Boden des Krankenzimmers. Carina hatte nur eins und eins zusammenzählen müssen, um zuzuordnen, wo sie war. Sie erinnerte sich nicht nur an die Fahrt zum Jabalia Camp im Gazastreifen und daran, dass sie irgendetwas zu Boden geschleudert hatte, woraufhin sie bewusstlos wurde, sie wusste, dass Jack auch hier war. Im Sheba Medical Center in Tel Aviv. Er hatte es ihr gesagt, als er mit ihr gesprochen hatte wie mit einem Komapatienten. Langsam und leise, als ob er sie nicht aufwecken, sondern beruhigen wollte. Dabei hatte sie sich nichts mehr gewünscht, als aufzuwachen. Zu dem Zeitpunkt waren sie allein gewesen, denn sie hatte keine Stimmen oder sonstige Anzeichen der Anwesenheit anderer Personen gespürt. Das watteartige Gefühl war aber immer noch dasselbe und ihre Augenlider waren bleischwer gewesen wie ihr Körper. Carina vermutete, dass das irgendwann in der Nacht war. »Es ist alles halb so schlimm, Rossetti. Nichts im Vergleich zu dem Schlangenbiss im Amazonasdelta im letzten Jahr. Oder zu den Schmerzen in deinen Füßen während des Karnevals in New Orleans, weil du zu dem Kleid unbedingt Schuhe mit Absätzen tragen musstest.« Er hatte gelacht und in ihrer Kehle hatte sich ein Glucksen gebildet. Aber Jack hatte nichts davon gemerkt, wahrscheinlich hatte sie es sich nur eingebildet.

So wie den zärtlichen Blick aus diesen braunen Augen, die von dichten Wimpern umrahmt wurden. Den unverkennbaren Duft von Waldkiefern, der in ihrem Magen dieses unwahrscheinlich warme, aufgeregte Gefühl erzeugt hatte, dasselbe wie damals in Taormina. Ihr Mr-Dark-and-Hot war ihr so nah wie selten. Es war unbeschreiblich intensiv, so real und doch viel zu schön, um wahr zu sein. Als ob sie beide irgendwelche bunten Pillen eingeworfen hätten und auf einer Wolke schwebten. Er hatte sich über sie gekniet und vorgebeugt, ihr Gesicht in seine Hände genommen, seine Lippen sanft auf ihre gelegt und mit seiner Zungenspitze Einlass gefordert. Ihre Wirbelsäule hatte sich gewölbt, um ihn so nahe wie möglich zu spüren – und dann war der Schmerz wie ein Messer durch ihre Schulter gefahren. Er war verschwunden, und sie hatte die Tränen bemerkt, die unter ihren geschlossenen Augenlidern hervorgedrungen waren, bevor sie wieder in einen tiefen und traumlosen Schlaf abgedriftet war.

Jetzt war Tag. Der Geruch von Desinfektionsmitteln mischte sich mit dem von Kaffee. O Gott. Sie würde alles darum geben, jetzt eine Tasse davon zu trinken.

Carina riss ihre Augen auf – und stöhnte. Es hatte funktioniert. Sie blinzelte. Es war viel zu hell.

»Miss Rossetti, wie schön, dass Sie sich an den Zeitplan halten.«

Ein sympathisches Lächeln in einem runden Gesicht erschien vor ihrem. Die Schwesternhaube war schneeweiß und saß perfekt auf eisgrauem, straff zurückgekämmtem Haar. Die Frau sah viel zu jung aus dafür.

»Zeitplan?«

Carina wunderte sich, dass ihr Gegenüber die Frage gehört hatte, denn wenn überhaupt ein Ton aus ihrem Mund gekommen war, dann nur ein Flüstern.

»Der, nach dem Sie sediert und mit Schmerzmitteln behandelt wurden, und der vorsah, dass Sie jetzt aufwachen sollten. Doktor Finkel ist der Beste auf seinem Gebiet. Was auch immer er plant und vorhersagt, tritt ein«, erklärte die Frau mit funkelndem Blick.

Carina erkannte unumschränkte Bewunderung darin. Wahrscheinlich würde die Krankenschwester noch stundenlang von ihrem Idol sprechen, wenn sie die falsche Frage stellte. Besser also eine unverfängliche und verständliche. Und sie brauchte dringend etwas, um den schrecklichen Geschmack aus ihrem Mund zu bekommen.

»Kann ich bitte Kaffee haben, Schwester?«

»Sie sind mir schon ein Herzchen!« Die Frau lachte. »Ihr Freund wollte gestern mit mir wetten, dass Sie beim Aufwachen sofort danach fragen würden.«

»Und?«

»Ich habe mich nicht darauf eingelassen.« Sie zwinkerte ihr zu. »So verliebt wie er ist, war ich mir sicher, dass er jeden Ihrer geheimsten Wünsche kennt – selbst in schwierigen Situationen, Miss Rossetti.«

Carina gab dem lauten Lachen, das aus ihrer Kehle aufstieg, Platz – und bereute es sofort. Ihr ganzer Körper schmerzte dabei. Vor allem aber die Brust und die Schulter.

»Holy Shit!«

»Das sollten Sie nicht tun.«

Es war ihr wirklich egal, sich darum zu kümmern, was sich ziemte oder nicht. Das tat verdammt weh!

»Ich fluche normalerweise nicht«, erwiderte sie mit einem Hauch von Stimme.

»Ich schon. Und das meinte ich nicht. Sie sollten versuchen, sich so wenig wie möglich zu bewegen, Miss Rossetti. Es ist zwar nichts gebrochen, aber Prellungen sind oft viel schmerzhafter als Knochenbrüche, und Sie haben mehrere.«

»Lassen Sie mich raten, Schwester. Meine Schulter und die Rippen?«

»Mein Name ist Zelda, und ja. Außerdem Abschürfungen im Gesicht und eine Gehirnerschütterung. Und Ihre Hände ...«

Sie sprach nicht weiter, da Carina ohnehin den Blick senkte. Ihre Fingerknöchel waren blutverkrustet. Ihr rechtes Handgelenk war verbunden, auf dem linken sah sie den breiten weißen Streifen ihrer sonnengebräunten Haut, wo normalerweise ihre Armbanduhr war.

»Wissen Sie, wo meine Uhr ist?«

Zelda zuckte mit den Achseln. »Als man Sie herflog, hatten Sie keine. Aber vielleicht hat Ihr Freund ...«

»Jack ist mein Fotograf.«

»Also sind Sie beide kein Paar?« Erstaunen zeigte sich auf dem Gesicht der Schwester. Wahrscheinlich irrte sie sich selten und zweifelte an ihrer Menschenkenntnis. Oder sie dachte, dass Carina sie belog.

»Alles rein platonisch. Darf ich jetzt bitte einen Kaffee haben?«

Zelda runzelte die Stirn. Sie glaubte ihr immer noch nicht.

»Was halten Sie davon, wenn wir zuerst Ihr Kopfteil anheben und versuchen, Ihren Kreislauf in Schwung zu bringen?«

»Das geht am besten mit Koffein.«

Die Schwester lachte auf und hob die Hände, als ob sie sich einem Feind ergeben würde.

»Sie haben gewonnen, Miss Rossetti. Bin gleich wieder zurück.« Sie ging zur Tür, öffnete sie und drehte sich noch einmal um. »Zuerst Kaffee und dann versuchen wir gemeinsam, Sie auf die Beine zu kriegen. Sie haben heute eine lange Reise vor sich.«

Zelda war weg, bevor Carina sich von ihrem Erstaunen erholte und fragen konnte, was sie damit meinte. Als sie zurückkam, hatte sie Jack, Doktor Finkel und einen Mann in Offiziersuniform im Schlepptau, der sich als Major der israelischen Streitkräfte vorstellte, ohne seinen Namen zu nennen.

Drei Stunden später saß Carina neben Jack in einem Helikopter, der sie vom Sheba Medical Center im Osten der Metropolitanstadt Tel Aviv in knapp zehn Minuten zum südlich gelegenen Ben Gurion Airport flog, wo ein anonymer Privatjet auf sie wartete. Doktor Finkel hatte sie darauf vorbereitet, dass sie sich um nichts sonst kümmern musste als die pünktliche Einnahme ihrer Medikamente und für alles gesorgt war. Womit Carina nicht gerechnet hatte, war der schwarz gekleidete Bodyguard, der sie mühelos in seine Arme nahm, bevor Jack es tun konnte, und sie über die ausgeklappte Treppe der Gulfstream ins Innere trug. Noch weniger mit dem Mann, der ihr mit besorgtem Blick entgegenkam. Alistair Byron hatte es sich nicht nehmen lassen, sie persönlich abzuholen.

»Sie können meine Tochter hierhin setzen und sich zurückziehen«, sagte er an den Bodyguard gewandt.

Ihr Vater konnte manchmal ein richtiges Arschloch sein. Carina erwartete, dass der Typ mit dem perfekt getrimmten Bart und an den Seiten kurz geschorenen schwarzen Haaren, die oben etwas länger und lockig waren, zumindest zusammenzucken würde. Stattdessen setzte er sie sanft auf einen Loungestuhl, nickte nur kurz und verschwand hinter einer Tür, die in den rückwärtigen Teil des Jets führte.

»Was machst du hier, Dad?« Sie schaute zu ihm auf.

Er beugte sich vor und küsste sie sanft auf beide Wangen, bevor er ihr Gesicht zwischen seine Hände nahm. »Ich hole meine Tochter nach Hause.«

»Das war nicht notwendig. Jack ist doch ohnehin bei mir. Wir werden unsere Zwangspause gemeinsam verbringen und unsere nächste Reportage vorbereiten, bevor wir wieder fit sind.«

Ihr Vater strich ihr über die Wangen, richtete sich auf und schaute zu Jack.

»Sie haben ihr nichts gesagt?«

Ihr Freund, der einzige Mensch außer Dad, der die ganze Wahrheit über Carina Rossetti kannte, wirkte wie ein kleiner Schuljunge. Er knetete die Finger der einen Hand mit denen der anderen und vermied ihren Blick, während er den Kopf schüttelte.

»Dann ist wohl jetzt der richtige Moment dafür.«

»Ja, Sir.« Der blonde Hüne nickte unterwürfig.

»Was um Himmels willen ist hier los?« Carina brauste auf und verzog den Mund. Der Schmerz, der beim Luftholen ihre Lunge gegen die geprellten Rippen presste, traf sie trotz der Schmerzmittel wie ein Vorschlaghammer. »Also«, zischte sie nahezu lautlos, da keine Antwort kam

»Ich fliege nach Hause, Rossetti.«

Diesmal überlegte sie, ob sie den Kopf schütteln konnte, ohne Schmerzen zu verspüren, dann tat sie es. Langsam, jedoch unmissverständlich.

»Warum solltest du das tun?« Die Sache im Gazastreifen war zwar gelaufen, weil irgendwelche Idioten unter den Flüchtlingen gedacht hatten, dass sie mehr Aufmerksamkeit auf ihre Situation zogen, wenn sie ausländische Journalisten mit Gewehrgranaten erschreckten, aber das änderte nichts an ihren weiteren Plänen.

»Ich muss nicht, ich will.« Jack richtete sich zu seiner vollen Körpergröße auf und zog die Schultern zurück. »Es ist an der Zeit, sesshaft zu werden und die nächste Lebensphase zu beginnen, Rossetti. Für mich – und für dich auch.«

Carina starrte ihn schockiert an. *Nächste Lebensphase?* Ihr Leben war perfekt, so wie es war. Warum sollte sie es ändern?

»Sag jetzt nicht, dass du hetero wirst und eine Familie gründen willst.« Sie zwinkerte ihm zu und versuchte es mit Humor, obwohl ihr gar nicht danach war.

Er sank neben ihr in die Hocke und griff nach ihrer Hand. Dann lächelte er.

»Die einzige Frau, die mich je dazu bringen könnte, wärst du. Aber wir wissen beide, dass das nicht funktionieren würde, weil du zwar meine beste Freundin bist, jedoch niemals mehr sein könntest. Andererseits ...«

Carinas Herz wurde schwer. Sie wusste, was er sagen würde, bevor er es aussprach. Sie hatten oft genug darüber geredet. Längst war die Adoption für gleichgeschlechtliche Paare in allen Regionen Australiens legal, seit 2018 auch im Norden, wo Jacks große Liebe lebte.

»Ich werde Nägel mit Köpfen machen, mit Brad zusammenziehen und ein Kind adoptieren. Er hat lang genug auf mich gewartet – und er fehlt mir.«

»Und ich werde dir nicht fehlen?«

Jack seufzte tief. »Natürlich wirst du das, aber wenn du eine Auszeit von der britischen Steifheit und all dem Kram hast, den eine Lady zu tun hat, kannst du jederzeit deine Cocktailkleider gegen Jeans tauschen und uns besuchen.«

Dieser große, schweigsame Kerl musste sie einfach immer zum Lachen bringen. Sie verzog den Mund und legte eine Hand auf ihre schmerzenden Rippen.

»Ich habe nicht vor, in England zu bleiben.«

»Sondern?«

»In drei Wochen fliege ich nach Nepal, wie geplant. Mister Rearden hat sicher einen Fotografen für mich. Auch wenn niemand an dich herankommt, werde ich mich eben neu orientieren müssen.«

»Genau das wirst du tun, Carina«, sagte ihr Vater energisch. »Dich neu orientieren, anstatt weiterhin in der Welt herumzufliegen und dich in Gefahr zu bringen. Rick Rearden wird dir einen Vorschlag für eine zukünftige Zusammenarbeit in London unterbreiten. Der bisherige Arbeitsvertrag wurde beendet.«

»Wie bitte?« Ihre Stimme überschlug sich. »Woher willst du das wissen, Dad? Ich hatte nicht einmal die Gelegenheit, mit ihm zu telefonieren, weil man mich in dem Krankenhaus sediert hat und ich erst seit heute Morgen wieder bei mir bin und er nicht erreichbar ist.«

»Mister Rearden hat es mir gesagt.«

»Mir auch.« Jack richtete sich zu seiner vollen Körpergröße auf und schaute auf sie herab. »Er hat sich um den Helikopter gekümmert, der uns aus dem Gazastreifen in das Sheba Medical Center nach Tel Aviv gebracht hat. Wir waren noch keine Stunde dort, als er mich anrief und mir mitteilte, dass unser Arbeitsverhältnis in seiner bisherigen Form aufgrund des bewaffneten Angriffs auf uns beendet ist. Er hat irgendwas von einer Klausel gesagt, die in solchen Fällen zu tragen kommt. Und dann hat er mir angeboten, in Zukunft Rearden-Media mit Bildmaterial aus Australien zu beliefern.«

»Das kann er nicht!« Entsetzt schaute Carina von Jack zu ihrem Vater. »Und weshalb sollte mein Chef mit dir sprechen, Dad? Ihr kennt euch doch gar ...«

Der Blick des Earl of Willingdon sagte alles.

»Seit wann?«, fragte sie flüsternd.

»Seit unserer Kindheit. Unsere Mütter kannten sich.«

»Und warum wusste ich das nicht?«

»Weil Rick und ich keine gemeinsamen Interessen hatten, als wir älter wurden, und unsere Zukunftspläne weit auseinandergingen.«

»Aber ihr habt euch nie aus den Augen verloren«, schlussfolgerte Carina.

»Nein.«

»Und ich habe mich gefragt, warum Rick Rearden mich damals persönlich angerufen hat. Wie idiotisch! Natürlich ist er nicht zufällig über meine Bewerbung, die ich noch während des Studiums eingereicht hatte, oder eine meiner Reportagen für National Geographic gestolpert und war so begeistert, dass er mich unbedingt einstellen wollte. Aber dass du ihm jetzt gesagt hast, meinen Vertrag aufzulösen, das vergesse ich dir nie, Dad!«

»Damit habe ich nichts zu tun, Carina.«

Sie wandte sich von ihm ab. »Komm gut heim und melde dich, Jack.«

Sie verabschiedete sich von ihrem besten Freund und Teampartner, mit dem sie die letzten siebenundzwanzig Monate bis auf wenige Wochen pro Jahr ständig zusammen gewesen war, als ob er rasch einmal einen

Kaffee holen ginge. Jack beugte sich vor und umarmte sie sanft, um ihr nicht wehzutun. Er sagte kein Wort, und sie senkte die Lider, als er ihren Blick suchte. Ob er noch mit ihrem Vater sprach, bekam sie nicht mit, denn sie lehnte sich zurück und schloss die Augen. Als der Jet abhob, fiel ihr Kopf zur Seite. Das Medikament, das Doktor Finkel ihr gespritzt hatte, bevor man sie zum Helikopter gebracht hatte, entfaltete seine Wirkung.

Und so merkte sie nicht, dass ihr Vater den Bodyguard bat, sie in eines der Schlafzimmer der Gulfstream zu bringen, wo der Mann ihr vorsichtig die Schuhe auszog, sie zudeckte und sein Blick sekundenlang auf ihr verharrte, bis er die Kabine verließ und leise die Tür schloss.

KAPITEL 8

Damiano Cipriani haute nichts um. Niemals. Bis jetzt.

Wie sein Bruder, dem er als kleiner Junge nacheiferte und der sein bester Freund war, hatte er vieles erlebt. Er hatte schon mit sechs gelernt, dass man besser dran war, wenn man sich wortkarg verhielt, und dass englische Privatschulen zwar teuer, adelige Mitschüler jedoch wahrlich nicht das Gelbe vom Ei waren. Im Gegenteil. Lieber mit dem Sohn eines Fleischfabrikanten abhängen, der mit Rippchen und Würsten steinreich geworden war, als mit dem näselnden Spross eines Lords, dessen Vorfahren Mitmenschen als Leibeigene versklavt und wie den letzten Dreck behandelt hatten. Am schlimmsten waren allerdings diejenigen, deren Vater zwar irgendeinen hochtrabenden Titel hatte, jedoch nicht das nötige Kleingeld für den entsprechenden Lebensstil. Im Königreich gab es mehr beschissene Adelige, die das Erbe ihrer Vorfahren verspielt und verhurt hatten und deren Kinder nur aufgrund ihres Namens zu Sonderkonditionen in namhaften Instituten erzogen wurden, als ehrenwerte. Der Earl of Willingdon gehörte eindeutig zu letzteren.

Sie hatten sich noch vor Sonnenaufgang in Gatwick getroffen, waren gemeinsam in die luxuriöse gecharterte Gulfstream gestiegen und hatten schon vor dem Start begonnen, sich zu unterhalten. Besser gesagt hatte Alistair Byron, nachdem er seine Dokumente geprüft hatte, ihm die Lebensgeschichte seiner Tochter erzählt. Dabei hatte Damiano immer wieder an Dantes Worte nach dem gestrigen Anruf von Rick Rearden denken müssen. Von wegen Prinzesschen, das einen Unfall hatte, weshalb Daddy sie jetzt beschützen lassen wollte, damit ihr Stupsnäschen nicht verbogen wird.

Die Tochter des Earls, der ihn behandelte wie einen ebenbürtigen Menschen und absolut nicht überheblich war, war alles andere als ein zerbrechliches Püppchen. Die Kleine, die längst den Kinderschuhen entwachsen war, hatte ihr Studium als Jahrgangsbeste an der renommierten London School of Journalism absolviert und ihr privilegiertes Leben hinter sich gelassen, um in den entlegensten Winkeln der Welt Reportagen zu schreiben – unter einem Pseudonym und unerkannt. »Carina hat ihre Mum abgöttisch geliebt, und als sie und meine Mutter bei diesem schrecklichen Autounfall ums Leben kamen, konnte sie einfach nicht in England bleiben. Ich habe sie verstanden und unterstützt, indem ich nicht versucht habe, sie zurückzuhalten. Es wäre sinnlos gewesen, von ihr zu verlangen, das Leben zu führen, das sie nicht wollte und das sie tagtäglich an ihre Mutter und Großmutter erinnert hätte, von denen sie sich nicht einmal hatte verabschieden können. Sie war damals mit Freundinnen nach Italien geflogen, um ihren Studienabschluss zu feiern. Glauben Sie mir, Mister Cipriani, ich würde alles für mein Kind tun. Ich habe es ertragen, sie nur wenige Male pro Jahr zu sehen, wenn sie zu Besuch kam und sich dabei wie eine Fremde anfühlte. Aber dieses Attentat auf sie und ihre Kollegen im Gazastreifen durch ein paar durchgeknallte Flüchtlinge, die den Tod von Journalisten einkalkuliert hatten, nur um die Öffentlichkeit auf sich und ihre Situation im Jabalia Camp zu lenken, hat mir die Augen geöffnet. Carina hat in den vergangenen Jahren alle möglichen Strapazen auf sich genommen, um genau das zu tun. Sie wollte mit ihren Reportagen die

Weltöffentlichkeit auf die Lebensumstände bestimmter Bevölkerungsgruppen aufmerksam machen, wie sie es zuvor in Bezug auf vom Aussterben bedrohte Tiere oder Pflanzen getan hatte. Deshalb war meine Tochter dort. Sie wollte den Flüchtlingen helfen und wurde von ihnen angegriffen. Das ist absurd. Zum Glück sind sie und ihre Kollegen alle mit Verletzungen davongekommen, die nicht lebensgefährlich sind und in absehbarer Zeit heilen werden. Aber sie hätte sterben können. Ich kann nicht auch noch meine Tochter verlieren, Mister Cipriani. Verstehen Sie das?«

Der Earl hatte beschämt das Gesicht in den Handflächen vergraben, um seine Tränen zu verbergen. Damiano hatte ihm kurz die Hand auf die Schulter gelegt, sich entschuldigt und in den rückwärtigen Bereich des Jets zurückgezogen und seinen Laptop aufgeklappt.

Über den Earl of Willingdon war im Internet sehr wenig zu finden, bis auf die offensichtliche Tatsache, dass er im Oberhaus einen Sitz innehatte. Aber er schien keine politischen Ambitionen zu haben, die über die Anwesenheitspflicht hinausgingen. Womit genau er Geld verdiente oder ob er ein Philantrop war, der das ererbte Vermögen verwaltete und wohltätige Organisationen unterstützte, war nicht herauszufinden. Die Countess, seine Frau, war eine Italienerin aus bürgerlichen Verhältnissen, wie Damiano mit einem Schmunzeln bemerkt hatte. Sie hatte Rosen im Besonderen und Blumen generell geliebt und war in der geschichtsträchtigen Royal Horticultural Society, der britischen Gesellschaft für Gartenkultur, ausgesprochen aktiv gewesen. Der Unfall, an dessen Folgen sie und ihre Schwiegermutter verstorben waren, ereignete sich auf dem Weg zu einer Zusammenkunft zur Planung der nächsten Gartenschau vor knapp vier Jahren. Fotos von ihr und ihrem Mann gab es nicht allzu viele, und die im Internet verfügbaren zeigten den Earl und die Countess of Willingdon umgeben von anderen Menschen bei Charity-Events.

Und dann gab es ein Zeitungsbild, auf dem das Ehepaar mit zwei Kindern zu sehen war. Der Vater hatte eine Hand auf der Schulter eines kleinen Mädchens, das Damiano auf vier oder fünf Jahre schätzte, die Mutter hielt ein Baby im Arm. Ein Link führte von der Bildunterschrift zu einem Artikel, in dem vom Tod des zwölfjährigen William Byron die Rede war. Der Bub war nach plötzlicher, schwerer Krankheit gestorben, hieß es dort. Damiano hatte ein Stechen in der Brust gespürt und sich ein Glas Wasser eingegossen.

Hatten er und Dante wirklich gedacht, dass die Geschichte ihrer Familie an Tragik nicht zu überbieten war? Sie hatten sich geirrt. Dem Schrecklichen waren augenscheinlich keine Grenzen gesetzt.

Plötzlich hatte er es nicht mehr bedauert, diesen Auftrag, den sein Bruder und er als Babysitten für eine hochnäsige adelige Göre eingestuft hatten, persönlich auszuführen. Aber bevor er die Tochter des Earls in Tel Aviv kennenlernte, wollte Damiano noch mehr über sie herausfinden. Es gab kaum etwas. Ein Foto, das sie als Kind zeigte, war schwarz-weiß und grobkörnig.

Da Alistair Byron ihm das Pseudonym, unter dem seine Tochter schrieb, nicht genannt hatte, suchte er nach dem Anschlag vor zwei Tagen im Jabalia Camp und fand – nichts. Offenbar hatte die den Gazastreifen regierende Hamas dafür gesorgt, den Vorfall totzuschweigen. Oder aber die Israelis schwiegen, da die Palästinenser ihnen erlaubt hatten, die Journalisten auszufliegen. Möglicherweise hatten auch die Vereinten Nationen die Finger im Spiel, die nicht riskieren wollten, dass sich die Bedingungen für die Arbeit ihres Hilfswerks UNRWA verschlechterten. Vielleicht hatten jedoch die Medienunternehmen selbst beschlossen, nichts über den Vorfall, der ihre Mitarbeiter betraf, verlauten zu lassen. Oder aber alles zusammen – aus welchem Grund auch immer.

Jetzt, auf dem Rückflug von Tel Aviv, da Damiano wusste, was Rick Rearden um jeden Preis zu verbergen versuchte – und wen er schützte –, sah er es glasklar vor sich. Rearden-Media würde alles tun, um Medienrummel zu vermeiden, und das, obwohl mit einer derartigen Schlagzeile viel Geld zu machen war.

Damiano hob den Arm, um sich ein Glas Wasser einzuschenken. Seine Hand zitterte. Er hatte sie in dem Moment erkannt, als er sie aus dem Sitz des Helikopters gehoben hatte. Trotz der Hämatome und Hautabschürfungen in ihrem Gesicht und der etwa vier Jahre, die vergangen waren, nicht zu vergessen, dass er sie damals nur in der dunklen Bar in Taormina und am nächsten Morgen vor der Suite seines Bruders auf dem Hotelkorridor gesehen hatte. Das Rot ihrer Haare war einzigartig. Das Grün ihrer Augen war es. Die Art, mit der sie trotz der Schmerzen auf die Eröffnungen ihres Vaters reagiert hatte, war es. Sie war es.

Nachdem der Earl, der dem Kabinenpersonal noch vor dem Landeanflug befohlen hatte, sich unsichtbar zu machen, ihn gebeten hatte, sie in das Schlafzimmer zu tragen, war er sich zu hundert Prozent sicher. Und froh, dass er den Bart seit Tagen nicht abrasiert und gestern noch Zeit gefunden hatte, sich die Haare so schneiden zu lassen, dass sie dem Image eines Bodyguards gerechter wurden. In erster Linie jedoch, da er nicht mehr dem Mann ähnelte, der vor vier Jahren in Taormina für einige Stunden angeblich ihr Schwager gewesen war. Sie hatte ihn nicht erkannt. Das war gut. Sehr gut sogar.

Und wenn er es jetzt richtig anstellte, würde sie ihm dabei helfen, sein größtes Problem zu lösen. Die unendliche Traurigkeit seines Bruders.

Damiano fischte das Handy aus der Hosentasche und gab die eins ein.

Dante antwortete noch vor dem zweiten Klingeln. »Irgendwelche Probleme?«

»Im Gegenteil. Ich habe sie gefunden.«

»Ich wusste nicht, dass du auf der Suche nach jemandem warst. Solltest du nicht auf dem Rückflug von Tel Aviv sein?«

»Bin ich, aber nicht allein.«

»Ich bin nicht davon ausgegangen, dass du den Earl und seine Tochter aus dem Flugzeug werfen würdest, egal wie eigensinnig und unangenehm sie sind.«

Damiano lachte nicht, stattdessen knurrte er zurück. »Anstatt blöde Sprüche zu klopfen, solltest du mir zuhören.«

»Das tu ich doch.«

»Warum fragst du mich dann nicht, wen ich gefunden habe?«

»Du bist kindisch. Dreiunddreißig und kein bisschen erwachsen. Aber wenn du meinst, dass ich mit dir spielen soll, frage ich dich eben. Wen hast du gefunden?«

»Foxy. Sie ist die Tochter des Earl of Willingdon.«

Es krachte fürchterlich an seinem Ohr. Und dann brach die Verbindung zu seinem Bruder ab.

Kapitel 9

Zur selben Zeit in Southwark, London.

Das iPhone fiel ihm aus der Hand und schlug auf dem Parkett auf. Dante Cipriani starrte nach unten. Regungslos stand er vor der Fensterfront seines Büros.

Wie immer, wenn er mit seinem Bruder oder einem seiner Freunde, die zugleich seine engsten Mitarbeiter waren, telefonierte, hatte er den Chefsessel mit nach hinten geschoben, war aufgestanden, hatte seinen Blick auf die Londoner City auf der gegenüberliegenden Seite der Themse gerichtet und den Anruf angenommen. Er mochte die Aussicht aus dieser Höhe. Das Gefühl der absoluten Ruhe hier oben, während sich Menschenmassen und Fahrzeuge wie Ameisen weit unterhalb bewegten. Dies und die Stimmen der Menschen in seinem Ohr, die für ihn Familie waren, gaben ihm für die Dauer des Gesprächs den inneren Frieden, den er vor Jahren verloren hatte. In der Lobby des Hotels in Taormina, in der er die schönste Nacht seines Lebens verbracht hatte.

Dante starrte auf die Spitzen seiner glänzend polierten handgenähten Schuhe und das silbrige Teil mit dem angebissenen Apfel, das unmittelbar davor lag.

Foxy. Damiano hatte sie gefunden. Foxy war die Tochter des Earl of Willingdon. Des Mannes, der ihm gestern Abend mit ruhiger, angenehmer Stimme am Telefon erklärt hatte, dass er keinen Bodyguard im klassischen Sinn brauchte.

»Sie führt seit Jahren ein ziemlich ungewöhnliches Leben, reist um die Welt, bleibt an keinem Ort längere Zeit. Man könnte sagen, dass sie vor etwas davonläuft, Mister Cipriani. Nicht vor einer Person, einem Stalker oder einem aufdringlichen Exfreund. Eher vor einer Situation. Vor der Verpflichtung, die unsere gesellschaftliche Position mit sich bringt. Zumindest vermute ich das.« Dann hatte er leiser hinzugefügt: »Vielleicht auch vor sich selbst«, um seine Stimme sofort wieder anzuheben. »Jetzt hatte sie einen Unfall, der sie dazu zwingt, eine Pause einzulegen. Ich brauche jemanden, dem ich absolut vertrauen kann und der mich morgen begleitet, um meine Tochter aus Tel Aviv heimzuholen. Und ich will, dass sie bleibt, weil sie hier in Sicherheit ist, Mister Cipriani. Zumindest, bis die Presse davon Wind bekommt, dass sie zurück ist. Denn sobald das passiert, wird sie wieder davonlaufen wollen, aber das werde ich zu verhindern wissen. Mit Ihrer Hilfe, Mister Cipriani. Ich will nicht noch einmal einen Anruf erhalten und erfahren, dass meine Tochter nur knapp dem Tod entronnen ist. Sie braucht Schutz. Können Sie mir garantieren, rund um die Uhr dafür zu sorgen?«

Dante hatte die Augen verdreht, weil dieser Alistair Byron so viel Tragik in seine Worte gelegt hatte – und zugesagt. Dann hatte er ihm den Preis für einen 24/7-Personenschutz mitgeteilt und ihm erklärt, dass er nur seine besten Leute einsetzen würde. Dass er jedoch aufgrund der Kurzfristigkeit des Auftrags in den kommenden Tagen Einsatzpläne umstellen musste, bis er ein Team aus zwei fixen Männern garantieren könnte, und daher morgen sein Bruder mitfliegen würde. Dann hatte er Damiano gebeten, sich mit dem Earl of Willingdon über die weiteren Details abzusprechen. Er hatte wirklich Wichtigeres zu tun, als sich um den Schutz einer Zivilperson zu kümmern, die offenbar vor ihrem hyperprotektiven Vater davonlief – so nett er am Telefon geklungen hatte.

Und jetzt ...

Dante beugte sich vor, hob das iPhone auf und drehte es um. Das Display war ganz und leuchtete auf. Er holte tief Luft und rief die Kurzwahl seines Bruders auf, der sich sofort meldete.

»Alles okay bei dir?«

War es das? Er wusste es nicht. Sein Herz hatte vorhin einen Schlag ausgesetzt, vielleicht auch zwei. Seine Kehle war eng geworden. Das Handy war seinen Fingern entglitten. Er hatte nicht die geringste Idee, wie lang er dagestanden hatte, um die Buchstaben der Worte, die Damiano zu ihm gesagt hatte, wie in einem Puzzle in der richtigen Reihenfolge aneinanderzureihen, um ihren Sinn zu verstehen.

Foxy. Die Frau, von der er jede Nacht träumte, von der er Hunderte von Malen gedacht hatte, sie irgendwo auf der Welt auf einer Straße entdeckt zu haben, nur um dann festzustellen, dass sie es nicht war, hatte plötzlich einen Namen.

»Wie heißt sie?«

Damiano lachte. »Hast du nicht den Vertrag gelesen?«

Dante umrundete seinen Schreibtisch, ließ sich auf seinen Drehstuhl fallen, stellte den Lautsprecher des iPhones an, legte es auf den Schreibtisch und zog die Tastatur näher. Er fand ihn sofort. Lady Carina Mary Ann Byron.

»Carina.« Ihr Name glitt über seine Lippen.

»Das ist sie.« Damiano kicherte.

»Was?«

»Hübsch.« Die Bedeutung des italienischen Adjektivs, das auch ihr Name war, traf es nicht im Entferntesten.

»Sie ist nicht nur hübsch, sie ist schön. Oder ...«

»Willst du wissen, ob sie sich verändert hat?« Er nickte. Damiano konnte das zwar nicht sehen, aber er sprach trotzdem weiter. »Ihr Gesicht sieht aus, als ob sie in eine Schlägerei geraten wäre. Sie hat ein paar geprellte Rippen, eine Schulterprellung und eine Gehirnerschütterung.«

Er ballte die Hände zu Fäusten.

»War sie am Steuer?«

»Was?«, fragte Damiano verwundert.

»Der Unfall!«

»Oh. Nein. Also das war kein Autounfall.« Damiano unterbrach sich und sprach einfach nicht weiter.

»Jetzt sag schon, was ihr passiert ist!«

Er schrie so laut, dass seine Sekretärin den Kopf hob und er ihren Blick durch die leicht schräg gestellten Lamellen an der gläsernen Trennwand, die sein Büro von ihrem trennte, sehen konnte. Er drehte sich mit dem Drehstuhl um hundertachtzig Grad, deaktivierte den Lautsprecher an seinem Handy und hob es ans Ohr. Dante Cipriani starrte die Wand an, während sein Bruder ihm eine absurde Geschichte erzählte. Er hatte sich unzählige Male in seiner Fantasie zusammengereimt, wer Foxy im wahren Leben war. Aber nichts davon kam nur annähernd der Realität nahe.

»Ich brauche Zeit, Damiano«, sagte er Minuten später. »Ich kann sie nicht sofort sehen. Nicht heute.« Nicht nach dem, was er jetzt wusste und was sicher nur ein geringer Teil von dem war, was sich hinter Foxy verbarg. Besser gesagt was sie verbarg.

Er hatte keinen Mann, der kurzfristig einsatzbereit war. Nicht in London, ja nicht einmal ein paar tausend Kilometer entfernt. Tiziano, der für den Geschäftsbereich Personen- und Objektschutz der Cipriani Ltd verantwortlich war, konnte frühestens in fünf Tagen jemanden schicken. Ihre besten Personenschützer waren über ganz Europa verteilt und nicht jeder von ihnen passte zu diesem Auftrag. Der Hochadel war weiß Gott nicht ihre übliche Klientel.

»Das habe ich mir schon gedacht, Dante. Nimm dir die Zeit, die du brauchst. Ich werde mich nach unserer Ankunft auf Willingdon Castle mit allem im Schloss und auf dem Anwesen rundum vertraut machen. Sobald unsere Zielperson sich zurückzieht, kann auch ich mich ausruhen. Sie wird die meiste Zeit schlafend verbringen, glaube mir. Man hat sie unmittelbar vor ihrer Entlassung aus dem Sheba Medical Center mit Schmerzmitteln vollgepumpt und sie war seit dem Unfall fast dauerhaft sediert, dass sie noch Tage brauchen wird, um wieder richtig wach zu werden.«

»Vielleicht hat sie dich deshalb nicht erkannt.«

»Vergiss es. Sie hat mir ins Gesicht geschaut, als ich sie an Bord getragen habe.«

Ein absolut ungewohntes Gefühl nahm von mir Besitz. »Wie bitte? Du hast sie ...?«

Damiano lachte auf. »Eifersüchtig?«

Dante antwortete mit einem Knurren.

»Das ist Teil meiner Aufgabe. Ich bin für ihren Schutz verantwortlich. Wenn sie nicht in der Lage ist, auf eigenen Füßen zu stehen, muss ich sie tragen. Und ich gehe stark davon aus, dass ich sie auf dieselbe Art vom Flugzeug in den Wagen befördern werde, der in Gatwick auf uns wartet. Und später von dort an welchen Ort auch immer, sobald wir auf Willingdon Castle ankommen. Ich nehme an, dass das Schloss viele Zimmer hat und sie nicht sofort in ihr Schlafzimmer gebracht werden will. Ich werde sie also heute noch mehrmals ...«

»Schluss!«, unterbrach Dante seinen Bruder. »Ich bin morgen um halb acht bei dir. Lass das Handy an.«

Grußlos beendete er das Gespräch. Er warf das iPhone auf den Schreibtisch, lehnte sich zurück und fuhr sich mit gespreizten Fingern durch seine Locken. Sein ganzer Körper vibrierte, stand unter Strom. Er hatte diese Frau fast vier Jahre lang nicht aus seinem Kopf gebracht. Sie hatte es sich darin wohnlich gemacht und ihm tagtäglich aufgezeigt, was er verloren hatte, weil er mit ihr dieses Spiel hatte verlängern wollen, das sie begonnen hatte. Ich bin deine Frau, du bist mein Mann, Namen sind unwichtig. Allerdings nur, wenn man sicher sein konnte, sich nicht aus den Augen zu verlieren. Doch genau das war passiert. Im Juni vor vier Jahren. Zur selben Zeit, als die Countess of Willingdon und ihre Schwiegermutter bei einem Autounfall ums Leben gekommen waren, hatte Damiano gesagt. Dante beugte sich vor, legte die Finger auf die Tastatur und gab den Namen ein. Zig Google-Einträge und Websites später hatte er Gewissheit. Foxy hatte ihn nicht versetzt. Was er hier schwarz auf weiß vor sich hatte, war die Bestätigung. Sie hatte nicht geplant gehabt, ihn zu versetzen. Und er hatte damals gedacht, dass sie ihn verarscht hatte und die Nacht zwischen ihnen nur eine Runde in einem perfiden Spiel gewesen war, in dem er nicht der einzige männliche Mitspieler war.

Dante wischte die Mouse vom Schreibtisch, ließ den Aktenstapel folgen und schaute zu, wie all die Papiere durch die Luft segelten und sich auf dem Parkett verteilten.

Er musste raus hier.

Er brauchte Bewegung.

Anstrengung, Konzentration, Schweiß.

Den Körper fordern, um den Geist zum Schweigen zu bringen.

Er sprang auf, schnappte sich die Anzugjacke von der Rückenlehne, griff nach seinem iPhone und riss die Bürotür auf. Seine Sekretärin, die schon für seinen Vater gearbeitet hatte, hob ruckartig den Kopf und starrte ihn an.

»Ich bin die kommenden Tage nicht hier. Sehen Sie die Akten durch und erledigen Sie, was Sie können, selbst. Den Rest geben Sie bitte an die Zuständigen weiter. Mit meinen Terminen verfahren Sie genauso. Und kontaktieren Sie mich nur im äußersten Notfall, Angela, verstanden?«

Bevor sie antworten konnte, war er bereits verschwunden und nahm die Treppe. Vierzehn Stockwerke weiter unten hielt er im zwölften seinen Zeigefinger an den an der Wand angebrachten Scanner, stieß die rote Tür auf und ging direkt in die Umkleide. Zehn Minuten später stand Dante in dem rundum verspiegelten Saal, reckte das Kinn hoch und tippte mit der Spitze seines Schuhs zur ersten Note der Musik auf den spiegelblanken Parkettboden. Dann ließ er die Ferse folgen, öffnete die vor der Brust verschränkten Arme und hob sie in einer eleganten geschmeidigen Geste nach oben – und fühlte, wie sein Kopf sich leerte und die Musik von ihm Besitz nahm.

Kapitel 10

Willingdon Castle, East Sussex, am nächsten Morgen.

Der Mann kam aus dem kleinen Häuschen neben dem Tor und beugte sich zum geöffneten Seitenfenster. »Mister Cipriani?«

Dante nickte.

»Sie werden erwartet, Sir.« Er deutete auf das riesige schwarze Eisentor, das sich langsam und lautlos öffnete und das mittig angebrachte Wappen teilte.

Ihre Familie hat sogar ein eigenes Emblem.

Sein Fuß zitterte leicht, als er ihn auf das Gaspedal drückte und weiterfuhr. Auf einer breiten Straße, die beiderseits von hohen Bäumen flankiert war, so weit das Auge reichte. Seine Nervosität stieg mit jedem Meter – und es waren viele. Sehr viele. Erst nach endlosen fünf Minuten kam er aus dem Wald heraus und sah das Schloss vor sich. Zu weit entfernt, um die Details der Türmchen und Erker zu erkennen. Doch die Zeit hätte nicht gereicht, all die hohen Fenster zu zählen, die sich über zwei Stockwerke verteilten. Einerseits, da er von den unzähligen gelben Narzissenblüten und vereinzelt stehenden blühenden Bäumen abgelenkt war, andererseits von den Gärtnern, die ohnehin perfekt gestutzte Hecken schnitten oder auf dem Rasen knieten. Wahrscheinlich schnippelten sie jeden Grashalm einzeln mit der Nagelschere ab, damit alle dieselbe Länge hatten.

Dante spürte, wie sein Augenlid zuckte. Das war ein untrügliches Zeichen dafür, dass er sich falsch am Platz fühlte.

Der Earl of Willingdon beschäftigte allein für seinen Park mehr Menschen, als im Cipriani's in Rom arbeiteten. Und das Restaurant in der italienischen Hauptstadt, das erste, das sein Großvater eröffnet hatte, war vor zwei Jahren um das Nebengebäude erweitert worden, als dieses endlich zum Verkauf stand.

Dante schluckte den Kloß in seinem Hals, der ihm das Atmen erschwerte. Er ließ den Aston Martin auf dem schneeweißen Kies des Rondells ausrollen und machte den Motor aus. Sein Blick wurde von dem Springbrunnen angezogen, in dessen Mitte die überlebensgroße Statue einer kaum verhüllten Frauengestalt aus weißem Marmor stand, die wohl die Göttin Venus darstellte. Die schwachen Sonnenstrahlen des frühen Morgens brachen sich in den Wassertropfen in allen Farben des Spektrums. Er wäre wahrscheinlich noch länger hier sitzen geblieben, als er eine Bewegung in seinem Augenwinkel bemerkte. Rasch stieg er aus dem Wagen, griff nach der Anzugjacke und zog sie an, während er die Stufen zum Eingang des Schlosses nahm.

»Guten Tag, Mister Cipriani.« Der Mann, der ihn an der Tür erwartete und zum Gruß leicht den Kopf beugte, musste der Butler sein.

Hinter ihm stand eine weitere, etwa halb so alte Ausgabe. »Darf ich Ihnen etwas abnehmen, Sir?«

Dante schüttelte verwirrt den Kopf. Bis auf den Anzug, den er trug, hatte er nichts bei sich.

»Wenn Sie mir bitte folgen würden? Ihre Lordschaft erwartet Sie im Frühstückszimmer.«

Lordschaft? War das die Anrede für einen Earl? Himmel! Trotz seiner elitären Erziehung in den allerbesten Privatschulen erinnerte er sich nicht.

Dennoch ließ er sich seine Unsicherheit nicht anmerken und folgte dem Bediensteten über spiegelblanke marmorne Böden von der riesigen Halle durch einen breiten Flur, an dessen Wänden Porträts hingen, links die Frauen, gegenüber die Männer. Die Ahnengalerie, dachte er und merkte, wie er innerlich schrumpfte. Die Gemälde nahmen kein Ende und auf dem weiteren Weg, auf dem sie zweimal im rechten Winkel die Richtung wechselten, kamen ihnen drei Frauen entgegen. Sie trugen weiße Schürzen über schwarzen Kleidern, verstummten und senkten die Köpfe, als sie an ihm vorbeigingen.

Dante spürte, wie der Kloß wieder von unten in seinen Hals drängte und ihm die Luft zum Atmen raubte. Das geschah genau in dem Moment, in dem der Mann vor ihm lautstark an eine Tür klopfte und diese, ohne auf ein Zeichen zu warten, öffnete. Er trat zur Seite und gab den Weg frei. »Eure Lordschaft, Mister Cipriani ist eingetroffen.«

Ein Sonnenstrahl traf Dante direkt im Gesicht und verhinderte, dass er mehr als nur eine Silhouette der Person sah, auf die er zuging. Oder waren es mehrere? Sein Puls beschleunigte.

»Schön, dass Sie es trotz des Verkehrs rechtzeitig geschafft haben.«

Er runzelte die Stirn und erkannte endlich den Mann vor sich. Dante war mit eins fünfundachtzig nicht klein, aber Alistair Byron stand ihm um nichts nach. Bis auf seine grauen Schläfen sah er mit der athletischen Figur nicht aus wie der Mittsechziger, der er war.

»Rechtzeitig, Sir?« Verunsichert blinzelte er, fragte: »Mylord?«

»Zum Frühstück und lassen Sie die förmliche Anrede. Mein Name ist Alistair. Ich darf Sie doch Dante nennen? Mit zwei Ciprianis im Haus läuft es darauf hinaus, Teil einer Verwechslungskomödie zu werden.«

Erstaunt und zugleich schmunzelnd ergriff er die dargebotene Hand. Der Earl of Willingdon hatte ihn nicht überrumpelt, sondern regelrecht überfahren. Und er hatte Humor.

»Es ist mir eine Ehre, Sir.«

Der Mann vor ihm lachte und deutete auf einen Stuhl. »Einfach nur Alistair. Sie werden sich dran gewöhnen, Dante. Spätestens nach dem zweiten Kaffee, den Sie ja bevorzugen, wie ich von Ihrem Bruder erfahren habe.«

Er setzte sich und nahm endlich wahr, dass dieser Raum kein normales Zimmer, sondern eine Art Wintergarten war. Der Bereich, in dem der reich gedeckte Tisch stand, war möglicherweise früher eine offene Terrasse gewesen.

»Meine Frau hat diesen Raum bald nach unserer Heirat zu ihrem Lieblingsraum erklärt. Damals war er nur halb so groß und dunkel, ein richtig gestelztes Frühstückszimmer aus viktorianischen Zeiten. Maria hat einfach die Außenwände entfernen lassen und dieses herrlich luftige Ambiente geschaffen. Sie liebte es, weshalb wir all unsere Mahlzeiten gemeinsam hier einnahmen.«

»Kaffee für Sie, Sir?« Er hatte das Hausmädchen nicht bemerkt, das ihm auf sein Nicken hin aus einer silbernen Kanne einschenkte.

Auch die zweite Frau nicht, die ihn nun ansprach und seinen Blick auf sich zog. »Was ziehen Sie vor, Sir?

Rührei oder lieber ein weich gekochtes Ei mit Bacon oder mit Würstchen?«

Diesmal war es Übelkeit, die seine Kehle hochkam.

»Der Tisch ist so reich gedeckt, ich denke, dass ich mir etwas davon nehme.« Dante fühlte sich schrecklich. Die Frau musste glauben, dass sie einen Fehler gemacht hatte, dabei war alles seine Schuld. Er hatte einfach noch nie in einem privaten Schloss mit dem Besitzer gefrühstückt und war vor derartige Entscheidungen gestellt worden.

»Ich denke, dass Mister Cipriani zu sehr Italiener ist, um sich von unseren englischen Frühstücksgewohnheiten ablenken zu lassen.« Alistair zwinkerte ihm zu.

Das Dienstmädchen machte tatsächlich einen Knicks, bevor sie der zweiten Frau aus dem Raum folgte. War er den beiden vorhin auf dem Flur begegnet oder waren das wieder andere? Egal. Er könnte nie in diesem Schloss leben, wo es so viel Personal gab, dass man zwangsläufig die Namen von einem Aufeinandertreffen zum nächsten vergaß. Wenn er damals auch nur geahnt hätte, dass Foxy eine Adelige war, er hätte ihr Angebot, den Fake-Ehemann zu mimen, dankend abgelehnt und sie dem Cowboy überlassen. Die Texaner waren für ihren Größenwahnsinn bekannt, der wäre locker damit zurechtgekommen. Er nicht. So einer wie er, der dem Rest der Welt vorspielte, jemand zu sein, der er nicht war, passte nicht zu ihr.

»Sie sind Ihrem Bruder sehr ähnlich, Dante. Er hat auch nur einen Kaffee getrunken und sich ein Croissant mit auf den Weg genommen, wie er sagte.« Alistair Byron lachte, nahm einen Toast aus einem Warmhaltekörbchen und strich Marmelade darauf.

Englische, sprich Orangenmarmelade, wie Dante an den Schalenstückchen darin erkannte.

»Wohin musste er denn?«, fragte er und kämpfte gegen seine Nervosität an.

»Nur zurück zu meiner Tochter. Er hat für Carina einen Kaffee geholt. Offenbar mochte sie den Tee und das krankenhausähnliche Frühstück, das die Gouvernante ihr nach oben brachte, nicht besonders. Und Damiano meinte, dass die Wege durch das Schloss ziemlich lang sind, daher das Croissant zur Wegzehrung. Er ist ausgesprochen sympathisch und sehr humorvoll, Ihr Bruder.«

Alistair lächelte ihm zu und Dante spürte ein eigenartiges Kribbeln im ganzen Körper. Er wünschte den Moment herbei, an dem er Foxy endlich sehen würde, obwohl er Angst vor ihrer Reaktion hatte, sobald sie ihn erkannte. Doch egal, wie diese ausfallen würde, alles war besser, als zu wissen, dass Damiano mit ihr allein war.

»Eigentlich hatte ich ihm versprochen, ihn abzulösen.«

»Das können Sie, sobald er Carina nach unten bringt. Unser langjähriger Hausarzt war bereits vor sieben bei ihr und ist ausgesprochen zufrieden. Sie müssen wissen, dass er in den vergangenen Tagen mit Doktor Finkel vom Sheba Medical Center in Tel Aviv in Kontakt war und genau über ihre Verletzungen informiert ist. Die beiden haben gemeinsam entschieden, dass sie reisen konnte und keine medizinisch geschulte Begleitung nötig war. Trotzdem bin ich erschrocken, als ich sie sah, denn auf den ersten Blick sieht es ziemlich schlimm aus. Das liegt an all den Abschürfungen und Hämatomen im Gesicht ...«

»Daddy. Du machst aus einer Mücke einen Elefanten. Erschrick Mister Cipriani doch nicht so, sonst nimmt er Reißaus, noch bevor ich die Möglichkeit habe, ihn zu begrüßen.«

Dante erstarrte. Er bekam Gänsehaut. Ihre Stimme war unverkennbar. Er erinnerte ihn daran, wie sie klang, wenn sie zum Höhepunkt kam. Unter ihm. Oder wie sie den Tonfall veränderte, sobald sie ihn Ehemann nannte. Sie war nur noch wenige Meter von ihm entfernt. Schräg hinter ihm, dort, wo man in das Zimmer gelangte.

Alistair hatte sich ihr lächelnd zugewandt. In seinem Gesicht war seine Liebe für seine Tochter zu erkennen.

»Nenn ihn nicht Mister Cipriani, Carina, das führt nur zu Verwechslungen. Sein Name ist ...«

»Dante.« Mit einer geschmeidigen Bewegung stand er auf und drehte sich um. »Dante Cipriani.«

Kapitel 11

Carina hatte sich beim Aufwachen nicht erinnert, wie sie ins Bett gekommen war. Sie war sich nicht einmal sicher, ob sie nicht geträumt hatte, in der seidigen weißen Bettwäsche mit den kleinen Rosenblüten zu schlafen, die ihre Mutter für sie in mehrfacher Ausführung hatte anfertigen lassen. Bis sie die Augen geöffnet und die pfirsichfarbenen Röschen entdeckt hatte. Die hatte sie immer all den anderen gelben, champagnerfarbenen, dunkelroten, roséfarbenen, orangenen und auch den mohnroten vorgezogen. Elsa musste dafür gesorgt haben, dass ihr Bett für ihre Heimkehr damit bezogen wurde. Die liebe Elsa, die schon vor ihrer Geburt ihre Stelle in Willingdon Castle angetreten hatte und seit vielen Jahren den verantwortungsvollen Posten der Gouvernante innehatte. Sie hatte gestern Abend bei ihrer Ankunft am Eingang auf sie gewartet, ihr Gesicht in beide Hände genommen und sie auf die Wangen geküsst.

»Ich bin so froh, dass Sie zurück sind, Mylady.«

Carina war müde gewesen, obwohl sie den ganzen Flug über geschlafen hatte und auch auf der Fahrt von Gatwick hierher nicht richtig munter geworden war. Aber sie hatte trotzdem bemerkt, wie falsch sich diese Anrede anfühlte.

»Elsa, lass das sofort. Entweder du nennst mich Carina, wie früher, oder ich sage Daddy, dass er dich in den Ruhestand schicken muss.«

»Um Himmels willen, nein!« Erschrocken hatte die ältere Frau sich die Hand auf den Mund geschlagen – und dann hatten sie gemeinsam gelacht.

Und die ganze Zeit über hatte Damiano sie am Ellenbogen gehalten, wenn ihre Beine schwach wurden, und sie nach einem leichten Abendessen wieder auf die Arme genommen und hinauf in ihr Zimmer getragen. Er hatte vor der Tür gewartet, während Elsa ihr geholfen hatte, sich zu waschen, was vor allem aufgrund der Schmerzen in der Schulter allein sehr schmerzhaft war. Erst als sie im Bett lag, wobei Damiano sie einfach hochgehoben und zugedeckt hatte, hatte er ihr Zimmer verlassen – und war heute früh mit Elsa um halb sieben wieder da gewesen.

Ausgeruht hatte er gewirkt und ihr mit einem fröhlichen Zwinkern einen »Guten Morgen« gewünscht. Obwohl er nicht viel sprach, fühlte es sich an, als ob sie einander schon länger kennen würden, nicht erst seit gestern. Eigenartig. Er hatte etwas an sich, was ihr ein Gefühl der Sicherheit vermittelte. Sie wusste, dass sie ihm vertrauen konnte und dass er nie versuchen würde, sie dumm anzumachen. Warum das so war, konnte sie sich nicht erklären. Noch weniger, weshalb sie spürte, dass sie beide gute Freunde werden könnten – aber nicht mehr. Dieser Mann war zwar ungemein attraktiv, und dass er nicht nur kräftige Bizepse, sondern auch ein perfektes Sixpack hatte, war ihr nicht entgangen. Immerhin hatte sie sich an ihn geschmiegt, als er sie durch die Gegend trug. Damiano Cipriani gab ihr das Gefühl, sich wirklich um ihre Sicherheit zu sorgen, nicht nur, weil er als Bodyguard für ihren Vater arbeitete. Auf ungewisse Zeit, wie sie von ihm erfahren hatte, als sie ihn nach der Dauer des Vertrags fragte.

Das war gewesen, sobald der gute alte Doktor Brody, der immer noch mit den Hühnern aufstand und seine Hausbesuche in aller Herrgottsfrühe erledigte, gegangen war, und sie Damiano das Du angeboten hatte. Und er hatte ihr gesagt, dass er später von seinem Bruder abgelöst würde, sie beide aber in Wirklichkeit ein Sicherheitsunternehmen besaßen, das sie gemeinsam leiteten und in dem Personenschutz nur eine geringe Rolle spielte. Sie arbeiteten jedoch seit Jahren immer wieder mit Rick Rearden zusammen, der sie gebeten hatte, dem Earl of Willingdon zu helfen. Das war der Grund, weshalb sie nicht abgelehnt hatte. Doch da der Auftrag sehr kurzfristig erteilt worden war, hatten sie ihren Schutz vorübergehend selbst übernommen. In ein paar Tagen würden sie von Mitarbeitern abgelöst werden.

Carina war bereits jetzt traurig, wenn sie daran dachte – dabei war sie kurz davor gewesen, ihrem Vater gestern schon vor dem Abflug von Tel Aviv zu sagen, dass sie keinen Bodyguard brauchte. Aber dann hatten sie all die Entscheidungen, die Rick Rearden und Jack getroffen hatten, so ermüdet, dass sie eingeschlafen war.

Jetzt war sie froh, dass sie es nicht getan hatte.

Sie hatte Damiano vorhin, als Doktor Brody gegangen war und Elsa ihr das Tablett gebracht hatte, anvertraut, dass sie morgens keinen Zwieback mit Kamillentee wollte, als ob sie eine Magenverstimmung hätte, aber Elsa zu sehr liebte, um es ihr zu sagen. Vielmehr würde sie sich anziehen und nach unten gehen, um mit ihrem Vater zu frühstücken. Er hatte genickt und ihr Zimmer verlassen. Dann hatte sie mit viel Mühe, jedoch ohne fremde Hilfe, den Pyjama trotz ihrer Verletzungen durch ein Wickelkleid ersetzt, weil das am einfachsten und fast schmerzfrei anzuziehen war. Und als sie die Tür geöffnet hatte, hatte Damiano mit einem Kaffee davor gestanden, den er in der Zwischenzeit für sie geholt hatte.

Nein, sie wollte nicht, dass jemand anderer seinen Platz als Bodyguard einnahm. Daran dachte sie, als er nach ihrem Arm griff und ihn in seine Armbeuge legte, um sie in das Frühstückszimmer zu begleiten. Jetzt konnte sie nur hoffen, dass sein Bruder zumindest halb so nett war wie er. Und dann würde sie mit Daddy reden.

Je näher sie dem Raum kamen, der sie an Mum erinnerte und den sie von allen Räumen im Schloss am meisten liebte, umso klarer konnte sie zwei Stimmen unterscheiden. Die eine ließ sie kurz straucheln und Damiano festigte seinen Griff um ihren Unterarm.

»Soll ich dich tragen, Carina? Hast du Schmerzen?« Er klang besorgt.

Sie schüttelte den Kopf. Nein, sie musste sich geirrt haben. Einen Moment lang hatte sie gedacht ...

»Die beiden haben gemeinsam entschieden, dass sie reisen konnte und keine medizinisch geschulte Begleitung nötig war«, sagte ihr Vater jetzt. »Trotzdem bin ich erschrocken, als ich sie sah, denn auf den ersten Blick sieht es ziemlich schlimm aus. Das liegt an all den Abschürfungen und Hämatomen im Gesicht ...«

»Daddy.« Damiano und sie erreichten die offen stehende Tür. Dad wandte den Blick und lächelte sie an. »Du machst aus einer Mücke einen Elefanten«, fuhr sie fort. »Erschrick Mister Cipriani doch nicht so, sonst nimmt er Reißaus, noch bevor ich die Möglichkeit habe, ihn zu begrüßen.«

Damianos Bruder saß mit dem Rücken zu ihr. Seine Haare waren pechschwarz, gelockt und gerade so lang, dass sie noch als kurz durchgehen konnten. Im Nacken kringelten sie sich über dem Kragen der schwarzen Anzugjacke. Ein Schauer überzog ihre Haut.

»Nenn ihn nicht Mister Cipriani, Carina, das führt nur zu Verwechslungen.« Dad schmunzelte. »Sein Name ist ...«

»Dante.« Mit einer geschmeidigen Bewegung stand der Mann auf und drehte sich um. »Dante Cipriani.«

Ihre Beine gaben nach. Die Luft wich aus ihrer Lunge. Sie umklammerte Damianos Arm und starrte seinen Bruder an, der sie mit ausdruckslosem Gesichtsausdruck ansah. Seine Lippen, seine wundervollen weichen Lippen, die so herrlich unanständige Dinge anstellen konnten und ihren Körper eine Nacht lang in Ekstase versetzt hatten, waren fest zusammengepresst. So sehr, dass sie eine weiße Linie in seinem gebräunten Gesicht bildeten.

Vor ihren Augen flimmerte es wie in einem alten Schwarz-Weiß-Film. Sauerstoff! Sie öffnete den Mund und zog verzweifelt Luft ein. Ihr Brustkorb weitete sich und ein stechender Schmerz schoss von den geprellten Rippen her durch ihren ganzen Körper. Sie stöhnte auf, schloss die Augen und sackte in sich zusammen.

Absichtlich.

Rossetti hatte die halbe Welt bereist. In Mexiko war sie auf den Knien durch den schlammigen Mangrovendschungel gekrochen, nachdem ihr Quad umgestürzt war. Im Kongo hatte sie sich ungewollt einer Riesenspinne so weit genähert, dass sie jedes einzelne ihrer acht Augen erkennen konnte. Sie hatte mit Jack drei Tage in einem Caravan Park in Perth im Westen Australiens verbracht, um mehr über die irischen Gipsys zu erfahren, als man einige verhaftet hatte, bevor die gesamte Gruppe expatriiert worden war. In Syrien hatte sie einen Anführer der Hamas interviewt, dem sie so nah gegenübergesessen hatte, dass sie seine Lust riechen konnte. Die, einen Mord zu begehen, nachdem er sie mit Gewalt genommen hätte. Rossetti war tough und abgehärtet, weltweit eine der wenigen weiblichen Journalisten, die keiner gefährlichen Situation aus dem Weg ging.

Aber offenbar hatte sie Rossetti im Gazastreifen zurückgelassen.

Jetzt war sie Carina Byron. Und zum ersten Mal, seitdem sie ihrem alten Leben den Rücken gekehrt hatte, kam Angst in ihr hoch. Sie fühlte sich verwundbar. Nicht nur physisch, wie ihre körperlichen Schmerzen bewiesen, sondern emotional.

Sie spürte, wie Damiano sie hochhob und auf die Chaiselongue legte.

Sie hörte die besorgte Stimme ihres Vaters, ohne den Sinn seiner Worte zu erfassen.

Sie fühlte, wie jemand ein kühles feuchtes Tuch auf ihre Stirn legte, und erkannte mit erstaunlicher Klarheit, dass es sich um eine der Servietten aus Damast handelte, die ihre Mutter hatte anfertigen lassen. Und sie wusste, dass es Damiano war, der ihr Wassertropfen von den Augenbrauen strich.

Damiano! Dieser Dreckskerl! Er wusste, wer sie war. Natürlich!

Nur sie musste sich bei diesem Attentat den Kopf derart angeschlagen haben, dass ein paar Hirnzellen verschoben worden waren. »Mit einer Gehirnerschütterung ist nicht zu spaßen«, hatte Doktor Finkel gesagt. »Es wundert mich, dass Sie nur leichte Kopfschmerzen haben und keine Übelkeit verspüren, Miss Rossetti. Aber offenbar ist das ein positiver Nebeneffekt der Schmerzmittel, die Sie der Prellungen wegen weiterhin nehmen müssen. Sobald Sie diese reduzieren, könnte sich das ändern. Schwindelgefühl, migräneartige Beschwerden, Lichtempfindlichkeit, aber auch Erinnerungslücken könnten dann zunehmen.«

»Vielleicht sollten wir den Arzt rufen, Damiano?«, fragte ihr Vater besorgt.

Diesen Dreckskerl bat er um Rat. Vor vier Jahren hatte er sich als ihr Schwager bezeichnet, und jetzt ... hatte sie ihn nicht erkannt. Absurd. Was so ein Bart und ein Haarschnitt ausmachen konnten. Obwohl ... Diese eigenartige Verbundenheit zwischen ihnen war keine Einbildung gewesen. Aber warum hatte er nichts gesagt? Verdammt! Dann wäre sie darauf vorbereitet gewesen, seinen Bruder ...

Dante. Welch wundervoller Name für diesen unwahrscheinlichen Mann.

Er passte zu ihm.

»Ich glaube nicht, dass wir Doktor Brody brauchen, Alistair. Der Weg von ihrem Zimmer bis hierher hat sie sicher angestrengt, nichts weiter.«

Damiano sprach mit ihrem Vater wie mit einem Freund. Die beiden verstanden sich wirklich gut, dabei kannten sie sich doch erst seit gestern. Nicht einmal vierundzwanzig Stunden, in denen sie die meiste Zeit schlafend verbracht hatte – und die restliche mit Damiano.

Dieser Verräter!

Er hätte ihr sofort sagen müssen, wer er war. Oder ... hatte auch er sie nicht erkannt? Dreieinhalb Jahre waren eine lange Zeit. Bald vier, korrigierte sie sich stumm und bemühte sich, ihre Lider weder zusammenzupressen noch flattern zu lassen. Ihre Bewusstlosigkeit musste authentisch rüberkommen, bis sie einen Entschluss fasste.

Allerdings ... Es war ja nicht so, dass ihr mehrere Optionen offen standen.

Nicht nach dem ausdruckslosen Blick, mit dem Dante sie angesehen hatte, als er sich zu ihr umdrehte.

Entweder er verfügte über ausgezeichnete schauspielerische Fähigkeiten, oder aber er hatte sie wirklich nicht erkannt. So wie Damiano. Es lag ja immerhin im Bereich des Möglichen. Sie selbst hatte sich heute Morgen vor ihrem Spiegelbild erschrocken – mehr noch als gestern im Krankenhaus in Tel Aviv.

Die Hämatome an ihrer linken Schläfe, die sich über das ganze Auge und den Wangenknochen zogen, waren von einem dunklen Violett. Der Nasenrücken und das Kinn waren von einer bräunlichen Blutkruste bedeckt, die sie sich liebend gern abkratzen würde, so sehr wie es darunter juckte. Sie war entstellt. Nichts bis auf ihre Augenfarbe deutete darauf hin, dass dieses Gesicht ihres war. Sie unterdrückte das Seufzen, das ihr zu entgleiten drohte. Sie fühlte sich mies, weil sie Damiano, wenn auch nur im Geiste, mit Schimpfwörtern bedacht hatte.

Nein, er hatte sie nicht erkannt! Daher hatte er seinen Bruder nicht vorgewarnt. Was er wahrscheinlich ohnehin nicht gemacht hätte. Denn wer war sie schon für diesen ... diesen Dante Cipriani. Niemand! Sie hatte definitiv zu viel in diese Nacht zwischen ihnen hineininterpretiert. Taormina mit seinem romantischen Flair hatte ihr das Hirn vernebelt. Deshalb hatte sie seither kaum eine weitere Nacht verbracht, ohne von ihm zu träumen. Sich nach ihm zu sehnen. Sich vorzustellen, was er mit seinen Händen, seiner Zunge, seinem ... Halt!

Angenommen Damiano hätte sie trotz ihres entstellten Gesichts erkannt – er wäre locker darüber hinweggegangen. Vielleicht hätte er eine scherzhafte

Bemerkung gemacht. Aber nein, nicht einmal das. Er hätte kein Wort darüber verloren.

Sie war nicht mehr als ein One-Night-Stand seines Bruders. Sie hatte sich Mr-Dark-and-Hot an den Hals geworfen und mit einem Scherz um Hilfe gebeten. Gemeinsam hatten sie das Spiel des Fake-Ehepaars weitergesponnen und waren miteinander im Bett gelandet.

Sie hatten Sex gehabt.

Außerordentlichen, aufregenden, tiefschürfenden, einzigartigen Sex.

Das hatte nicht nur sie empfunden, sondern auch er. Sonst hätte er sie nicht um ein Dinner-Date ersucht. Möglicherweise ... Nein, ganz sicher hätten sie nach dem Abendessen wieder Sex gehabt – und dann wäre alles vorbei gewesen. Carina konnte sich genau erinnern, dass er und seine Freunde am darauffolgenden Tag abreisen wollten.

Doch sie hatte ihn versetzt. Nein. Nicht wirklich. Nicht weil sie es geplant hatte. Im Gegenteil. Sie hätte alles dafür gegeben, wenn Mummy und Granny an dem Tag nicht den Unfall gehabt hätten und noch am Leben wären.

Aber dem war nicht so.

Doch er wusste es nicht. Er hatte auf sie gewartet und musste sich wie ein Idiot vorgekommen sein, als ihm klar wurde, dass sie nicht kommen würde.

Er musste gedacht haben, dass sie einfach nur Spaß hatte haben wollen.

Sicher glaubte er, dass sie eine dieser hirnlosen Engländerinnen war, die im Sommer nach Italien oder Spanien flogen, um dort Sex zu haben. Nicht mit einem heißblütigen Liebhaber, sondern mit mehreren. Jede

Nacht ein anderer. Keine Verpflichtungen. Nur heiße Urlaubserinnerungen, die im Winter verblassten und im darauffolgenden Sommer mit irgendwelchen anderen heißen Typen wiederaufgefrischt wurden.

Falls er wirklich auf sie gewartet hatte.

Denn die Möglichkeit, dass er gar nicht um acht in der Hotellobby erschienen war, war plötzlich greifbar. In all den Jahren hatte sie nicht ein einziges Mal in Betracht gezogen, dass er sich nur einen Spaß mit ihr erlaubt hatte. Immerhin hatte er ihr freigestellt, ob sie allein oder mit ihren Freundinnen mit ihm zu Abend essen würde. »Überrasch mich«, hatte er gesagt – und damit gemeint, dass er sich irgendwo im Verborgenen ins Fäustchen gelacht hätte, während er sie beobachtete.

Carina vermied angestrengt, zu schlucken, denn das sollte niemand sehen. Sie konnte das leise Murmeln der drei Männer hören, mit geschlossenen Augen und in dieser liegenden Position aber nicht orten, wie nah sie waren.

O Gott! Wie beschämend! Sie hätte sich zur Närrin gemacht. Zum Gespött der Hotelangestellten, die gewusst hätten, dass sie versetzt worden war. Sie! Lady Carina Byron wäre im Grand Hotel Timeo, in dem man sie kannte, seit sie geboren wurde, hinter vorgehaltenen Händen ausgelacht worden, wenn sie in der Lobby auf einen Mann gewartet hätte, der niemals vorhatte zu kommen. Allein, denn sie hatte sofort beschlossen, ihren Mr-Dark-and-Hot keinesfalls mit ihren Freundinnen zu teilen.

Himmel! Was für eine Katastrophe hätte sie ausgelöst, wenn sie vorhin auf ihn zugegangen wäre, ihn angelächelt hätte und auf ein Zeichen von ihm gewartet hätte. Eines, das nie gekommen wäre! Nein, falsch. Eines, das selbst dann nicht kommen würde, wenn ihr

Gesicht nicht mehr wie das einer Preisboxerin aussähe. Eher würde dieser Mann sich nach einem ersten Schock von ihr abwenden und alles tun, um diesen Personenschutz-Auftrag so rasch wie möglich zu beenden.

Aber das würde sie nicht zulassen. Nicht, solange sie Schmerzen hatte und das Schloss nicht verlassen würde. Nicht danach, sobald sie in der Lage sein würde, nach London zu fahren und mit Rick Rearden über ihre zukünftige berufliche Laufbahn zu sprechen. Sie würde auf die Bodyguards bestehen und so viel ihrer Zeit beanspruchen wie nur möglich. Notfalls wäre sie auch dazu bereit, ein paar dieser Aufgaben, die ihre Mutter früher ausgeführt hatte, zu übernehmen. Immerhin war sie, Carina Mary Ann Byron, die Countess of Willingdon.

Plötzlich wurde das Tuch auf ihrer Stirn gegen ein anderes ausgetauscht.

»Es sind schon fünf Minuten vergangen«, sagte ihr Vater. »Wenn sie in der nächsten nicht zu sich kommt, rufe ich Doktor Brody.«

Sie spürte das Lächeln, das bei dem Gedanken, wie sie das Sexleben von Mr-Dark-and-Hot mit ihren Ansprüchen als Arbeitgeberin auf ein lächerliches Mindestmaß reduzieren würde, auf ihren Lippen prickelte. Sie ließ es zu und befahl ihren Lidern, zu zucken.

»Sie kommt zu sich.« Damianos Erleichterung erfüllte sie mit Freude. Er war kein Verräter. Sie mochte ihn. Und es sprach nichts dagegen, dass sie beide so richtig gute Freunde wurden. Denn im Gegensatz zu seinem Bruder hatte er sich damals ihr gegenüber absolut korrekt verhalten – auch wenn er sich nicht erinnern konnte. Aber die Vergangenheit war unwichtig, nur die

Gegenwart zählte. Damiano Cipriani würde, ohne es zu wissen, ihr Verbündeter werden.

Carina öffnete zögerlich die Augenlider und blinzelte.

Das erste Gesicht, das sie sah, war das des attraktivsten, hinreißendsten Mannes, den sie je in ihrem Leben gesehen hatte. Er stand zu ihren Füßen vor der Chaiselongue, und sie konnte ganz klar das Grübchen an seinem glatt rasierten Kinn erkennen, das ihren Magen damals in einen Schmetterlingskäfig verwandelt hatte – wenn er lächelte. So wie jetzt. Er lächelte! Zwar mit geschlossenen Lippen und nicht auffällig, aber es war eindeutig ein Lächeln – und sein Blick hielt den ihren fest.

»Mein Kind, wie fühlst du dich?« Dad legte seine Hand auf ihre.

Sie musste den Kopf drehen und sich ihm zuwenden, um ihn zu beruhigen.

Jetzt! Sie tat es. Zumindest bewegte sie den Hals, denn ihre Augen waren immer noch mit diesen dunklen, braunen verbunden, die ihr seit Jahren nicht aus dem Kopf gingen. Doch dann, endlich, schaffte sie es – und sah aus dem Augenwinkel, wie er ihr zuzwinkerte und mit seinen Lippen ein Wort formte: »Foxy.«

»Carina?«

Sie versuchte, das Chaos in ihrem Kopf zu ordnen.

»Alles in Ordnung, Daddy.«

»Du warst minutenlang bewusstlos, Carina. Ich denke nicht ...«

»Doch, wirklich.« Sie drückte seine Hand und lächelte ihren Vater an. Ihn allein. Er war ihre Konstante in diesem riesigen Raum, der plötzlich zusammengeschrumpft war. »Ich brauche nur einen Kaffee und ein ordentliches Frühstück.«

»Aber Elsa hat dir doch schon vor über einer Stunde etwas hinaufgebracht, oder nicht?«

»Kamillentee und Zwieback.« Sie verzog ihr Gesicht und brachte Dad damit zum Schmunzeln.

»Sie sorgt sich eben um dich, weil du krank bist.«

»Ich habe keine Magenverstimmung, Daddy!«

Jetzt lachte er. »Du meinst eine von denen, die es dir unmöglich machten, in die Schule zu gehen?«

»Genau so eine«, erwiderte sie todernst und zwinkerte.

»Sie müssen wissen, Dante, dass meine Tochter zwar immer Klassenbeste war, aber sicher auch die Schülerin mit der geringsten Präsenz an Unterrichtsstunden.«

»Das stundenlange Gelaber über all die längst verstorbenen Vorfahren unseres Königreichs gingen mir auf die Nerven.«

Die drei Männer im Raum lachten.

Sie zuckte mit den Achseln und verzog den Mund. Der Schmerz in der Schulter war zwar dumpf, aber mehr als nur unangenehm.

»Hilfst du mir bitte hoch, Damiano?« Carina suchte seinen Blick und vermied den seines Bruders.

Das tat sie auch noch nach dem ersten Kaffee und einer großen Portion Rührei mit frischen Kräutern und herrlich duftendem Brot. Sie spürte Dantes Blicke zwar, aber da er neben ihr saß, musste sie ihn nicht ansehen. Zum Glück war der Tisch für zwölf Personen konzipiert und er weit genug entfernt, sodass sie sich nicht berührten. Trotzdem saß er zu nah. Sein unvergleichlicher Duft nach Waldkiefern und seinem ureigensten Geruch wehte immer wieder in ihre Richtung.

Elsa kam herein und legte mit einem Blick auf ihren Teller die Stirn in Falten.

»Mylady, Sie sollten nichts Schweres zu sich nehmen.«

»Und du sollst mich nicht Mylady nennen«, konterte sie. »Abgesehen davon brauche ich bei all den Schmerzpulvern etwas im Magen.«

»Zwieback ist das Beste, wenn man unpässlich ist, Carina.«

Sie sah schmunzelnd auf. »Ich bin nicht unpässlich, Elsa. Nur zarte Damen, die ihre Näschen unter großen Hüten verstecken, damit ihre Porzellanhaut keine Sonnenstrahlen abbekommen, sind unpässlich.«

Die drei Männer lachten schallend auf. Zugleich. Dennoch konnte sie Dantes Bariton herausfiltern – und in ihrem Nacken löste sich ein Kribbeln, das ihren ganzen Körper erfasste.

»Kann ich bitte noch eine Tasse Kaffee bekommen? Aber diesmal mit einem Häubchen fetter, gezuckerter Schlagsahne obendrauf.«

»Du wirst dir den Magen verderben«, murmelte Elsa, bevor sie mit einer Geste das Dienstmädchen, das wartend unweit der Tür stand, in die Küche schickte.

»Und jetzt hätte ich gern ein Stück von dem Zitronenkuchen. Daddy, kannst du mir bitte ...«

Sie hatte noch nicht zu Ende gesprochen, als Dante ihr das Gewünschte mit der Kuchenzange auf den Teller legte. Dabei streifte sein Handrücken ihre Finger, die nach der Kuchengabel griffen. Carina zuckte zusammen, und er zog seinen Arm so rasch zurück, dass Alistair verwundert zwischen ihnen hin und her sah. Damiano hingegen grinste und wich ihrem Blick aus.

Verdammter Scheißkerl! Er hatte sie also sehr wohl erkannt. *O mein Gott.* Die Konfusion in ihrem Kopf war komplett. Wo war ihre Menschenkenntnis hin? Welche all der Hypothesen, die sie angestellt hatte, war richtig, welche falsch? Sie seufzte laut.

»Ist alles in Ordnung, Carina?«

Sie funkelte ihren Vater an. »Wenn mich noch jemand fragt, ob alles in Ordnung ist, lasse ich mich nach London fahren und bleibe dort. Und zwar genau so lange, bis ich wieder in der Lage bin, mir einen Rucksack auf den Rücken zu schnallen und das Land zu verlassen.«

Dad zuckte zusammen und warf einen Hilfe suchenden Blick zu Elsa, die den jedoch nicht bemerkte, da sie dem Hausmädchen, das soeben hereinkam, das Tablett abnahm und Carina den Kaffee mit dem gewünschten Sahnehäubchen servierte.

»Ich verstehe Ihre Tochter, Alistair. Sie will nicht als Kranke behandelt werden.« Es war nicht Damiano, der sprach, sondern Dante. Und seine Stimme trocknete ihre Kehle aus und schnitt ihr die Luftzufuhr ab.

Mit zittrigen Fingern umfasste sie mit beiden Händen die Tasse, hob sie hoch und setzte sie an die Lippen. Sie spürte den Kaffee auf ihrer Zunge – und die Sahne auf ihrer Nasenspitze. Trotz der Kruste, die sich auf den Abschürfungen gebildet hatte. Und dann fühlte sie den weichen Stoff.

»Sie haben da was, Carina.«

O. Mein. Gott. Dante tupfte hauchzart die Sahne ab – und sie verschüttete prompt ein wenig von dem Kaffee, als sie die Tasse absenkte.

»Danke.« Ihre Stimme krächzte.

»Ich finde, ihr könntet euch auch duzen.« Damiano grinste sie an. »Immerhin ist Dante mein Bruder, und da ich jetzt aufbreche, wird er sich die kommenden zwölf Stunden um deine Sicherheit kümmern.«

»Ich brauche keinen Bodyguard. In Willingdon Castle gibt es so viel Personal, dass immer jemand in meiner Nähe ist. Und da ich nicht vorhabe, das Schloss zu verlassen ...« Sie ließ den Rest des Satzes unausgesprochen, hob ihre Serviette an und tupfte sich die Lippen ab.

»Schluss jetzt!« Ihr Vater hob nie die Stimme. Nicht mit ihr.

Irritiert suchte sie seinen Blick. Er erwiderte den ihren ernst.

»Du bist nicht hingefallen und hast dir das Knie aufgeschürft. Man hat mit Granaten auf dich und deine Kollegen geschossen, Carina.«

»Aber es war kein Anschlag auf mich persönlich.«

»Das habe ich nicht behauptet. Dennoch ist es eine Tatsache, dass du persönlich Verletzungen davongetragen hast. Schwerere als dein Freund Jack, mein Kind. Und ich will gar nicht daran denken, dass es viel schlimmer hätte kommen können.«

Carina öffnete den Mund. »Aber ...«

Ihr Vater befahl ihr mit einer Geste, zu schweigen. »Lass mich ausreden. Ich war in den vergangenen Jahren ständig in Sorge, dass dir etwas passieren könnte. Oft wusste ich nicht einmal, in welchem Land der Erde du gerade warst. Carina, du bist der einzige Mensch meiner Familie, der mir geblieben ist. Dieser Anschlag auf dich hat mir klargemacht, dass ich nicht den Rest meines Lebens Zigtausende Kilometer von dir getrennt sein und mir Sorgen machen will. Versprich mir, dass du darüber nachdenkst und keine übereilte Entscheidung triffst, bevor nicht alle deine Verletzungen ausgeheilt sind. Mehr verlange ich nicht. Aber das ist nur der erste

Punkt, der die Zukunft betrifft. Es gibt noch einen zweiten. Ich bestehe darauf, dass in nächster Zeit ständig jemand in deiner Nähe ist, um für deine Sicherheit zu sorgen. Egal, ob du dich hier im Schloss bewegst oder draußen im Park durch den Rosengarten gehst. Es mag dir länger vorkommen, aber der Anschlag liegt nur zwei Tage zurück und Doktor Finkel hat neben all den äußerlichen Läsionen eine mittelschwere Gehirnerschütterung konstatiert. Es braucht Wochen, bis diese ausheilt, und niemand kann sagen, ob und wann welche Symptome auftreten. Du kannst jederzeit wieder das Bewusstsein verlieren wie vorhin, daher muss immer jemand an deiner Seite sein. Das war übrigens auch eine der Voraussetzungen, unter denen man mir erlaubt hat, dich aus Tel Aviv zu holen.«

Sie fühlte sich schuldig und schlecht und so klein, als ob sie wieder acht Jahre alt wäre. Nur ging es jetzt nicht um Daddys bevorzugten Whiskey in der wunderschönen Kristallflasche, die ihr aus den Händen gerutscht war, als sie sie ihm bringen wollte. Es handelte sich um ihn und um sie. Um sie beide als Familie, ihre emotionale Bindung, die Liebe, die sie verband, und die Angst, dass diese von einem Moment zum nächsten enden könnte. Krankheiten und Unfälle passierten täglich überall auf der Welt. Sie hatten in wenigen Jahren den Rest ihrer Familie an beide verloren. Jetzt gab es nur noch Dad und sie. Und was hatte sie getan? Sie war davongelaufen, weil sie nicht in diesem riesigen Schloss mit ihm allein leben wollte. Und da sie sich schuldig fühlte, nicht hier gewesen zu sein, als Mummy und Granny den Unfall gehabt hatten. Und da sie ihren Kopf mit Abenteuern ausfüllen wollte, da sie diesen Mann, mit dem sie eine unvergessliche Nacht verbracht hatte, nicht wiederfinden, aber auch nicht vergessen konnte. Dante

Cipriani, ihr Mr-Dark-and-Hot, der jetzt so unerwartet neben ihr saß und unter dem Tisch den Arm ausstreckte und ganz vorsichtig ihr Knie berührte.

»Daddy!«

Alistair Byron hob die Hand und schüttelte vehement den Kopf.

»Widersprich mir nicht, Carina. Ich werde meine Meinung dazu nicht ändern und nicht mit dir darüber diskutieren. Ich bin froh, dass Rick Rearden mir Damiano und Dante Cipriani empfohlen und den Kontakt zu ihnen hergestellt hat. Vor allem aber, dass sie trotz all der weltweiten Verpflichtungen ihres Unternehmens, in dem Personenschutz nur eine untergeordnete Rolle spielt, den Auftrag angenommen haben.«

Dantes Finger umschlossen ihr Knie jetzt fester und sie presste ihr Bein gegen seine Berührung.

»Ich auch«, stieß sie hervor.

Ihr Vater klappte den Mund zu und schaute sie erstaunt an.

Dante zog seine Hand weg.

Damiano spielte konzentriert mit der Serviette, warf ihr jedoch von unten her einen lächelnden Blick zu.

»Du bist einverstanden?«

Carina nickte. »Ja. Du hast in jedem Punkt recht, Daddy.«

Er lächelte und sie wandte sich an Damiano. »Ich weiß ja, dass du eigentlich schon längst nicht mehr im Dienst bist, aber könnten wir noch kurz abklären, wer von euch wann hier sein wird? Ob ihr irgendwelche Lebensmittelallergien habt? Ob es etwas gibt, was ihr absolut nicht esst, und natürlich auch, was ihr besonders mögt?«

»Schuhgröße, Lieblingsfarbe und Musikgeschmack ebenfalls, Lady Byron?«

Sie riss den Kopf herum und starrte Dante an, in dessen Augen es schelmisch blitzte.

»Carina. Mein Name ist Carina.«

Er strich sich mit gespreizten Fingern durch seine Locken, von denen sie wusste, wie seidig sie waren, und schüttelte unmerklich den Kopf. Dann legte er wie zufällig seine Hand so an seine Wange, dass ihr Vater seinen Mund nicht sehen konnte, und sagte wortlos »Foxy«. Dann räusperte er sich.

»Mein Name ist Dante. Aber das hatte ich dir schon gesagt, bevor du bewusstlos wurdest, weil du Hunger hattest.« Er grinste und das Grübchen auf seinem Kinn vertiefte sich.

Die Schmetterlinge krabbelten in ihrem Magen herum. Verflixt. Sein Gesichtsausdruck war so unheimlich sexy. Er war atemberaubend, und sie musste ihn nicht nackt sehen, um zu wissen, welch perfekter Körper unter dem maßgeschneiderten Anzug und dem körpernahen Hemd verborgen war. Und er schaute in sie hinein, als ob sie aus Glas wäre.

Dante Cipriani wusste ganz genau, dass ihre Bewusstlosigkeit nur gespielt gewesen war. Wahrscheinlich war er auch davon überzeugt, dass sie ihm nicht widerstehen konnte, wenn er mit dem Finger schnippte. So wie damals in Taormina.

Doch Carina dachte nicht im Traum daran, es ihm leicht zu machen.

Sie würde ihn nicht küssen. Keinesfalls. Nicht, solange ihr Gesicht einer stark abgenutzten Bowlingkugel ähnelte.

Ganz zu schweigen von allem, was auf einen Kuss folgen konnte – und zwischen ihnen unweigerlich geschehen würde, wenn sie ihren Verstand nicht unter Kontrolle hatte. Sie würde es nicht zulassen. Nicht nur, da ihre Verletzungen sie zugegebenermaßen einschränkten. Nein, sie würde niemals hier im Schloss Sex haben. Nicht einmal, wenn ihr Vater auf einer seiner häufigen Kurzreisen war. »In diesem Haus haben die Wände Ohren«, hatte Granny immer gesagt und wichtige Gespräche stets nur im Freien oder in einem der Räume geführt, wo die versteckten Dienstbodengänge nicht hinreichten.

Zwar war die Tatsache, dass sie bereits an Sex dachte, obwohl sich Dante Cipriani gerade mal vor etwa einer Stunde im Körper ihres verloren geglaubten Mr-Dark-and-Hot materialisiert hatte, ein Schock, aber kein unerklärlicher. Er war immerhin der Letzte gewesen, mit dem sie ...

Nein, das war ein schlechter Gedanke. Jack zog sie ohnehin ständig damit auf, dass sie rein technisch gesehen wieder Jungfrau war, so abstinent wie sie lebte. Ihm hatte sie nämlich von ihrer Nacht in Taormina erzählt. Er war der einzige Mensch auf der ganzen Welt, der wirklich alles von ihr wusste. Und plötzlich erkannte sie glasklar, was zu tun war. Sobald sie den Bodyguard-Einsatzplan und alles abklärte, was das Personal wissen musste, um den Aufenthalt der Ciprianis so angenehm wie möglich zu gestalten, würde sie sich in ihr Zimmer zurückziehen und Jack anrufen und um seinen Rat fragen.

Denn sie war nicht in der Lage, geradeaus zu denken.

Dante war überall.

Sie roch ihn, atmete ihn und sein dunkler Bariton brachte ihren Körper zum Schwingen, sobald er nur ein Wort sagte ... Halt. Schluss. Das Zauberwort war Jack.

KAPITEL 12

Die Anspannung des Earl of Willingdon nahm zunehmend ab. Dantes Blick glitt immer wieder zu dem Mann, der seine Tochter vergötterte (wie gut er ihn verstehen konnte!) und an ihren Lippen hing. Das musste der Grund sein, warum er zurückgelehnt dasaß und dem Gespräch folgte, das Damiano und Carina nahezu allein bestritten.

»Kannst du nicht schon vor sieben zurück sein?«

Carina lächelte seinen Bruder an, und er ballte die linke Hand, die auf seinem Oberschenkel lag, zur Faust. Gott, war es denn so schwer, zu begreifen, dass längst Zeit war, dass er verschwand? Damiano hatte in London genug zu tun. Doch was tat er? Saß hier, als ob es nicht schon nach zehn wäre, schmunzelte und zwinkerte der Frau zu, mit der er endlich allein sein wollte.

»Ich weiß nicht, ob ich das schaffe.« Dante atmete beruhigt aus. »Aber ich werde es natürlich versuchen, wenn es wichtig für dich ist.« Dante grub die Fingernägel in seinen Oberschenkel.

»Ach, weißt du, ich fände es nett, wenn ihr beide meinem Vater und mir beim Abendessen Gesellschaft leisten würdet.«

Hochgestochenes Geschwafel. Das passte nicht zu ihr.

Das war nicht die Frau, die mit ihm und seinen Freunden in der Bar in Taormina herumgealbert und den aufdringlichen Texaner abserviert hatte. Mit seiner Hilfe! Und sie war sicher nicht die, die ihn die ganze Nacht lang angefleht hatte, sie noch tiefer und härter zu nehmen. Abgesehen von ihrem von Hämatomen und Blutkrusten überzogenen Gesicht schien sie die perfekte Lady, die ihre Tage zwischen vormittäglichem Shopping in der Londoner City und dem Afternoon Tea in einem der luxuriösen Teesalons der Stadt verbrachte. Nein, halt. Sie *war* eine Lady! Verdammt, bei all dem Personal, das hier herumschwirrte, Geschirr abservierte, frischen Tee und Kaffee brachte, hatte er vergessen, dass er sich nicht in einem dieser Schlosshotels befand, sondern in *ihrem* Schloss.

»Dann werde ich selbstverständlich mein Bestes tun, um rechtzeitig zurück zu sein, Mylady.« Damiano zwinkerte seiner Foxy zu, als ob sie seine heimliche Geliebte wäre – und hob endlich seinen Arsch vom Stuhl.

»Kann ich irgendetwas für dich erledigen, Dante?«

Verschwinden. Heute Abend nicht zurückkommen.

»Ihr entschuldigt mich einen Moment?« Dante schaute zu Alistair und dann zu Carina, die seinen Blick nicht erwiderte, sondern stattdessen auf Damianos Lippen starrte. Der Idiot hatte tatsächlich sanft ihre Finger umfasst und beugte sich vor, um ihr einen vorbildlichen Handkuss über den Handrücken zu hauchen.

»Kommst du? Du kannst meinen Wagen nehmen.«

Sein Bruder richtete sich mit einem Ruck auf und grinste ihn an. »Du willst mir dein Baby überlassen? Welch große Ehre«, spöttelte er.

Dante drehte sich wortlos um und eilte mit Riesenschritten zur Tür. Zum Glück brauchte er keinen Plan, um den Weg zurück durch die Flure bis zur Lobby zu finden. Der Wunsch, endlich außer Sichtweite zu sein, um seiner Wut freien Raum zu lassen, leitete ihn. Der jüngere Butler mit dem Stock im Arsch stand tatsächlich neben dem Eingang und verbeugte sich knapp, bevor er den Türflügel öffnete, um ihn hindurchzulassen. Zum Teufel noch mal! Die nahmen hier nicht einmal eine Türklinke selbst in die Hand.

»Jetzt bleib doch stehen!«

Dante drehte sich wütend herum. »Kannst du mir sagen, was verdammt noch einmal dein Problem ist? Du schleimst dich bei denen ein, als ob du Lust hättest, ihnen in Zukunft das Klopapier nachzutragen und vielleicht sogar den Arsch abzuwischen.«

»Sei nicht so vulgär.« Damiano grinste. »Und schalte das Hirn ein, bevor du sprichst.«

»Ich sage, was ich will.«

Damiano kam näher, bis ihre Gesichter nur noch eine Handbreit entfernt waren. »Schließt das mit ein, dass du die Frau, von der du seit Jahren besessen bist, als eine von *denen* bezeichnest?«

Dante trat einen Schritt zurück. Er schluckte schwer. Hob beide Hände und zog die gespreizten Finger an den Schläfen durch seine Haare.

»Ich bin so fertig.« In seinem Flüstern lag Verzweiflung. »Ihr Gesicht ... all diese Wunden ... Ich schaue sie an und habe ständig vor Augen, was hätte passieren können. Dass ich sie niemals wiedergesehen hätte. Dass ich nicht einmal erfahren hätte, dass sie gestorben war, weil ich ...«

Sein Bruder packte ihn an den Schultern. »Hör auf damit, Dante! Sie lebt und wir haben sie endlich gefunden.«

Dante atmete tief ein und blinzelte diese verdammte Feuchtigkeit weg. Die hatten hier nicht nur viel zu viel Personal, sondern verprassten auch das Wasser, um den

Rasen zu besprengen. Die Luftfeuchtigkeit war unerträglich.

»Komm her.« Damiano zog ihn in seine Arme, legte eine Hand auf seinen Hinterkopf und drückte sein Gesicht gegen seine Schulter.

»Alles wird gut«, murmelte er. »Und jetzt beruhige dich und schau, dass du zu ihr kommst.«

Dante straffte sich und trat einen Schritt zurück. »Pass auf meinen Wagen auf.« Er zog den elektronischen Schlüssel aus seiner Anzugtasche und reichte ihn seinem Bruder. Dann nahm er seine Tasche aus dem Kofferraum und den Mac vom Beifahrersitz.

»Ich sollte Alistairs Angebot annehmen, Dante. Sein Chauffeur bringt mich nach London und ich komme heute Abend mit meinem Wagen. Wenn ich jetzt mit deinem ...«

»Fahr endlich, du bist ohnehin schon zu spät dran.« Er schob Damiano zu seinem Wagen und schaute ihm nach, bis die Rücklichter des Aston aufleuchteten und er zwischen den hohen Bäumen Richtung Ausfahrt verschwand. Bisher hätte er sein Baby, seinen einzigen persönlichen Luxus, niemals jemandem anvertraut, auch nicht seinem Bruder. Den ersten hatte er sich ein halbes Jahr nach Taormina gekauft, um sich zu trösten. Auf den neuen DBS hatte er fast neun Monate gewartet und diese Zeit mit einer Schwangerschaft verglichen. Er hatte etwas gebraucht, was ihn ablenkte und ihn auf eine gewisse Art glücklich machte. Der Aston war seine Ersatzbefriedigung dafür, dass er nicht in der Lage war, die Frau wiederzufinden, die ihn ab dem ersten Blick an den Eiern gehabt hatte und die er in seinem Leben wollte. Bis gestern hätte er verzweifelt losgebrüllt, wenn jemand auch nur den futuristisch anmutenden elektronischen Schlüssel angegriffen hätte, und nun war es ihm egal, dass Damiano mit seinem Baby längst verschwunden war.

Er hatte Foxy gefunden. Jetzt wollte er endlich mit ihr allein sein.

»Daddy, wir müssen nicht alles heute besprechen. Ich bin hier.«

Dante verlangsamte den Schritt und blieb stehen. Der Rahmen der offen stehenden Tür war unmittelbar neben ihm.

»Ich habe nur das Gefühl, dass mir die Zeit davonläuft.«

Das Schloss mit all seinen Bediensteten und dem gepflegten Park rundum war riesig und einschüchternd, Alistair Byron hingegen einfach nur ein ganz normaler Mann und besorgter Vater.

»Fang jetzt bitte nicht davon an, dass du alt und grau bist und niemand wissen kann, wie lang er lebt. Ich habe diesen Spruch schon gehasst, wenn Granny ihn sagte.«

»Jeden Sonntag zum Lunch.« Alistair lachte leise. »Und dein Nonno war auch nicht anders, erinnerst du dich?«

»Gottes Wege sind unergründlich.« Dante spürte Carinas Lächeln und fühlte, wie ihn Wärme erfasste. Das hatte sein italienischer Großvater auch immer gesagt.

»Weißt du, mein Kind, seitdem du damals fortgegangen bist, denke ich oft an ihn und meine Mutter und an meinen Vater. Irgendwann im Leben holt uns alle die Vergangenheit ein. Man begreift, dass man selbst nicht so viel anders ist als die, die vor uns waren. Mit jedem Tag, der vergeht, finde ich Züge an mir, die ich früher an meinen Eltern kritisiert habe, und verstehe plötzlich, warum sie sich auf die eine oder andere Art verhalten haben.«

Das wurde jetzt zu persönlich. Dante räusperte sich und trat in den Raum.

»Dante. Erzählen Sie mir, welchen Wagen Sie fahren?«

»Warum?« Erstaunt sah er Alistair an, der auf den Stuhl neben seinem deutete und ihn dadurch zwang, nicht mehr neben Carina, sondern ihr gegenüber zu sitzen.

»Damiano hat ihn *Ihr Baby* genannt«, erwiderte der Earl grinsend.

Dante spürte, wie Hitze sein Gesicht erreichte. Er hatte zwar keine Alabasterhaut, aber auch sein dunkler Teint schützte ihn nicht vor roten Wangen. Carina warf ihm über den Tisch hinweg einen undeutbaren Blick zu. Er antwortete ihrem Vater, ohne ihn anzusehen. Stattdessen fixierte er sie.

»Früher habe ich, egal ob hier oder in Italien, immer irgendeinen Firmenwagen gefahren, der gerade frei war. Dann habe ich eine Frau kennengelernt. Die erste und einzige, bei der ich mir vorstellen konnte, den Rest meines Lebens an ihrer Seite zu verbringen. Doch sie ist verschwunden, bevor ich es ihr sagen konnte. Ich habe sie überall gesucht, aber nicht mehr gefunden. Deshalb habe ich mir einen Kindheitstraum erfüllt und mir einen Aston Martin gekauft. Er kann mir nicht weglaufen, und solange ich seinen Schlüssel in der Tasche habe, weiß ich, dass er auf mich wartet.«

Carinas wunderschöne Lippen bebten bei jedem seiner Worte mehr. Ihre Augen glitzerten verdächtig.

»Es ist also heute das erste Mal, dass Ihr Bruder den Wagen fährt?«

Dante löste seinen Blick aus dem Carinas, um dem Earl zu antworten.

»Ja.« Er schluckte und suchte nach den richtigen Worten, um zu erklären, warum er es getan hatte.

»Ein großer Schritt«, kam ihm der Earl zuvor. »Ich bewundere Sie, Dante. Ich würde meinen Aston niemals irgendjemandem anvertrauen, nicht einmal Edward, und der ist seit vier Jahrzehnten der Chauffeur meiner Familie.« Alistair zwinkerte ihm zu. »Allerdings war der Wagen ein Geschenk meines Vaters an meine Mutter, als ich noch ein Junge war. Ich habe damit hier im Park fahren gelernt, und als ich den Führerschein endlich in der Tasche hatte, wurde er meiner.«

»Den würde ich auch niemandem anvertrauen, Sir.«

»Alistair, Sie erinnern sich, Dante? Ich mag diese Förmlichkeit nicht besonders.« Er zwinkerte ihm zu und beugte sich dann mit verschwörerischer Miene vor. »Darf ich Sie fragen, wie lange Sie schon nach dieser Frau suchen?«

»Fast vier Jahre.«

»Das ist eine lange Zeit.«

»Eine unendlich lange Zeit, glauben Sie mir.«

Der Earl of Willingdon lehnte sich wieder zurück und legte die Fingerspitzen beider Hände vor seiner Brust aneinander. »Dass diese Frau in direktem Zusammenhang mit ihrem Aston steht und Sie diesen heute erstmals Ihrem Bruder anvertraut haben, hat eine tiefere Bedeutung?«

»Daddy, du solltest das Thema wechseln.« Carinas Stimme überschlug sich. »Außerdem würde ich mich gern ein wenig ausruhen.«

»Ja natürlich, mein Kind. Entschuldige bitte.« Alistair Byron stand auf und umrundete den Tisch. »Soll ich dich nach oben begleiten?«

»Das wird Dante tun. Wir sehen uns zum Abendessen, du musst ja sicher weg.«

»Eigentlich nicht, Carina. Es gibt doch so viel zu besprechen, jetzt, wo du wieder da bist. Und vielleicht kann ich dich von deinen Schmerzen ablenken?«

Sie schüttelte mit einem leisen Lächeln den Kopf. »Ich brauche vorerst in erster Linie Ruhe und meine Medikamente. Sonst nichts. Alles andere läuft uns nicht davon, Daddy, okay?«

Sie legte ihre Hände auf die Armstützen und drückte sich hoch. Dante beobachtete ihren Gesichtsausdruck über den Tisch hinweg. Sie verzog den Mund nur ein wenig, als sie sich aufrichtete. Er hatte keine Ahnung, was er tun sollte. Stand einfach nur da und wartete, was ihr Vater tun würde. Er war überzeugt davon, dass der Earl es sich nicht nehmen ließe, seine Tochter persönlich nach oben zu bringen. Doch er beugte sich lediglichvor, küsste sie auf beide Wangen, trat einen Schritt zurück und schaute zu ihm.

»Passen Sie gut auf meine Tochter auf, Dante. Sie ist das Wertvollste, was ich habe.« Dann drehte er sich um und verließ mit Riesenschritten den Raum.

Ihre Blicke suchten und fanden sich über den Tisch hinweg. Sie sahen sich einfach nur an. Sprachen kein Wort. Rührten sich nicht. Draußen vor den geöffneten Fenstern zwitscherten Vögel. Sonst war nichts zu hören. Er bemerkte die goldenen Einsprengsel in ihren grünen Iriden. Hatte sie die damals auch gehabt? Oder konnte man die nur tagsüber sehen, wenn die Sonne schien?

»Dante?« Sie war es, die das Schweigen brach.

»Ja?« Seine Antwort war ein heiseres Krächzen.

»Wir können natürlich den ganzen Tag hier stehen bleiben, aber ehrlich gesagt denke ich nicht, dass ich dafür kräftig genug bin. Würdest du mich bitte auf mein Zimmer bringen?«

»Dein Zimmer?«

Ihr Zimmer! Er lief um den Tisch herum – und blieb abrupt stehen. Dante Cipriani, fünfunddreißig, eiskalter Geschäftsmann und bewunderter Schlichter und Wohltäter seiner Leute, die nicht einfach ein Volk, sondern seine riesige Familie waren, wusste nicht, wie er die Frau vor sich berühren sollte. Es war schon schwierig genug, dagegen anzukämpfen, nicht steinhart zu werden. Nicht noch einmal. Denn als er die wahnwitzige Idee gehabt hatte, seine Hand auf ihr Knie zu legen, obwohl ihr Vater und sein Bruder ihnen gegenüber am Tisch saßen, war er knapp davor gewesen, lustvoll aufzustöhnen. Und dann hatte er eine halbe Stunde mental gegen seine Erektion gekämpft und sich gewünscht, die Schale mit den Eiswürfeln, in denen Butterröllchen schwammen, über seinen Schritt zu leeren.

»Dante, bitte.« Carina kicherte. »Winkle einfach deinen Arm an, damit ich meinen hineinlegen kann.« Er blinzelte und tat, was sie sagte. »Den anderen, bitte. Auf dieser Seite ist die Schulter geprellt.«

Er fühlte sich wie ein pickeliger, unsicherer Teenager bei seinem ersten Date. Mit erhitzten Wangen trat er um sie herum und sie hängte sich bei ihm ein. Sanft lag ihr Arm in seiner Beuge und er spürte ihre Brust an seinem Oberarm.

»Ich habe keine Ahnung, wie ich das schaffen soll«, murmelte er.

Sie lachte leise. »Ganz einfach. Wir setzen einen Schritt vor den anderen, bis wir oben sind. Und dann öffnest du die Tür und ...«

»Danke, Dante. Das kann ich jetzt allein.«

Carina löste sich von ihm und das Türblatt fiel vor seiner Nase ins Schloss. Sie hatte ihn einfach stehen lassen, nachdem sie auf ihrem Weg durch Flure und über Treppen kein Wort gesprochen hatten. Das konnte doch nicht ihr Ernst sein!

Er klopfte. »Carina?«

Keine Antwort. Er hob die Hand, und seine Fingerknöchel näherten sich dem Holz, als die Tür einen Spalt geöffnet wurde.

»Entschuldige, ich habe ganz vergessen ... Dein Zimmer ist das nächste auf der rechten Seite. Also von dir aus links. Dein Gepäck wurde bereits heraufgebracht. Mach, was immer du zu tun hast. Kümmere dich um deine Geschäfte. Du kannst auch gern hinunter in den Park gehen. Auf der südseitigen Terrasse ist es um diese Tageszeit an einem Frühlingstag wie heute warm genug, um dort zu arbeiten. Ich verspreche dir, dass ich das Zimmer nicht allein verlasse und dir eine Nachricht schicke, wenn ich es tun will. Aber rechne nicht vor dem späteren Nachmittag damit. Ich bin erschöpft und will mich einfach nur hinlegen. Bis dann.«

Sie schloss die Tür. Einfach so, nachdem sie nahezu ohne Punkt und Komma geredet hatte. Das konnte doch nicht wahr sein!

»Carina!« Er klopfte.

»Geh bitte, Dante.«

»Wir müssen reden.«

»Wir werden reden. Irgendwann.« Er musste nur die Klinke nach unten drücken und sie in die Arme ziehen, so nah war ihre Stimme. Er hob die Hand – und ließ sie wieder sinken.

»Wann, irgendwann?«

»Irgendwann, Dante. Wenn es mir wieder gut geht. Es kommt doch nicht darauf an, einen exakten Zeitpunkt festzulegen. Nicht nach drei Jahren, zehn Monaten und sieben Tagen.«

Minuten später stand er immer noch vor Carinas Zimmer und grinste die geschlossene Tür an. Sie hatte jeden einzelnen Tag mitgezählt – wie er. Dennoch gab es so viel ... zu sagen, fragen, tun. Er wollte sie einfach nur in die Arme ziehen und festhalten. Sie küssen. Ihren Duft einatmen und darin ertrinken. Sie auf seiner Zunge schmecken und kommen, ohne in sie einzudringen. Und später noch einmal, während er fest und tief ...

»Kann ich etwas für Sie tun, Sir?«

Er zuckte zusammen. Das sich nähernde Hausmädchen hatte er auf den mit einem dicken Teppich belegten Flur nicht bemerkt.

»Nein, danke. Alles in Ordnung.« Er wandte sich ab, ging die paar Schritte zu seinem Zimmer und meinte, hinter Carinas Tür ein glucksendes Lachen zu hören.

Er drückte die Klinke nach unten.

»Falls Sie etwas benötigen, Sir, können Sie immer jemanden über das Haustelefon erreichen.«

Die junge Frau knickste und ging eilig davon.

Das war absurd. Das Leben in diesem Schloss war einfach nur schrecklich. Ständig war irgendwer in der Nähe, der einen beobachtete oder belauschte.

Dante legte sich auf das Bett, verschränkte seine Arme hinter dem Nacken und starrte an die Decke.

Er konnte sie hier nicht küssen.

Er würde in diesem Schloss keinen Sex mit ihr haben können. Niemals.

Er würde darauf verzichten. Oder er fand einen Weg, sie von hier wegzubringen, sobald es ihr besser ging. Weit weg.

Kapitel 13

Willingdon Castle, eine Woche später.

Es war das erste Mal, dass Dante und sie allein waren. Er ging mit gesenktem Kopf und stumm neben ihr her. Der Frühling hatte Fahrt aufgenommen, die Tage wurden länger, die Sonne stärker. Der Park von Willingdon Castle war mit dem Gezwitscher der Vögel und dem Summen der Bienen erfüllt, die über ihren Köpfen hin und her flogen. Der Duft der Blüten hatte sich jetzt, am frühen Nachmittag, voll entfaltet. Sie atmete tief ein. So wie die Natur tagtäglich fröhlicher schien, wurde auch sie hoffnungsvoller.

Etwas hatte sich verändert, seitdem sie zurückgekommen war.

Nicht nur ihr Gesicht, auf dem die dunkelvioletten Hämatome längst zu einem unscheinbaren Gelb verblasst waren und die blutigen Krusten auf Kinn und Nase verschwunden waren. Auch ihre Schulter tat nur noch mäßig weh und das Atmen fiel ihr leichter. Das Lachen schmerzte nicht mehr wie vor acht Tagen. Dachte sie. Denn sie lächelte zwar, aber richtige Fröhlichkeit empfand sie nie.

Dante wich ihr aus, obwohl er ständig in ihrer Nähe war.

An dem Abend, an dem Damiano aus London zurückgekommen war, hatten sich die beiden Brüder nach dem Abendessen entschuldigt und waren auf die Terrasse gegangen. Eine halbe Stunde später hatte

Damiano sie nach oben in ihr Zimmer gebracht und Dante ihren Vater um ein Gespräch gebeten. Am darauffolgenden Morgen, nachdem Doktor Brady sie geweckt und untersucht hatte und sie endlich angekleidet war, hatte Damiano sie in das Frühstückszimmer begleitet.

»Ich bleibe heute bis zum späten Nachmittag, Carina«, hatte er ihr auf dem Weg nach unten gesagt. »Dante muss sich um ein paar dringende Angelegenheiten in London kümmern, bevor er zurückkommt und hierbleibt.«

Sie war brüsk stehen geblieben. »Was heißt, er bleibt hier?«

»Genau das, was es aussagt, Carina. Er wird auf Willingdon Castle bleiben. Dante kann überall arbeiten. Er muss nicht in einem Büro sitzen, um die Geschäfte zu führen.«

»Ich dachte, dass ihr das gemeinsam tut.«

»Das tun wir auch. Aber ich bin derjenige, der ständig von einem Standort zum nächsten fliegt, Mitarbeiter und Betriebe vor Ort kontrolliert und notfalls einspringt, wenn irgendwo ein Manager ausfällt.«

»Und was macht er?«

»Er hält alles zusammen und leitet das Unternehmen in seiner Gesamtheit. Was natürlich nicht bedeutet, dass er nicht reist, aber bis auf einige Termine, bei denen seine Präsenz unbedingt erforderlich ist, zieht er Videokonferenzen vor. Das erspart Zeit und macht ihn flexibel. Außerdem lebt er zurückgezogen. Er ist nicht mehr der Mann, den du ...« Damiano hatte sich unterbrochen und zu Boden geschaut.

»Wann hast du mich erkannt?«

»In dem Moment, in dem ich mich in den Helikopter gebeugt und dich herausgehoben habe.«

Sie hatte den Kopf geschüttelt. »Wie ist das möglich? Mit all diesen Abschürfungen und Hämatomen im Gesicht bin ich doch total entstellt.«

Er hatte ihre Hände in seine genommen und sie festgehalten. »Das Rot deiner Locken und das Grün deiner Augen sind einzigartig.«

»Das ist nicht dein Ernst.«

Damiano hatte ihr zugezwinkert. »Wir können nach all den Jahren, die wir überall auf der Welt nach dir Ausschau gehalten haben, jede Rothaarige von den anderen unterscheiden, glaube mir.«

»Ihr?«

»Ja, wir sechs. Du erinnerst dich an unsere Freunde?«

Sie hatte genickt und ihre Arme um ihren Oberkörper geschlungen. Ihr Magen hatte so sehr vibriert, dass sie Angst gehabt hatte, am ganzen Körper zu zittern. Ihre Stimme hatte es getan. »Ihr habt alle nach mir gesucht? Für Dante?«

»Ja, aber leider erfolglos. Und mit jedem Tag, der verging, wurde Dante unerträglicher. Er hat sich in der Arbeit vergraben, in halb Europa weitere Restaurants gegründet und die Marktposition unseres Security-Unternehmens ausgebaut. Er ist wie besessen davon, dass alles perfekt funktionieren muss. Zumeist arbeitet er achtzehn Stunden pro Tag. Er hat ein Appartement in dem Bürogebäude in Southwark, in dem die Cipriani Ltd ihren Firmensitz hat. Oft verlässt er das Haus tagelang nicht, läuft nur unzählige Stockwerke die Treppen rauf oder runter, um zwischen seinem Bett und seinem Schreibtisch zu wechseln.«

Sie hatte Damiano fassungslos angestarrt. »O mein Gott.«

»Der hat nichts damit zu tun, Carina, glaube mir. Sonst hätte er nicht zugelassen, dass so viel Zeit vergeht, in der mein Bruder jeden Tag unglücklicher und zunehmend unausstehlicher wurde.«

Carina hatte kein Wort von dem vergessen, was Damiano ihr erzählt hatte, bevor er sich am späten Nachmittag von ihr und ihrem Vater verabschiedet hatte und in das wartende Taxi gestiegen war, das ihn zum Flughafen in Brighton gebracht hatte. Sie wusste, dass er nach Frankreich geflogen und nun in Rom war, weil Dante es ihrem Vater gegenüber erwähnt hatte.

Der schweigsame Dante.

Der Mann, der ihr seit einer Woche wie ein Schatten folgte.

Die ersten beiden Tage hatte sie viel geschlafen und war nur zu den gemeinsamen Mahlzeiten, die sie ausnahmslos zu dritt mit ihrem Vater einnahmen, aus ihrem Zimmer gekommen. Danach hatte sich eine Routine entwickelt. Nach dem Frühstück zog sie sich mit Dad in sein Arbeitszimmer zurück, während Dante auf seinem Mac im Nebenraum arbeitete. Mittlerweile schwirrte ihr Kopf von all den Dokumenten und Verträgen, den Namen von Verwaltern, Anwälten und Notaren und den Adressen aller Immobilien, die sie im ganzen Land und sogar im Ausland besaßen. Hatte sie gedacht, dass ihr Treuhandfond, auf den sie seit ihrem fünfundzwanzigsten Geburtstag zugreifen konnte, sie zu einer sehr reichen Frau machte, war ihr heute richtig schwindelig geworden. Daddy hatte ihr das Dokument gezeigt, in dem die einzelnen Vermögenswerte zusammengefasst waren. Nach dem Blick auf die Gesamtsumme hatte sie nur wenige Löffel der cremigen

Gemüsesuppe hinuntergebracht und darauf verzichtet, sich eine Stunde auszuruhen. Heute hätte sie bis zum Wachhäuschen an der Einfahrt gehen und mit dem Wächter reden wollen, da Sie ab morgen mit den Gärtnern sprechen musste, die im Park arbeiteten. Sie brauchte frische Luft, anstatt jeden Nachmittag im Schloss zu verbringen, um mit Elsa im Schlepptau alle Zimmer zu kontrollieren, sich mit Hausmädchen zu unterhalten oder in der Küche und den Kellern nach dem Rechten zu sehen und sich einen Überblick zu verschaffen.

Die Bewunderung dafür, was früher ihre Granny und später ihre Mutter geleistet hatten, stieg von Tag zu Tag. Und mit ihr die Erkenntnis, dass sie sich all dem nur schwer entziehen konnte. Dabei sehnte sie sich eigentlich danach, Willingdon Castle und allen Verpflichtungen, die damit einhergingen, den Rücken zu kehren. Sie wollte sich frei fühlen und entscheiden können, wann und wo sie die darauffolgende Woche verbringen wollte.

Und dann war da noch dieser dringende Wunsch, diese unaussprechliche Lust, diesen verschlossenen Mann endlich dazu zu bringen, mit ihr zu reden.

Nicht darüber, ob das Hühnchen schmeckte, dass das Wetter umschlug, oder über das Bouquet des Weins, den sie gerade tranken. Sie wollte auch nicht mehr als stumme Zuhörerin an den Gesprächen ihres Vaters mit ihm teilhaben, in denen die beiden Männer von Autos zu Whiskey wechselten, um in der nächsten Minute von der Börse oder der politischen Situation in irgendeinem gottverdammten Land am anderen Ende der Welt zu sprechen.

Dante hatte ihr vor einer Woche gesagt, dass er mit ihr reden wollte. Sie hatte ihn auf einen späteren

Zeitpunkt vertröstet. Irgendwann, hatte sie erwidert, davon ausgehend, dass er am darauffolgenden Tag sie eindringlicher auffordern würde.

Doch er hatte es nicht getan.

Nicht vor sechs Tagen, nicht vor fünf, nicht vor vier. Auch vor drei Tagen hatte sie vergeblich darauf gewartet. Vorgestern hatte sie ihn, als er sie wie jeden Abend zu ihrem Zimmer gebracht hatte, auffordernd angeschaut. Doch er hatte ihr nur eine gute Nacht gewünscht und war gegangen. Gestern hatte sie, nach einem langen Gespräch mit Jack, der eine mehrtägige abenteuerliche Heimreise von Israel nach Australien hinter sich hatte und nicht erreichbar gewesen war, ihren Mut zusammengenommen. Sie hatte ihre Zimmertür geöffnet, sich an das Türblatt gelehnt und darauf gewartet, dass Dante eintreten würde. »Ich muss noch einige Telefonate erledigen, Carina. Wir sehen uns morgen«, hatte er gesagt, sein iPhone aus der Jackentasche gezogen und war bereits im angrenzenden Raum verschwunden gewesen, bevor sie ihre Fassung – und mit ihr ihre Stimme – wiedergefunden hatte.

Jetzt ging er schweigsam neben ihr her an der Außenmauer von Willingdon Castle entlang an den Ort, den sie bisher gemieden hatte. Bei jedem ihrer Besuche in den letzten Jahren war sie mit Daddy hierhergekommen, und sie hatten einander an den Händen gehalten und gemeinsam vor den Gräbern gestanden. Aber diesmal ...

Etwas hatte sich verändert, seitdem sie zurück war.

Seit dem Anschlag im Gazastreifen, von dem sie mittlerweile wusste, dass weder sie noch einer ihrer Kollegen hätte verletzt werden dürfen. Die Verantwortlichen hatten zwei Gewehrgranaten aufgetrieben, mit denen sie nur außerhalb des Jabalia

Camps Löcher in den Boden hatten schießen wollen. Weit entfernt von Menschen, aber so, dass die englischen und amerikanischen Journalisten sie bemerkten und mit ihnen sprechen würden, anstatt mit irgendwelchen anderen Bewohnern des Flüchtlingslagers, die von der UNRWA oder der Hamas ausgesucht worden waren. Diese Männer hatten offenbar keine Erfahrung mit diesen Geschossen gehabt. Möglicherweise hatten sie noch nie auf irgendetwas zielen müssen und nicht mit dem enormen Rückschlag der Gewehre gerechnet. Wie auch immer. Das lag hinter ihr und sie war mit dem Schrecken davongekommen.

Vor ihr lag ihre Zukunft.

Eine, von der sie nicht wusste, was sie bringen würde.

Das Absurde daran war jedoch, dass sie jede Option kannte und es nur an ihr allein lag, welche Richtung sie einschlagen würde.

Vor einer Woche war sie sich zu hundert Prozent sicher gewesen, was sie tun würde, sobald ihre Verletzungen verheilt waren.

Die waren zwar noch nicht ganz abgeheilt, aber etwas hatte sich seither verändert.

Sie hatte sich verändert.

Dieser Mann neben ihr, der plötzlich wieder in ihr Leben getreten war, hatte sie verändert.

Und das, obwohl er in ihrer Gegenwart zumeist schwieg und seit dem ersten Morgen, als er unter dem Tisch ihr Knie berührt hatte, nicht einen einzigen weiteren Versuch gemacht hatte, ihr nahezukommen.

Wenn man davon absah, dass sie immer noch zumindest einmal täglich seinen Arm verlangte, obwohl sie wahrlich niemanden mehr brauchte, der sie stützte.

Dante kam ihrer Aufforderung stets nach, manchmal verzog er dabei seine Mundwinkel zu etwas, das sie als Anflug eines Lächelns interpretierte. Dennoch fühlte es sich jedes Mal an, als ob er es nicht erwarten könnte, wieder Distanz zwischen ihnen zu schaffen.

Sie wandte ihren Kopf minimal in seine Richtung.

Ihr Blick glitt über seine schwarzen Locken, von denen sie wusste, wie seidig sie waren und wie herrlich sie sich unter ihren Fingern anfühlten, abwärts.

Seine stolze Nase.

Das markante Kinn, das heute Morgen wie an jedem Tag glatt rasiert gewesen war und auf dem sich nun klar sichtbar die dunklen Stoppeln abzeichneten, die durch die Haut stießen.

Die schwarze Anzugjacke, die er heute über einem schwarzen Hemd trug, so wie damals, als sie ihn in der Bar in Taormina getroffen hatte.

An dem Abend, auf den die glücklichste Nacht ihres Lebens folgte, in der aus der jungen Uniabsolventin eine leidenschaftliche Frau geworden war. Sie hatte sich ihrem Mr-Dark-and-Hot, ihrem Fake-Ehemann mit jeder Faser ihres Körpers hingegeben wie nie zuvor – und nie mehr danach. Was sie nicht geahnt hatte, war, dass sie ihm in jener Nacht auch ihr Herz geschenkt hatte. Unwiderruflich.

Sie war so in ihre Gedanken versunken, dass sie erst merkte, wo sie waren, als sich der Boden unter ihren Füßen veränderte. Statt weißem Kies war da plötzlich Erde, die bei jedem Schritt ein wenig nachgab. Sie verlangsamte und ihr Herz schlug rascher. Dann blieb sie stehen.

Rechts von ihr lag die Schlosskapelle. Die Nachmittagssonne bestrahlte die Backsteinmauer.

»Das sieht so anders aus als das Schloss.« Dantes dunkler Bariton ließ sie zusammenfahren. Er lachte kurz auf. »Sag nicht, ich habe dich erschreckt.«

Sie wandte den Kopf und blitzte ihn an. »Doch, natürlich. Du sprichst ja so gut wie nie mit mir.«

Sein Gesichtsausdruck war wieder so undurchdringlich und ernst wie zumeist. »Das ist die Schlosskapelle, richtig? Weshalb ist sie aus Ziegeln gebaut?«

Sie verbiss sich eine weitere sarkastische Bemerkung. Endlich schwieg er sie nicht an. Das war ein Anfang.

»Die Kapelle ist der letzte komplett erhaltene Teil des ursprünglichen Schlosses aus der Mitte des fünfzehnten Jahrhunderts. Es war aus Backstein erbaut, der zum Unterschied von Ziegeln nicht aus Lehm, sondern aus Ton gebrannt wurden.«

Dantes Augen weiteten sich. »Sie ist mehr als fünfhundert Jahre alt?«

Carina nickte. »In der Bibliothek gibt es Aufzeichnungen aus der Zeit, in der man das neue Schloss auf den Überresten des ursprünglichen, das lange leer stand, errichtet hat. Darin finden sich Hinweise auf einen noch wesentlich älteren Bau, der sich an dieser Stelle befunden hat. Auf jeden Fall ist die Kapelle der einzige Teil von Willingdon Castle im Tudor-Stil.«

Dante fragte nicht weiter. Er schüttelte nur den Kopf, als ob er einen lästigen Gedanken verscheuchen wollte.

»Willst du noch etwas wissen?«

»Warum sind wir hier?«

Carinas Blick wurde unstet. Sie seufzte tief, streckte den Arm aus und ging an Dante vorbei in die Richtung, in die ihr Zeigefinger zeigte. Ihre Schritte wurden rascher, als sie die leichte Steigung über den erdigen Pfad, der beiderseits von Rasen begrenzt wurde, nahm. Linkerhand ragten senkrecht behauene Blöcke aus Kreidegestein aus dem Boden. Manche von ihnen waren schief, andere weiter hinten von hohen Gräsern umringt. Da und dort wuchs obenauf Moos. Aber alle hatten eines gemeinsam: Die eingemeißelten Inschriften auf der Vorderseite waren sehr alt. Sie wandte den Kopf, ließ ihren Körper folgen. Ihre Brust wurde eng.

Die vier Grabsteine aus dunklem Marmor lagen nebeneinander. Der ganz links, wo ihr Grandpa begraben war, glänzte weniger als der von Granny, die neben ihm lag. Carinas Beine bewegten sich von selbst auf den dritten zu. Sie schlang die Arme um ihre Brust. Ihr Atem wurde flacher.

»Ach Mummy.« Sie spürte die Tränen hochsteigen, blinzelte sie weg. Jahrelang war sie davongelaufen, hatte alles getan, um ihre Mutter so in Erinnerung zu behalten, wie sie an dem Tag der Diplomverleihung gewesen war. Im Festsaal der London School of Journalism hatte sie ihre Arme ganz undamenhaft in die Höhe gerissen und laut mitgejubelt wie all die anderen Angehörigen ihrer Studienkollegen. Sie hatte sogar ein Glas dieses billigen, warmen Schaumweins aus einem Plastikbecher getrunken, den irgendein Vater ausgeschenkt und ihr und Daddy ein Schmunzeln auf die Lippen gezaubert hatte. Maria Byron-Rossetti, die Sizilianerin, die zur Countess of Willingdon geworden war, war ihre Seelenverwandte gewesen. Sie hatte ihr immer zugehört, egal wie unbedeutend ihre vermeintlichen Probleme waren. Sie fehlte Carina so schrecklich, vor allem jetzt.

Jack war ihr einziger Freund, der beste, den sich eine Frau wünschen konnte. Er besaß diese ausgeprägte

Sensibilität, die viele Homosexuelle hatten – aber trotz allem war er ein Mann. Und er war Australier, der Nachkomme irgendwelcher Straftäter, die man vor Jahrhunderten aus England in den entlegensten Winkel des Königreichs deportiert hatte. Er hatte keine Ahnung von der Belastung, die ein adeliges Erbe mit sich brachte. Nicht der Druck wegen des unermesslichen Vermögens, sondern der andere, der Carina nachts nicht schlafen ließ.

Mummy hätte ihr zugehört, mit ihr Pro und Kontra abgewogen und zum Schluss den Satz ausgesprochen, den sie ihr immer dann gesagt hatte, wenn sie sich für die eine oder andere Sache hatte entscheiden müssen. »Mach, was dir dein Herz rät, tesoro mio.«

Carina hob eine Hand und wischte sich die Tränen aus dem Augenwinkel.

Es ging nicht darum, zu Beginn des Schuljahrs Cricket anstatt von Tennis zu wählen oder umgekehrt. Was auch immer sie jetzt beschloss, es war endgültig. Sie war achtundzwanzig und ihr nächster Geburtstag war nicht weit entfernt. Viel zu lang hatte sie das Erwachsenwerden hinausgezögert. Daddy hatte mit allem, was er ihr vor einer Woche gesagt hatte, recht. Aber ...

Allein mit den Schmerzen und Medikamenten und ihrer erzwungenen Rückkehr, die zu den langen Gesprächen mit ihrem Vater geführt hatte, war ihr Kopf bis obenhin angefüllt. Aber sie wusste, dass sie all diese losen Enden in ihrem Hirn mit den dazugehörenden verknüpfen würde, bis alle eine Einheit waren. Nicht sofort, doch mit ein wenig Ruhe und Geduld würde sie eine Hürde nach der anderen nehmen, bis sie im Ziel war.

Nur war da ihr Herz, das ständig Kapriolen schlug. So viele Jahre hatte sie sich gefragt, was passieren würde, falls sie ihren Mr-Dark-and-Hot zufällig wieder treffen würde. Manche Nächte war sie weinend aus einem Traum aufgewacht, weil sie ihn fröhlich und lachend mit einer Frau und zwei kleinen Kindern gesehen hatte. Andere wiederum war sie verschwitzt, mit der Hand zwischen ihren nackten Beinen und ohne Höschen aufgeschreckt. Und jetzt ... Ach, verdammt!

Carinas Blick glitt auf den Grabstein rechts außen. William. Wäre ihr kleiner Bruder noch am Leben, würde sie keine Sekunde nachdenken. Sie würde ihren Rucksack schultern und sich in das nächstbeste Flugzeug setzen, das sie so weit wie möglich von hier wegbrachte.

Sie schluchzte auf und ihre Knie gaben nach.

»Carina!« Zwei starke Arme umfingen sie, hielten sie fest, bis sie wieder stand, drehten sie um. »Ganz ruhig, Foxy, ich bin bei dir.« Dante legte eine Hand auf ihren Hinterkopf, zog sie mit der anderen näher an sich heran. Sie sog den Duft nach Waldkiefern ein und spürte seine harten Muskeln an ihrem Körper. Die Kraft seines Arms, der ihre Mitte umschlang und sie festhielt, als ob er sie nie wieder loslassen wollte. Sie vergrub ihr Gesicht an seinem Hals – und plötzlich roch sie ihn. Seinen ureigensten Geruch, der den von Pino Silvestre verdrängte. Sie atmete tief ein, schnupperte an ihm und fühlte sich um Jahre zurückversetzt.

»Du hast mir gefehlt«, nuschelte sie an seiner Haut.

Er stöhnte auf.

Sie hob den Kopf an.

In seinen dunkelbraunen Augen tobte ein Feuer. *O Gott!* Ein Schauer rieselte über ihre Wirbelsäule. Er wollte sie genauso sehr wie sie ihn! Aber wieso schaute er sie so zweifelnd an? Und warum hielt er sie dann seit einer Woche auf Abstand und wich jedem Gespräch unter vier Augen aus?

»Du bist ein Arschloch!« Sie riss die Arme hoch und sich von ihm los. Er stolperte zurück, fing sich.

Dantes Kiefer mahlten. Er erwiderte ihren Blick, schien zu überlegen.

»Bin ich nicht!« Er schüttelte den Kopf. »Ich habe auf dich gewartet. Pünktlich um acht. Fünfundzwanzig Minuten lang habe ich mir eingeredet, dass du noch kommen würdest.«

Carina schluckte und schaute auf den Grabstein ihrer Mutter.

»Jetzt weiß ich, was passiert ist, du musst es mir nicht erklären«, kam er ihr zuvor. »Es tut mir so unheimlich leid.«

»Seit wann weißt du es?«, fragte sie flüsternd.

»Seit acht Tagen. Nachdem Damiano dich auf dem Flughafen in Tel Aviv erkannt hat und du im Flugzeug eingeschlafen bist, hat er mich angerufen. Plötzlich gab es einen Namen zu deinem Gesicht. Und was für einen ...« Seine Stimme senkte sich bei den letzten Worten ab und verklang.

»Was meinst du damit?«, fragte sie stirnrunzelnd. »Ich bin nur eine Journalistin von vielen.«

Er trat einen Schritt auf sie zu, als ob er sie wieder in die Arme nehmen wollte. Stattdessen verschränkte er sie vor seiner Brust.

»Ich rede nicht von Rossetti, sondern von Lady Carina Mary Ann Byron, der Countess of Willingdon.« Er sprach den Titel aus, als ob es sich dabei um eine besonders ekelhafte Speise handeln würde. Etwas, was er um keinen Preis der Welt essen würde. »Abgesehen davon muss ich gestehen, dass ich nicht einmal wusste, dass Rossetti eine Frau ist.«

Er hatte eine ihrer Reportagen gelesen? Mehrere? Warum hatte er in der ganzen Woche nichts davon gesagt? Ach so, ja. Er hatte sie angeschwiegen. Und offenbar hatte er ihr jetzt – bewusst oder unbewusst – den Grund dafür verraten.

»Hast du etwas gegen den Adel, Dante?«

Er runzelte die Stirn.

»Warum sollte ich? Ich bin halber Engländer.«

»Tatsächlich?« Wieso hatte sie angenommen, dass er Vollblutitaliener war? Sein Englisch war zu perfekt, um das eines Ausländers zu sein. Das hatte sie doch schon damals in Taormina gedacht.

Sein Blick verfinsterte sich. »Du bezweifelst es? Warum? Nur weil ich keinen Porzellanteint aufweisen kann und meine Haare schwarz sind?«

Und lockig und so seidig, dass sie den Wunsch verspürte, ihren Arm auszustrecken und mit den Fingern hindurchzufahren. Carina umschloss die Finger der einen Hand vor ihrem Körper mit denen der anderen und biss sich auf die Unterlippe.

Dantes Blick landete genau dort. Er knurrte fast unhörbar. Ihr Magen reagierte darauf, indem er sich zusammenzog.

»Das war nicht wertend gemeint, sondern eine Feststellung. Aber du scheinst ziemlich dünnhäutig zu sein. Zuerst runzelst du die Nase über meinen Namen, dann stellst du die Behauptung auf, dass ich etwas gegen Südländer habe.« Sie wurde lauter. »Weißt du was? Ich habe dir all die Jahre nachgeheult, mich nach dir gesehnt, die Angestellten im Grand Hotel Timeo verflucht, die mir deinen Namen nicht geben wollten ... Und warum?

Nur um festzustellen, dass du ein Arschloch bist. Leck mich, Dante!« Sie drehte auf den Absätzen ihrer Sneakers um, ohne noch einen Blick auf ihn oder die Gräber zu werfen, und lief los.

Kapitel 14

Dante überlegte nicht, er handelte. Mit einem Sprung war er bei ihr, packte sie, riss sie herum und presste seine Lippen auf ihre. O Gott! Wie sehr hatte er sich danach gesehnt. Nach ihr, ihrem Duft, ihren Brüsten an seinem Körper. Ihren wundervollen roten Locken, durch die seine Finger fuhren, bevor er ihren Hinterkopf umfasste und sie zwang, den Kopf in den Nacken zu legen.

Carina stöhnte an seinem Mund und ließ ihn ein. Endlich! Er saugte an ihrer Zunge, knabberte an ihren Lippen, schob sich immer tiefer in sie, bis sie diese kleinen abgehackten süßen Laute von sich gab, die ihn damals in den Wahnsinn getrieben hatten. All die aufgestaute Lust der vergangenen Woche erfüllte ihn. Seine Hoden ballten sich zusammen und sein Schwanz drückte hart und sehnsüchtig an den Reißverschluss seiner Hose. Er schob ihr sein Becken entgegen und sie presste ihren Unterkörper an sich.

»Ich hab dich vermisst, Foxy«, keuchte er zwischen zwei Küssen.

»Und ich dich.«

Sie wimmerte und ihre kleine Zunge drang in seinen Mund und begann mit seiner zu tanzen. Tausende von Sternen explodierten vor seinen halb geschlossenen Augen wie ein Feuerwerk. Sie rieb sich an ihm, ihre Hände waren unter der Jacke an seinem Rücken, zerrten das Hemd aus der Hose. Er stand knapp davor, die Kontrolle zu verlieren. Er würde hier und jetzt kommen, wenn ...

Schwer atmend hob er seinen Kopf, hielt den ihren zwischen seinen Händen fest und trat einen kleinen Schritt zurück.

Im Grün ihrer Iriden tanzten die goldenen Sprengsel wie Funken. Ihre Pupillen waren riesig, die Augen glänzten.

»Du machst mich wahnsinnig, Carina.«

»Und du mich. Ich will dich!« Sie leckte sich über die Lippen und sein Schwanz zuckte.

Und er wollte sie. Nackt und unter sich. Dante atmete schwer. Sein Brustkorb hob und senkte sich, sein Herz raste. Sie hob ihre Arme, legte sie auf seine Schultern, schob sie hoch zu seinem Nacken und stellte sich auf die Zehenspitzen.

»Nein!«

Sie zuckte zusammen, starrte ihn verständnislos an.

»Ich kann nicht.«

Sie blinzelte, dann glitt ihr Blick an seinem Körper abwärts und hielt unter der Gürtellinie.

»Das sieht mir nicht danach aus, als ob du nicht ...«

Er packte ihre Hände, umschloss ihre Handgelenke und zog sie vor seinen Körpern. Vereint hielt er sie fest. Sie ballte sie zu Fäusten.

»Carina, ich will nichts anderes, als endlich mit dir allein zu sein. Aber nicht hier. Das ist nicht der richtige Ort.«

Ihr Blick huschte an ihm vorbei zu den Grabsteinen. Sie biss sich auf die Lippe. »Natürlich nicht. Aber ich will nicht mehr warten. Lass uns auf das Abendessen verzichten. Wir nehmen eine Flasche Champagner mit nach oben und ich bitte die Köchin, ein paar Sandwiches ...«

»Nein, Carina. Du hast mich falsch verstanden. Ich werde keinen Sex mit dir haben. Nicht hier. Nicht in diesem Schloss, in dem einem auf Schritt und Tritt irgendjemand entgegenkommt und die Wände Ohren haben.«

Ihre Mundwinkel zuckten. Glucksend kamen die Laute aus ihrer Kehle und dann warf sie den Kopf in den Nacken und lachte schallend.

Dante schaute sie verständnislos an. Er stand hier mit einer schmerzenden Erektion in seiner Hose, wohl wissend, dass er seiner Hand auch heute wieder Schwielen hinzufügen würde, wie jeden Tag, seitdem er in diesem verdammten Schloss im Zimmer neben ihr schlief – und sie lachte.

Sie beendete ihren Heiterkeitsausbruch und stieß die Luft aus. »Meine Granny hätte dich geliebt!«

»Wir haben gerade von Sex gesprochen, Carina. Was hat deine Großmutter damit zu tun?«

»Gar nichts. Oder vielleicht doch.« Sie überlegte. »Ja, ziemlich sicher sogar. Sie hat immer gesagt, dass die Wände von Willingdon Castle Ohren haben.«

»Sie war eine kluge Frau«, konstatierte er.

»Nicht nur sie.« Carina zwinkerte ihm zu. »Komm, lass uns zurückgehen. Daddy wartet sicher schon auf uns.« Dann warf sie erneut einen Blick auf seinen Hosenstall, bevor sie ihre Hände aus seinem Griff löste, sich auf die Zehenspitzen stellte und ihm einen Kuss auf die Lippen hauchte. »Das muss ziemlich wehtun. Ich werde meinen Vater so lange unterhalten, während du dich um dein Problem kümmerst.«

Sie war ihm entwischt. Dante war mehrmals auf dem Weg zurück zum Haupteingang des Schlosses stehen geblieben. Sich vorsichtig umschauend, ob jemand in der Nähe war, hatte er versucht, seinen Schwanz in eine nicht so schmerzhafte Position zu bringen. Er hatte seinen Schneider verflucht, der zwar unbestritten einer der besten der Savile Row, dem Mekka der britischen Herrenschneider, war, aber zu viel Spaß daran hatte, seinen Kunden die Kleidung im wahrsten Sinn des Wortes auf den Leib zu schneidern. Der Platz in der Hose war definitiv nicht auf Erektionen ausgerichtet. Er hatte erleichtert aufgeatmet, dass keiner der beiden Butler in der Lobby war, und hatte sich so lautlos wie möglich durch die Flure und über die Treppe in sein Zimmer geschlichen. Und während er sich unter der eiskalten Dusche so lang massiert hatte, bis er endlich mehr schlecht als recht befriedigt gewesen war, hatte er sich ständig gefragt, was Carina damit gemeint hatte, dass nicht nur ihre Granny eine kluge Frau gewesen war.

Jetzt, eine gute Stunde später, wusste er es immer noch nicht.

Alistair erzählte eine seiner Golf-Anekdoten, die denen über seinen Londoner Herrenclub um nichts nachstanden. Carina lachte heute mehr als sonst. Der Wein in ihrem Glas schien sich sehr rasch zu verflüchtigen, bevor es wieder befüllt wurde. Ihre Augen leuchteten, ihre Wangen waren von einem Hauch Rosa überzogen, der von dem auf ihrer Nase und dem Kinn ablenkte, die nun keine blutigen Krusten mehr bedeckten.

Wie immer, wenn sie abends im blauen Salon, den die Haushälterin als den kleinsten Speisesaal von Willingdon Castle bezeichnete, an dem runden Tisch saßen, an dem gut und gern acht Personen Platz fanden, war jeder von ihnen im exakt selben Abstand von seinen beiden Tischnachbarn entfernt. Zufällige Berührungen waren unmöglich. Zum Glück. Dante hatte ohnehin Mühe, sich darauf zu konzentrieren, Carina nicht wie ein komplett verliebter Trottel anzustarren. Und das, obwohl sie ihn einfach draußen im Park hatte stehen lassen. Aber sie führte irgendwas im Schilde. Er konnte es riechen. An ihr. Denn der Duft, den sie ausströmte und der immer wieder zu ihm herüberwehte, war eindeutig. Es gab keinen Zweifel: Lady Carina Mary Ann Byron war sexuell erregt.

»Also ich finde den Fasan ein wenig zäh, ihr nicht?« Carina klimperte mit den Wimpern in seine Richtung.

Keine Ahnung, wäre die einzig richtige Antwort gewesen. Denn selbst wenn er an einer Lage Schaumgummi anstatt diesem Federvieh herumgekaut hätte, er hätte es nicht gemerkt.

»Die Jagdsaison ging vor zwei Monaten zu Ende«, meinte Alistair. »Wahrscheinlich hat man das Fleisch eingefroren, da schmeckt es nicht so wie frisches.«

»Dante, du kennst dich doch mit Gastronomie aus.« Carina sprach ihn direkt an, da konnte er ihr nicht ausweichen. Also nickte er kauend, obwohl er nichts im Mund hatte. »Denkst du, es kann daran liegen?«

Er zuckte mit den Achseln, griff nach dem Weinglas und nahm einen Schluck.

»Ich habe von Fasanen keine Ahnung, Carina. Ehrlich gesagt ist Federvieh nicht so meins, mir ist ein Wildschwein lieber.«

Sie kicherte leise. »Warum? Identifizierst du dich mit einem Eber?«

Alistair lachte und ihm schoss das Blut prompt zwischen die Beine. Er verzog einseitig den Mund und versuchte, sie unter dem Tisch zu treten. Der Versuch misslang. Sie lächelte lieblich.

»Ach, weißt du, Carina, ich bin ein ziemlich rares Exemplar, um nicht zu sagen einzigartig. Unvergleichbar sozusagen.«

Sie schnappte nach Luft und Alistair versteckte sein Lachen hinter einem Räuspern. Dann hob er sein Glas.

»Was auch immer Sie heute Nachmittag mit Carina im Park unternommen haben, es hat meiner Tochter offenbar sehr gutgetan, Dante.«

Er zog scharf die Luft ein und vermied es, seine Tischnachbarin anzusehen. Stattdessen hob auch er sein Weinglas und prostete dem Earl zu.

»Ja, das wird sich leider nicht so bald wiederholen, Daddy«, sagte Carina im Plauderton. Dante versteifte sich auf seinem Stuhl. »Der Park wird eine Zeit lang ohne mich auskommen müssen. Ich fahre morgen nach London.«

»Warum denn das?« Alistair stellte sein Glas ab und beugte sich vor, als ob er dadurch die Antwort besser hören könnte.

»Das fragst du mich? Wir haben doch darüber gesprochen. Ich muss zur Bank und zu unserem Notar, um die Dokumente einzusehen, die teils schon seit Jahren dort liegen. Morgen treffe ich Rick Rearden zum Mittagessen, und dann habe ich noch all die Dinge zu tun, die eine Frau nun einmal nicht auf Willingdon Castle erledigen kann und die schon seit meinem letzten Aufenthalt hier überfällig sind.«

Ihr Vater zog fragend die Augenbrauen hoch.

»Kosmetikerin, Friseur, Kontrolle beim Zahnarzt und beim Frauenarzt.«

Dantes Magen zog sich beim letzten Wort zu einem steinharten Ball zusammen. Sie hatte Arzt gesagt, nicht

Ärztin. Das kam nicht infrage. Er wollte nicht, dass irgendein Kerl seine Finger ...

»Und natürlich Shopping. Ich brauche ein Abendkleid für das Charity-Event deiner Stiftung.«

Alistair Byron warf ihr einen strahlenden Blick zu. »Du wirst teilnehmen?«

»Selbstverständlich, Daddy. Ich habe doch nie gefehlt, wenn ich daheim war.«

»Was das letzte Mal vor vier Jahren der Fall war. Damals hat deine Mutter noch gelebt.«

Vater und Tochter kommunizierten stumm mit Blicken, bevor Carina sich räusperte und weitersprach.

»Ich will auch endlich herausfinden, wo Suzanne derzeit ist. Die letzte Nachricht von ihr ist Monate her. Damals war sie mit einer Gruppe Meeresbiologen und Naturwissenschaftlern auf einem Eisbrecher in der Antarktis unterwegs.«

»Sie ist genauso verrückt wie du.«

»Abenteuerlustig, Daddy. Interessiert, sicher nicht durchschnittlich, aber keinesfalls verrückt.«

Dante schmunzelte. Mit jedem Tag, den er Carina besser kannte, ging sie ihm mehr unter die Haut. Er mochte es, wenn sie sprach, und es war ihm egal, worüber – nur wartete er ungeduldig auf eine klare Ansage, seitdem sie gesagt hatte, dass sie morgen nach London fahren würde. Eine, die ihn persönlich betraf.

»Und natürlich muss ich unbedingt neue Dessous kaufen.«

Dante japste nach Luft.

»Ich habe mich schon gefragt, wann du endlich davon sprichst, mein Kind.« Alistair grinste. »Sie müssen wissen, Dante, dass meine Tochter bereits als kleines Mädchen problemlos auf jedes Kleidungsstück verzichtet hätte, wenn sie nur die ausgefallensten Slips und Hemdchen haben konnte, die aufzutreiben waren.«

Er musste weg von diesem Tisch, bevor er blaue Eier bekäme. Sofort.

»Sir, wollen Sie noch Nachschlag oder darf ich das Dessert bringen?«

Klar. Logisch. Ausgerechnet jetzt, wo seine Hand zwischen seine Beine gerutscht war, musste das Dienstmädchen neben ihm auftauchen.

»Nein, danke. Ich habe genug. Aber wenn Sie bitte ein Glas Wasser für mich hätten. Sehr kalt. Am besten mit Eiswürfeln.«

Carina gluckste und hob die Serviette vor den Mund. Er warf ihr einen flehenden Blick zu. Sie blinzelte zweimal. Was hieß das jetzt? Ja, ich helfe dir, oder nein, ich tue es nicht?

»Ich glaube, dass meine Unterwäsche nichts ist, was Dante interessiert, Daddy.«

Er biss sich auf die Innenseite der Wange und ließ erst locker, als er Blut schmeckte. Schmerz gegen Erregung. Das musste helfen.

»Du hast recht. Das war unsensibel.« Der Earl hob das Weinglas an die Lippen und warf ihm einen undeutbaren Blick zu, bevor er sich seiner Tochter zuwandte. »Du fährst aber nicht allein.«

»Natürlich nicht, Dante kommt mit. Er ist doch weiterhin für mich, ähm ... meine Sicherheit zuständig, oder nicht?«

Schuss und Treffer. Nicht mitten ins Herz, sondern in seine Weichteile, die mittlerweile so hart waren, dass er damit eine Ziegelwand zum Einsturz bringen konnte.

»Ihr Eiswasser, Sir.« Das Mädchen stellte ein hohes Glas vor ihn, das zur Hälfte mit schimmernd blauem Eis gefüllt war. »Und hier das Dessert. Minzeis mit heißen Himbeeren.«

Dante starrte auf die Beeren in der Dessertschale aus feinstem Bleikristall und überlegte, wie er es anstellen könnte, das Wasser über seinen Schritt zu leeren.

»Servieren Sie uns bitte den Kaffee heute hier und nicht im Kaminzimmer«, bat Carina liebenswürdig. »Wir bleiben noch ein wenig sitzen.«

Dante wandte sich ihr zu. Sie lächelte.

»Deinem Programm nach zu schließen, hast du mehrere Tage in London geplant?«, fragte Alistair.

»Eher eine Woche, vielleicht auch länger, Daddy. Ich habe so viel vor ...«

Dantes Puls beschleunigte. Sie war so abgebrüht. Berechnend. Heiß. Perfekt.

»Hast du im Mandarin Oriental oder im Claridge's gebucht?«

»Weder noch, Daddy. Ich habe keine Lust, unter Beobachtung zu stehen, ständig nach links und rechts grüßen zu müssen und Small Talk mit Menschen zu führen, an die ich mich kaum erinnere. Ich werde in Grannys Villa in Notting Hill wohnen. Die ist geräumiger als eine Hotelsuite, wo Dante und ich aufeinanderkleben würden.«

Dante riss die Augen weit auf, starrte zu ihr, doch sie mied seinen Blick und versenkte ihren Löffel im Dessert. Sie war nicht nur ein Biest, sondern auch klug. Sie hatte nicht übertrieben. Und sie war heiß. Sehr heiß. Zu heiß. Er würde sich verbrennen, aber das war so was von egal. Er wartete schon so viele Jahre auf diesen Moment, da kam es auf ein paar Grad mehr oder weniger auch nicht an. Sobald sie allein waren. Nicht jetzt. Er legte den

Dessertlöffel auf den Unterteller, ergriff das Glas mit dem Eiswasser, hob es an den Mund – und ließ es los.

Das Wasser ergoss sich zielgenau über seinem Schritt. Endlich!

Kapitel 15

Tags darauf auf dem Weg nach London.

Carina liebte seine Hände. Immer wieder glitt ihr Blick hinüber zum Lenkrad. Sie waren groß, die Finger lang, die Nägel manikürt. Carina seufzte leise und zwang sich, den Kopf abzuwenden und aus dem Seitenfenster zu schauen. Sie sehnte sich danach, sie endlich auf sich zu spüren – wie damals. Er konnte wundervolle Dinge damit anstellen. Zärtlich sein. Kräftig zupacken und sie dazu bringen, zu erschauern. Sie wollte ihn so sehr, dass es wehtat. Sie schaute erneut in seine Richtung.

»Lass das, Carina. Bitte.«

Sie musste nicht fragen, was er damit meinte. Gestern Abend, als er sich nach seiner *unfreiwilligen Dusche* entschuldigt hatte und nicht mehr zurückgekommen war, hatte sie an seine Zimmertür geklopft. Er hatte nicht einmal geöffnet, ihr nur durch die geschlossene Tür dieselben Worte zugerufen, die er soeben gesagt hatte. Zuerst hatte sie keinen Schlaf gefunden, sich wach in ihrem Bett hin und her gedreht und angestrengt in die Dunkelheit gelauscht. Aber die Wände von Willingdon Castle waren nicht aus Gipskarton, sondern aus Ziegeln. Sie hatte nichts aus seinem Zimmer gehört, Schäfchen gezählt, war eingeschlafen. Und dann hatte sie davon geträumt, dass das alte Schloss ein Lebewesen wäre, dem Ohren nur für das Personal wuchsen, das sie und ihren Vater belauschte.

»Ich tu doch nichts«, verteidigte sie sich.

Dante wandte sich ihr zu und fixierte sie. Seine Augen schienen zu glühen. Sie hielt die Luft an – er sah weg. Sie spürte den Ruck, der durch den Aston Martin ging, als er den Fuß auf dem Gaspedal nach unten drückte. Carina wurde in den Ledersitz gedrückt. Der Biturbo schnaubte wie ein Stier in der Arena, der den Torero anvisierte. Draußen flog die Landschaft vorbei, drinnen flirrte die Luft. Sie umklammerte mit beiden Händen die Sitzfläche. Nicht aus Angst vor der Geschwindigkeit, sondern vor sich selbst. Dante steuerte den Wagen mit einer Sicherheit, die keinen Zweifel aufkommen ließ, was für ein Mann er war. Sich seiner Ausstrahlung bewusst. Erfolgreich. Dominant. Selbstsicher. Und heiß. Mr-Dark-and-Hot. Vor allem Letzteres. Sein Körper schien zu glühen. Einem Feuerball gleich, der von einer mit hochexplosivem Gas gefüllten Hülle umgeben war. So wie ihrer. Sie spürte die Hitze, die sich in ihr ausbreitete, jede Faser und jeden Nerv zum Glühen brachte. Sie verließen die A21 und fuhren auf die M25, die London Orbital, auf. Dante presste die Lippen aufeinander, umklammerte das Lenkrad, sodass seine Knöchel weiß hervortraten und seine angeborene Bräune dunkler schien. Der Aston flog förmlich auf London zu. Es gab keinen Wagen, der nicht hinter ihnen blieb.

Carina schloss die Augen, um Dante nicht ansehen zu müssen, denn unweigerlich glitt ihr Blick immer wieder zu ihm. Zu seinem markanten Kiefer. Der stolzen Nase. Den für einen Mann eine Spur zu vollen Lippen, die sie auf sich spüren wollte. Überall. Sie stöhnte auf.

»Carina!« Dante schrie ihren Namen.

Ihre Lippen bebten. Ihr Körper zitterte. Jedes einzelne Härchen, das ihre Haut bedeckte, stellte sich auf.

»Ich will dich«, flüsterte sie nahezu lautlos.

Er trat auf die Bremse, setzte den Blinker, fuhr auf den Pannenstreifen, hielt und zog die Handbremse.

Schwer atmend beugte er sich vor und lehnte die Stirn ans Lenkrad.

Sie löste den klammernden Griff ihrer Hand von der Sitzfläche und hob ihren Arm.

»Tu. Das. Nicht!«

Sie zuckte zusammen, ließ ihn sinken.

Er konnte nicht sehen, was sie tat. Wieso ...?

Unausgesprochen lag die Frage in der Luft. Er antwortete, ohne den Kopf anzuheben.

»Ich spüre dich, Carina. Alles von dir. Deine Gedanken, deine Gefühle, dein Verlangen. Die Hitze deines Körpers.« Seine Stimme war heiser. »Glaubst du, es geht mir anders als dir?«

Er richtete sich langsam auf, lehnte sich zurück, wandte sich ihr zu. In seinen Augen kämpfte Begierde gegen Vernunft.

»Ich will dich genauso sehr wie du mich. Seit mehr als einer Woche kämpfe ich mit meiner Selbstbeherrschung. Zwinge mich also nicht, über dich herzufallen. Bring mich nicht dazu, es jetzt und hier zu tun. Bitte.«

Er zog die Unterlippe zwischen seine Zähne und biss zu.

»Ich ... ich ...« Sie fand keine Worte.

Er verzog den Mund zu einem schiefen Lächeln.

»Ich will mit dir Liebe machen, Carina, nicht ficken. Du bist mehr wert als das.« Er sprach leise, senkte die Stimme noch ein wenig, flüsterte. »Du bist das Wertvollste in meinem Leben. Warst es damals schon. Das habe ich in dem Moment erkannt, in dem mir klar wurde, dass du verschwunden warst. Für immer. Aber jetzt ...« Er atmete tief ein und wieder aus. »Ich will keinen Quickie. Ein paar Minuten reichen mir nicht. Und dir?«

Sie hatte Tränen in den Augen. Ihre Kehle war wie zugeschnürt. Ihr Puls raste. Ihr Herz hämmerte in ihrer Brust. Und ihr ganzer Körper kribbelte vor Lust. Sie starrte auf seine Lippen und hob zaghaft ihre Hand, um sie zu berühren.

»Denk nicht einmal daran, Carina.«

Sie erstarrte in der Bewegung.

»Wenn du das jetzt tust, falle ich über dich her und vergesse mich.«

Kraftlos fiel ihr Arm nach unten.

Sie nickte. Dann senkte sie den Blick, setzte sich in Fahrtrichtung und umklammerte ihre Hände im Schoß. Sie atmete tief ein und wieder aus.

Dante räusperte sich mehrmals.

Carina spürte, wie sich der Wagen in Bewegung setzte und Geschwindigkeit aufnahm. Sie starrte nach draußen. Sie schwiegen, aber es war nicht unangenehm. Was zwischen ihnen lag, war stummes Einvernehmen und ein erotisches Knistern, das sie zu ignorieren versuchte.

Sie verließen die M25 und wechselten auf die wie üblich stark befahrene A2, die sie direkt nach London brachte. Zwei Stunden nachdem sie Willingdon Castle verlassen hatten, fuhr Dante auf den privaten Parkplatz des Mandarin Oriental Hotels in Knightsbridge. Er öffnete ihr die Beifahrertür von außen. Sie stieg aus.

»Soll ich dich noch zum Restaurant begleiten?«

Carina hob die Augenbrauen an und strich sich eine Locke hinters Ohr.

»Isst du nicht mit uns?«

»Es ist ein berufliches Treffen mit deinem Arbeitgeber.«

»Du bist nicht mein Chauffeur, Dante. Wenn du in der Zwischenzeit einen Termin wahrnehmen musst, dann verstehe ich das natürlich. Du hast schon viel Zeit für mich geopfert, obwohl du ein Unternehmen leitest.«

»Aber?«

»Ich würde mich freuen, dich dabeizuhaben. Und Mister Rearden sicher auch.«

Rick Reardens erste Bemerkung galt Dante. »Ich habe gedacht, Alistair erlaubt sich einen Scherz mit mir.«

»Inwiefern?«

»Als er sagte, dass Dante Cipriani höchstpersönlich als Bodyguard arbeitet. Aber ich kann Sie verstehen.« Er zwinkerte Dante zu. »Frauen wie Lady Byron sind selten wie schwarze Diamanten.«

Dann erst wandte er sich Carina zu, ergriff ihre Hand und hauchte formvollendet einen Handkuss darauf.

»Er ist nicht mein ...« Sie unterbrach sich.

»Sie müssen es nicht sagen, Lady Byron. Ich sehe es in Ihren Augen.«

Daraufhin wandte er sich einfach ab, zog ihren Stuhl zurück und wartete, bis sie saß. Der Champagner wurde serviert, bevor sie eine Antwort gefunden hatte. Doch welche? Rick Reardens Bemerkung verbal zu widerlegen, wäre eine Lüge gewesen.

»Tun Sie mir einen Gefallen, Mister Rearden?«, sagte sie stattdessen. »Nennen Sie mich so wie bisher.«

Schmunzelnd hob er das Glas. »Rossetti? Denken Sie nicht, dass das nicht mehr den Umständen entsprechen würde?«

»Welchen?« Sie erwiderte die Geste zuerst mit ihm, dann mit Dante, der sie mit seinem undurchdringlichen Blick ansah. »Sie sind mein Arbeitgeber. Ich bin nur eine Journalistin von vielen, die für Sie arbeiten. Und als solche ...«

»Was halten Sie davon, wenn ich Sie Carina nenne?«, unterbrach er sie.

Er war charmant und bestand darauf, dass sie und Dante ihn Rick nannten. Während der Vorspeise sprachen sie über den Anschlag im Gazastreifen, der glücklicherweise von den Medien totgeschwiegen wurde.

»Es war die einzig richtige Entscheidung. Diese Männer haben aus Verzweiflung gehandelt. Hätte man den Fall international bekannt gemacht, wäre das niemandem zugutegekommen. Übrigens besteht die Hamas auf der Zahlung von Schmerzensgeld, Carina.«

»Ich brauche keines, Rick.«

»Aber du wurdest verletzt.«

»Es geht mir schon wieder gut. Vielmehr würde ich dich bitten, dafür zu sorgen, dass diese Männer, die die Granaten abgefeuert haben, nicht allzu hart angefasst werden.«

Rick schüttelte den Kopf. »Das liegt nicht in unseren Händen. Die Hamas entscheidet, was mit ihnen geschieht.«

»Oder bereits geschehen ist«, sagte Dante.

»Was wahrscheinlicher ist«, stimmte Rick zu.

Sie schluckte. Zum Glück wurden ihre Gedanken, was genau damit gemeint sein konnte, unterbrochen, bevor sie sie ausführen konnte.

Hector Blumenthal kam persönlich an ihren Tisch. Dass der Sternekoch und Besitzer des Restaurants mit Rick Rearden wie mit einem guten Freund sprach, wunderte sie nicht. Doch dann begrüßten er und Dante sich mit einem Schulterklopfen. Sie wusste so wenig von Dante. Natürlich kannte sie das Cipriani's hier in London, aber als sie hörte, dass Blumenthal Dante fragte, wann die Eröffnung des zwanzigsten Cipriani's in Budapest geplant war, wurde sie nachdenklich.

Sie hatte in all den Jahren nach ihrem Treffen in Taormina ihrem Mr-Dark-and-Hot unzählige Berufe angedichtet. Professioneller Pokerspieler, Besteiger von Achttausendern und genialer Softwareentwickler waren darunter gewesen. Aber die Realität übertraf alles. Und dabei gab er sich trotz der dominanten Ausstrahlung zurückhaltend und bei Weitem nicht so überheblich wie andere, die in dem voll besetzten Restaurant saßen, nachdem sie wahrscheinlich Wochen oder Monate gespart hatten, um die Rechnung bezahlen zu können.

»Ich freue mich, dass ich heute nicht in Bray bin, Lady Byron.« Hector Blumenthal lenkte ihre Aufmerksamkeit auf sich. »Bei unserer letzten Begegnung standen Sie kurz vor Ihrem Collegeabschluss, erinnern Sie sich?«

»Es wundert mich, dass Sie es tun«, erwiderte sie lächelnd.

Er beugte sich näher und senkte seine Stimme. »Von schönen Frauen vergesse ich nie etwas. Aber verraten Sie es nicht meiner Frau, sie ist sehr eifersüchtig.«

Mit einem verschmitzten Lächeln hatte er sich verabschiedet.

Jetzt beendeten sie den Hauptgang. Das Essen war wie immer großartig, das Service stand ihm um nichts nach. Beides wurde nur vom Blick auf den Hyde Park übertroffen. Carina schluckte den letzten Bissen, legte das Besteck auf den Teller und tupfte sich mit der

Serviette die Lippen ab. Genug des Small Talks. Sie wandte sich Rick zu.

»Du hast meinen Vertrag beendet, ohne darüber mit mir zu sprechen.«

»In seiner bisherigen Form, Carina. Dein Arbeitsvertrag ist unbefristet und das bleibt er. Doch der Anschlag auf dich und Jack hätte ganz anders ausgehen können.«

»Das ist auch mir klar. Aber niemand hätte je gedacht, dass so etwas bei dem Besuch eines Flüchtlingslagers passieren könnte, noch dazu, wo wir von einem Hilfswerk der Vereinten Nationen eingeladen waren.«

»Da stimme ich dir nicht zu. In keinem Krisengebiet der Welt gibt es Sicherheit. In der Nähe eines Pulverfasses genügt ein Funke, um innerhalb von Sekunden alles zu verändern. Und Feuer macht keinen Unterschied zwischen Zivilisten und unmittelbar Beteiligten. Du arbeitest seit fast zweieinhalb Jahren für mich und hattest vom ersten Tag an die alleinige Entscheidungsgewalt über die Themen und Orte deiner Reportagen. Niemand hat dir jemals Steine in den Weg gelegt, richtig?«

Sie spürte Dantes neugierigen Blick auf sich, als sie Rick antwortete. »Ein paar Versuche gab es.«

»Du sprichst von dem Ausbruch des Vulkans Stromboli? Von dem Orkan in Louisiana, als du mit Jack alles in Australien hast liegen und stehen zu lassen, weil du dem Wirbelsturm in sein Auge schauen wolltest? Oder ...«

»Ja, ja, ist schon gut.« Sie winkte mit einer Geste ab.

»Nein, Carina, das ist es nicht. Verzeih, wenn ich jetzt einen väterlichen Ton anschlage, und glaube mir, ich tue es nicht, weil ich Alistair seit Kindertagen kenne. Und mit Sicherheit will ich nicht, dass du mir Chauvinismus unterstellst. Aber es gibt einfach Dinge, die nicht sein müssen. Vor allem für eine Frau.«

Sie zischte verächtlich. »Den letzten Satz hättest du dir sparen können.«

»Gut, ich nehme ihn zurück«, konterte Rick. »Die Wahrheit ist nämlich die, dass ich mich um Jack Jones immer genauso gesorgt habe wie um dich. Und nein!« Er hob abwehrend die Hand, sah ihre Erwiderung voraus. »Das hat nichts damit zu tun, dass er schwul ist. Ich bin ein liberaler Mensch, kann mit überheblichen Wichtigtuern nichts anfangen und habe schon oft frauenverachtende und homophobe Idioten im Rahmen der Medien, die mir zur Verfügung stehen, an den Pranger gestellt. Aber ich wäre nicht der geworden, der ich bin, wenn ich meine Mitarbeiter im übertragenen Sinne in den Krieg schicken würde. Ich brauche keine Schlagzeilen um jeden Preis, sondern gute und korrekte Berichterstattung im Rahmen der Möglichkeiten, die in erster Linie die Sicherheit meiner Teams garantieren. Nur wenn ich das Leben keines meiner Reporter, Fotografen und Kameraleute nicht gefährde, kann ich mich am Ende eines jeden Tages zufrieden in den Spiegel schauen und ruhig schlafen.«

Er hatte impulsiv gesprochen, ohne seine Stimme zu erheben. Und gerade deshalb hatten seine Worte ihre volle Wirkung entfaltet. Carina schaute ihn bewundernd an, und Dante ... Der saß mit vor der Brust verschränkten Armen auf seinem Stuhl und beobachtete sie mit gerunzelter Stirn.

»Sag mir jetzt nicht, dass du mir eine Rubrik über Stickerei und schnulzige Liebesromane übertragen willst.«

Rick schmunzelte.

»Du bist eine der besten Journalisten – und ich verwende bewusst nicht die weibliche Form –, die für mich arbeiten, Rossetti. Denkst du, dass ich auf deine spitze Zunge und deine unbeschreiblich emotionalen Schilderungen verzichten will?«

Sie lief rot an, senkte den Blick und spürte plötzlich, wie Dante seine Haltung änderte. Er öffnete die Arme, beugte sich vor und griff nach dem Weinglas. Als sie aufsah, prostete er ihr zu. Sie hob ihr Glas zuerst in seine Richtung, dann in Ricks, bevor sie einen Schluck nahm und es wieder abstellte.

»Du weißt, dass ich in zwei Wochen nach Nepal wollte, Rick.«

»Und du, dass das in deinem Zustand nicht zur Diskussion steht.« Er hob die Hand und sprach weiter, obwohl sie die Lippen nur ein wenig geöffnet hatte. »Du hast deine Verletzungen im Gesicht perfekt überschminkt, dass niemand, der nichts davon weiß, vermuten würde, was dir vor nur zehn Tagen passiert ist. Du bewegst deine Arme gleichermaßen, was mich annehmen lässt, dass die Schulterprellung nicht allzu schwer war. Aber die Rippen sind eine fragile und zugleich komplexe Angelegenheit. Eine Prellung heilt nicht in ein paar Tagen aus, es braucht Wochen, auch wenn du den Schmerz wegsteckst oder dich daran gewöhnt hast. Je dünner die Luft, umso schwieriger wird das Atmen.«

»Aber Kathmandu liegt doch nur auf tausendvierhundert Höhenmetern und die Webereien ...«

»Carina, ich bitte dich!«, unterbrach er sie. »Wir wissen beide, dass du niemals dorthin fliegen und nur über die Verarbeitung der Kaschmirwolle aus dem Himalajagebiet recherchieren wirst. Aber da Nepal sicher nicht davonläuft, mache ich dir einen Vorschlag. Wenn du in einem Jahr immer noch darüber schreiben willst, bezahle ich dir und deinem Fotografen Flüge erster Klasse. Und bis dahin ...«

Ein Mann unterbrach Rick. Er war nicht allzu groß, trug einen Maßanzug, hatte eine Hakennase, braune Augen und schwarze Haare. Sie waren von derselben Farbe wie Dantes, jedoch glatt. Trotz der angedeuteten Verbeugung vor Rick Rearden war unübersehbar, dass normalerweise er derjenige war, vor dem andere ehrfürchtig die Augen senkten. Vermutlich ein Araber, der in London auf sein wallendes Gewand verzichtet, überlegte Carina.

»Rick, mein Freund.« Sein Englisch war perfekt.

»Marc.« Rick erhob sich und sie reichten sich die Hände. »Wenn ich gewusst hätte, dich heute hier zu treffen, hätte ich dich eingeladen, mit uns zu essen. Ich war gerade im Begriff, mich mit Carina Rossetti über ihre nächste Reportage auszutauschen. Sie wird Ende Mai in die Provence fahren, um die Wallfahrt und das Gipsy-Festival in Saintes-Marie-de-la-Mer mitzuerleben und ihre Eindrücke zu Papier zu bringen.«

Carina riss freudig erstaunt über Ricks Worte die Augen auf, als der Mann, den sie auf Anfang vierzig schätzte, sich ihr zuwandte. Er ergriff ihre Hand und beugte sich, bevor er sich aufrichtete und sie mit einem bewundernden Blick ansah.

»Miss Rossetti, es ist mir eine Ehre, Sie kennenzulernen. Mein Name ist Marc Smith und ich bewundere Sie. Damit meine ich natürlich Ihren Schreibstil, aber vor allem Ihr Takt- und Ihr Feingefühl. Ihre Reportagen über die Ausweisung der irischen Traveller aus Perth und den Romani Road in New South Wales waren das Beeindruckendste, was seit Jahren über Gipsys geschrieben wurde. Unparteiisch und ehrlich.«

»Sie interessieren sich für das Thema?«

»Selbstverständlich. Ich bin ein Gipsy, Miss Rossetti, und im Gegensatz zu anderen Angehörigen eines der uralten Zigeunervölker, die sesshaft und erfolgreich sind, verstecke ich mich nicht. Es ist keine Schande, ein Roma oder Sinti zu sein.«

»Oh, da bin ich ganz Ihrer Meinung, Mister Smith. Obwohl Ihr Name, wenn ich ehrlich sein darf, eher nach einem Pseudonym klingt.«

Er verzog den Mund zu einem Lächeln, das jedoch seine Augen nicht erreichte. Allerdings galt dieser Ausdruck nicht ihr, sondern offensichtlich Dante, der seine Stirn in Falten gelegt hatte und ebenfalls aufgestanden war.

»Glauben Sie mir, Miss Rossetti, wenn ich meinen Namen hätte ändern wollen, dann sicher nicht in so einen banalen wie Smith. Der ist meiner und die Mitglieder meiner Familie trugen und tragen ihn seit Generationen mit Stolz. Sie sind natürlich zu jung, um sich erinnern zu können, aber der Circus Smith war einer der berühmtesten Großbritanniens.« Er sah von ihr zu Dante. »Du erinnerst dich sicher noch, Dante, richtig?«

Carina war davon überzeugt, dass Dante Marc Smith mit seinem feurigen Blick verbrannt hätte, wäre dies möglich gewesen. Allerdings nur den Bruchteil einer Sekunde lang. Denn dann umarmten sich die beiden, wie es Männer nur tun, wenn sie eng miteinander befreundet sind.

»Du bist immer noch der Alte«, sagte Dante.

»Du leider auch, wie ich merke.« Marc Smith untermalte seine Erwiderung mit einem leisen Lachen, das Dante mit einem erstickten Laut erwiderte.

»Kennt ihr euch schon lange?« Rick nahm die Frage vorweg, die Carina auf der Zunge lag.

»Eine halbe Ewigkeit.« Sie antworteten zugleich.

»Das freut mich«, rutschte Carina heraus.

Die drei Männer schauten sie fragend an und sie lächelte verlegen.

»Ich will damit sagen, dass es mir nun leichter fällt, mit der Tür ins Haus zu fallen, Mister Smith.«

»Nennen Sie mich Marc, Miss Rossetti. Und was immer ich für Sie tun kann, sagen Sie es und betrachten Sie es als erledigt.«

Seine Antwort klang ... anzüglich? Eindeutig? Zweideutig? Befremdlich? Egal welches Adjektiv ihr einfiel, es drückte nicht das eigenartige undeutbare Gefühl aus, das sie befiel. Ganz zu schweigen von Dantes zusammengepressten Lippen und der Geste, mit der er sich mit gespreizten Fingern durch seine Locken fuhr. Das tat er sonst nur, wenn er nervös war.

»Würden Sie sich die Zeit für ein Interview mit mir nehmen? Ich habe zwar schon einiges recherchiert, aber meine Kenntnisse über die englischen Gipsys sind rudimentär. Ich habe die letzten Jahre großteils außerhalb von Europa verbracht.«

»Und warum fragen Sie mich?«

»Weil Sie der Einzige sind, den ich persönlich kenne.«

Marc Smiths Blick verdunkelte sich. Fast hätte sie gesagt, dass er traurig wirkte. Doch dann verflog dieser Schein und er verzog den Mund zu einem Lächeln.

»Es wird mir eine Ehre sein, Miss Rossetti.« Er zog eine Geschäftskarte aus der Tasche seines maßgefertigten Anzugs, der wahrscheinlich so wie die von Dante und Rick oder die ihres Vaters aus der Savile Row stammte. Marc Smith mochte ein Zigeuner sein, doch er hatte Stil. Und das war etwas, was vielen

Neureichen, aber auch so manchem Angehörigen des alten Adels fehlte.

»Ich freue mich darauf, mehr über Ihre Familiengeschichte zu erfahren, Marc. Und nennen Sie mich doch bitte Carina.«

Kapitel 16

Mayfair, ein paar Stunden später.

»Und nennen Sie mich doch bitte Carina«, äffte Dante zum wiederholten Mal nach. Er saß in der New Bond Street in seinem Wagen und starrte auf das elegante Eckgeschäft mit den mit schwarzem Marmor eingefassten Schaufenstern. *Victoria's Secret* prangte in goldenen Lettern über dem Eingang. An sich hätte allein dieser Name in Verbindung mit Carina, seiner Foxy, der Frau, der er seit Tagen jedes Fitzelchen Stoff selbst mit den Zähnen vom Körper geschält hätte, wenn er die Arme mehrfach gebrochen gehabt hätte, eine eindeutige Reaktion hervorrufen müssen. Sprich eine Erektion überirdischen Ausmaßes. Stattdessen verstand er jetzt den tieferen Sinn des Ausdrucks *tote Hose*. Nichts regte sich. Hätte er noch gestern während des Abendessens wahlweise sein linkes oder rechtes Ei für diesen Zustand geopfert, war ihm jetzt einfach nur egal, was sich zwischen seinen Beinen tat – oder eben nicht. Normalerweise bildeten sein Kopf und sein Körper ein eingeschworenes Team und waren eine Einheit. Aber seitdem er Foxy wiedergefunden hatte und jeden Tag und auch die Nächte in ihrer – mittelbaren – Nähe verbrachte, brannte sein Hirn in unregelmäßigen Intervallen durch und regenerierte sich, woraufhin es sofort wieder zu einem Kurzschluss kam. Heute Vormittag auf der Fahrt von Suffolk hierher hatte er ernsthaft daran gedacht, sie am Straßenrand aus dem Wagen zu zerren und sich wie ein Berserker über sie zu stürzen. Zum Glück hatte sie seine Botschaft verstanden und alles war gut gewesen. Sogar das Mittagessen mit Rick hatte ihm nichts ausgemacht. Bis zu dem Moment, in dem Marc aufgetaucht war. Marc! Ausgerechnet derjenige, der ihn seit Jahren bei jedem Gipsy-Treffen Schlappschwanz und Feigling nannte. Der ihn verhöhnte. Der ihm im nächsten Moment sanft und einfühlsam zuredete, endlich über seinen eigenen Schatten zu springen und seinen Mann zu stehen. Der ihm vormachte, dass ihre Herkunft kein Makel war, sondern ein Grund, stolz zu sein. Marc Smith, der damals nur ein paar Meter von ihm und seinem Vater entfernt stand und den Todessturz seiner Mutter mitangesehen hatte. Marc Smith, der jüngste Sohn des Cousins seines Großvaters, dessen Blut mit seinem und Damianos nur zu einem kleinen Teil Gemeinsamkeiten aufwies und dennoch die einzige Verbindung zur Smith-Familie war. Marc, der von der Londoner High Society weder belächelt noch ausgeschlossen, sondern bewundert wurde. Für seinen Geschäftssinn und seine Ehrlichkeit. Er stand zu seiner Herkunft und widerlegte tagtäglich mit seinem Verhalten vorgefasste Urteile über Zigeuner. Er bewies, dass sie nicht alle Diebe und Betrüger waren. Marc tat es. Allein. Weil sie beide, Damiano und er, zu feig waren, es ihm gleichzutun. Obwohl sie nicht minder erfolgreich und ehrlich waren. Dante fühlte sich ohnehin oft genug wie ein Schauspieler, der die Rolle eines anderen Menschen spielte, außer wenn er mit seinen Leuten zusammen war. Aber heute ...

»Würden Sie sich die Zeit für ein Interview mit mir über die englischen Gipsys nehmen?«, hörte er zum wiederholten Mal Carina in seinem Kopf. »Was immer ich für Sie tun kann, sagen Sie es und betrachten Sie es als erledigt. Aber warum fragen Sie mich?«, äffte er halblaut Marc nach. Der Seitenblick, den er ihm dabei zugeworfen hatte, hatte ihm einen kühlen Schauer durch seinen Körper gejagt. Doch das war nichts im Vergleich zu seiner Reaktion auf Carinas Antwort und Marcs Blick in seine Richtung gewesen. »Weil Sie der Einzige sind, den ich persönlich kenne.«

Marc war für sie der einzige Zigeuner im Königreich, den sie kannte. »Sag es ihr, bevor es zu spät ist«, hatte Marc ihm zugeflüstert und sich dann gut hörbar verabschiedet. Mit den Worten: »Es wird mir ein besonderes Vergnügen sein, Sie bei Ihrem Aufenthalt in Saintes-Marie-de-la-Mer mit meiner einzigartigen, riesengroßen Familie bekannt zu machen, Carina.« Er hatte gesprochen, als ob er und nicht Dante diejenigen wären, zu denen alle Gipsys, egal welcher Kulturgruppe, aufschauten.

Und jetzt saß er da, in seinem sauteuren Aston Martin, gekleidet in einen Anzug, der so viel kostete, dass eine Durchschnittsfamilie davon ein halbes Jahr leben konnte, und starrte vor sich hin.

Er konnte es ihr nicht sagen. Nicht ihr. Verdammt noch einmal. Endlich nach all den Jahren hatte er sie gefunden, und dann entpuppte sie sich als Lady? Eine Angehörige des britischen Hochadels? Warum war sie nicht Kindergärtnerin oder Verkäuferin, Spanierin, Französin, Amerikanerin? Musste sie ausgerechnet in dem Land leben, in dem er die Anstrengungen seines Vaters fortsetzte und mit Damianos Hilfe die respektable Fassade der Cipriani Ltd aufrechterhielt?

Dante ballte die Hand zur Faust und donnerte damit gegen das Lenkrad.

»Alles in Ordnung bei dir?« Carina warf zwei Tüten auf den Notsitz und ließ sich in den Beifahrersitz sinken.

Ladylike presste sie die Knie aneinander, und der dunkelblaue enge Rock rutschte noch ein wenig höher.

Dantes Libido schlug Alarm. Bei ihrem Anblick vergaß er alles, hatte ein einziges Ziel vor Augen.

Er rieb sich die Außenkante seiner Hand. »Nur eine fehlgeleitete Lieferung. Nichts, was man mit ein wenig Geld nicht lösen könnte. Und du? Hast du alles gefunden, was du wolltest?«

Sie warf ihm einen lasziven Blick zu. »Mehr als das.«

Sein Schwanz zuckte. Er schluckte hart, räusperte sich.

»Nächste Station, Mylady?«

»Keine Zwischenstopps mehr.« Sie griff nach dem Gurt und schnallte sich an. »Notting Hill. Und nimm bitte den raschesten Weg, Dante.« Sie strich sich mit einer gezierten Geste über die Stirn. »Ich zerfließe.«

Die zehnminütige Fahrt von Mayfair nach Kensington war die gefühlt längste seines Lebens. Sein Körper war so angespannt, dass er sich wie eine Sprungfeder fühlte, die jemand mit einem Gewicht beschwert hatte. Vorübergehend. Er presste die Lippen aufeinander und vermied es, zu ihr zu sehen. Doch dann endete linker Hand der Hyde Park. Er konnte das Schild der Underground-Station Notting Hill Gate bereits klar erkennen und hatte keine Ahnung, wo er hinmusste.

»An der Kreuzung nach rechts.« Carina kam seiner unausgesprochenen Frage zuvor. Mit gequälter Stimme und so kurzatmig, dass er einen Blick auf sie riskierte. Ihre Wangen glühten.

Er bog in die Pembridge Road ein. »Und jetzt?«, fragte er kurz vor dem Kreisverkehr, von dem die Kensington Park Road abging.

Carina deutete nach rechts. »Immer geradeaus. Nur noch hundertfünfzig Meter.« Ihre Stimme klang schrill.

Er umklammerte das Lenkrad fester und zwang sich, nicht das Gaspedal durchzutreten. Hier war nichts von der bunten Lebhaftigkeit der nur wenige Minuten entfernten Portobello Road zu spüren. Hier regierten gedämpfte Farben. Die Pembroke Road wurde zu Pembroke Villas und der Straßenname sagte alles. In diesem Teil von Notting Hill waren die Häuser größer, hatten Vorgärten und Garagen. Sie waren mehr breit als hoch und jedes hielt gebührliche Distanz zu dem benachbarten. Als Carina den Arm hob, wusste er bereits, vor welchem er halten musste. Es war anders. Fröhlicher. Verspielter. Feminin. Das Haus spiegelte die Frau wider, die er in ihr sah.

Hellblaue Fensterläden umrahmten die weißen Sprossenfenster, vor denen im oberen Stockwerk, das von einem hoch aufragenden grauen Dach bedeckt wurde, Blumenkästen hingen. Das Erdgeschoss wurde von wild wachsenden Schlingpflanzen, die den niederen Zaun aus Eisen nur erahnen ließen, verdeckt. Und dann war da das unscheinbare Gartentürchen unter einem Bogen, der dicht von grünen Blättern umwachsen war, zwischen denen weiße Blüten hervorblitzten. Er ließ den Aston langsam ausrollen, um vor der Villa zu parken.

»Stell den Wagen lieber rein.« Carina fischte einen Schlüssel aus ihrer Tasche. »Ich mach dir auf.«

Dante tippte auf die Bremse und sie riss die Tür auf. Ihr Rock war höher gerutscht und er konnte eine gute Handbreit ihrer Oberschenkel erkennen. Unwillkürlich wanderte seine Hand in seinen Schritt. Er zog an dem Hosenstoff, aber das einengende Gefühl blieb. Carina schien das Schlüsselloch in dem zweiflügeligen Tor, das ihr kaum bis zur Schulter reichte, nicht zu finden. Sie beugte sich vor und der ohnehin enge Rock spannte um ihren Po. Ein tiefes Knurren entrang sich seiner Brust. In Willingdon hatte sie immer nur legere Freizeithosen getragen, und dennoch war es ihm schwergefallen, ihr nicht hinterherzustarren. Aber das ...

Er bemerkte erst, dass sie das hellblau gestrichene schlichte Tor längst geöffnet hatte und ihm mit der Hand Zeichen gab, als sie laut seinen Namen rief.

Der Aston Martin machte einen Satz und der Motor verstummte. Er hatte Gas und Kupplung miteinander verwechselt. Das war ihm nicht einmal mit fünfzehn passiert, als ihm sein Vater auf einem verlassenen Fabrikgelände das Fahren beibrachte. Dante drückte den elektronischen Schlüssel mit zwei Fingern an und sein Wagen erwachte zum Leben. Vorsichtig diesmal, und ohne Carina einen Blick zuzuwerfen, fuhr er über den Bürgersteig durch das Tor und fand sich unter einem pflanzenüberwucherten Carport wieder. Wahrscheinlich würde der Lack innerhalb kurzer Zeit mit Vogelscheiße und Insekten und Blütenstaub bedeckt sein, was Dante unter normalen Umständen dazu gebracht hätte, den Rückwärtsgang einzulegen und sich einen anderen Platz zu suchen. Normalerweise. Aber nicht jetzt.

Er stieg aus und sein Blick glitt zu Carina. Sie schloss gerade das Tor, drehte sich um und kam auf den Wagen zu. Sie steuerte die Beifahrertür an, öffnete sie und beugte sich hinein, um die Tüten vom Notsitz zu nehmen. Dann richtete sie sich auf und schaute zu ihm.

»Machst du bitte den Kofferraum auf?«

Eigenartig. In Willingdon Castle konnte man sich nicht einmal eine Tasse Tee selbst zubereiten, weil ständig jemand um einen herumschwirrte.

Dante griff nach Carinas Trolley und seiner Tasche, stellte sie neben sich auf den Boden und schloss den

Kofferraum. Dabei fielen ihm Blätter auf, die vereinzelt herumlagen. Hier wirkte alles so ... normal.

»Kommst du?«

Wo hatte er nur seinen Kopf. Vorhin hatte er sich nichts sehnlicher gewünscht, als endlich mit ihr allein zu sein, und jetzt ...

Das war es. Der Gedanke nahm Form an, wurde zur Gewissheit.

Sie würden niemals allein sein.

Die Byrons, besser gesagt der Earl of Willingdon und seine Tochter, die Countess, waren nicht dazu geboren, allein zu sein. Ständig schlich aus irgendeiner Ecke jemand hervor, der ihnen jeden Handgriff abnahm. Dante hatte sich in den acht Tagen auf Willingdon Castle nicht nur nicht daran gewöhnt, er hatte diese Tatsache zunehmend als lästig empfunden. Zwar war sein Wunsch, sie endlich in die Arme zu nehmen und nach und nach alle störenden Schichten Stoff von ihrem Körper zu entfernen, dadurch nicht verblasst und seine Lust hatte ihm weiterhin schmerzhafte Stunden bereitet, aber ...

»Volltreffer!« Carinas Jubelschrei setzte seinen Gedanken ein jähes Ende. Er nahm die beiden Gepäckstücke und lief ihrer Stimme nach. Sie stand an der ebenfalls hellblau gestrichenen klinkenlosen Haustür, in deren Mitte ein Messingknopf prangte, und hielt einen Schlüsselbund hoch.

»Das letzte Mal, als ich hier war, habe ich alle ausprobiert, bis ich ihn gefunden habe. Heute hat es auf Anhieb geklappt.« Sie stupste die Tür an und diese schwang auf. »Herzlich willkommen in meiner Höhle, Dante.«

Er runzelte die Stirn. »Höhle?«

Carina nickte und ein Lächeln überzog ihr Gesicht. »Der Ort, an dem alle Gesetze der Etikette und Regeln des Adels außer Kraft gesetzt sind. Wo ich tun und lassen kann, was ich will. Wo Zeitschriften auf dem Boden liegen bleiben und komplett abgebrannte Kerzen auch einmal wochenlang nicht ausgetauscht werden, weil nicht ständig jemand hinter mir nachräumt.«

Sie schwenkte die Tüten von Victoria's Secret in ihrer Hand und trat ins Haus.

Langsam drang der tiefere Sinn ihrer Worte zu ihm durch.

Er folgte ihr. »Kein Butler und keine Dienstmädchen?«

Sie stieg aus ihren Pumps, schob sie mit einem Fuß zur Seite und drehte sich zu ihm um.

»Niemand. Nur du und ich.«

Dante ließ die Tasche zu Boden gleiten, löste seine Hand vom Griff des Trolleys und versetzte der Tür einen Stoß.

Carina flog in seine Arme, sprang an ihm hoch. Er fing sie auf, als ihre Lippen auf seine trafen. Dante schob seine Zunge fordernd in ihren Mund. Carina stöhnte und wickelte die Beine um seine Mitte. Der reißende Stoff konnte nur eines bedeuten. Er ließ eine Hand tiefer gleiten und spürte die Bestätigung. Haut und Seide. Ihr Rock war entlang der rückwärtigen Naht aufgerissen. Mit einem rauen Knurren schob er sich unter den Hauch von Nichts, der ihn noch von seinem Ziel trennte.

Sie war heiß und nass. Seine Finger glitten in sie und sie stöhnte an seinem Mund. Ihre Zunge machte Dinge mit der seinen, die seinen Verstand außer Kraft setzten. Seine auferzwungene Zurückhaltung der vergangenen Woche verschwand wie Rauchwolken nach einer Explosion. Carinas Finger vergruben sich in seinen

Haaren, rissen daran. »O Gott, du hast mir so gefehlt«, stieß sie hervor und biss auf seine Lippe. Sie leckte darüber und das restliche Blut, das sich noch nicht in seiner Mitte gesammelt hatte, schoss nach unten.

Er knurrte auf und presste seine Erektion gegen ihren Bauch, während er immer tiefer und rascher mit zwei Fingern in sie stieß. Sie triefte. Sie wimmerte. Er spürte ihre Muskeln, die sich unkontrolliert zusammenzogen, und nahm einen dritten hinzu. Sie biss in seine Zunge. Der Schmerz kam zugleich mit den Zuckungen, die ihren Unterleib erfassten. Sie warf ihren Kopf in den Nacken und schrie seinen Namen, als sie auf seinen Fingern kam.

Dantes Herz hämmerte in seiner Brust und sein Schwanz pulsierte in seiner Hose. Carina umklammerte seinen Nacken. »Es tut mir so leid, ich wollte nicht ...« Er verschloss ihren Mund mit seinem, zog seine Finger zurück und hob sie mit beiden Händen ein wenig höher. Zärtlich küsste er sie, hob den Kopf, suchte ihren Blick. Ihre Augen glänzten. Sie schloss ihre Beine fester um ihn und er stöhnte gequält auf.

»Tu das nicht«, murmelte er an ihren Lippen.

»Warum nicht?« In ihrem Flüstern lag ein Hauch von Heiterkeit.

»Weil ich sonst in meiner Hose komme, Foxy, und um ehrlich zu sein, würde ich viel lieber ...« *In dir kommen,* wollte er sagen, aber er kam nicht dazu.

Sie löste ihre verschlungenen Beine und glitt an ihm nach unten. Plötzlich verschwanden auch ihre Arme und ihr Kopf. Er spürte ihre Finger an seinem Hosenbund, hörte den Reißverschluss, wankte. Sein Rücken traf auf die Wand, sein Hinterkopf schlug dagegen. Seine Hose rutschte nach unten, die Boxershorts folgten. Ein kühler Lufthauch strich über seine Erektion, bevor ihn warme, feuchte Hitze umgab. Dante verlor sich in einem Traum. Er spürte Finger, die zärtlich und zugleich fest seine Hoden massierten, eine Zunge, die seinen Schaft an der Unterseite entlangstrich, Lippen, die sich um seine Eichel legten. Foxy. Mit geschlossenen Augen träumte er davon, wie sie an ihm leckte und saugte, ihn bis zur Wurzel in sich aufnahm. Er meinte, ihre Locken auf seiner Haut zu spüren, ihren Kopf zu führen. Sein Becken stieß vor. Nur ein einziges Mal. Der Orgasmus überrollte ihn mit einer Intensität, wie er sie nur einmal vor Jahren erlebt hatte. Damals, in Taormina, mit Foxy. Er entleerte sich zuckend, rief ihren Namen. Seine Hand schob sich zwischen seine Beine, um den letzten Tropfen aus sich herauszupressen – und traf auf Widerstand. Dante öffnete die Augen, sah nach unten – und ...

Es war kein Traum. Sein Blick verfing sich mit ihrem. Sie leckte sich über die Lippen, schluckte, lächelte. Ihr Mund formte stimmlos ein einziges Wort: »Endlich.«

Er zog Hose und Shorts nach oben, ohne sie zu schließen, und ließ sich an der Wand zu Boden gleiten. Carina saß auf ihren Fersen vor ihm. Komplett bekleidet. Nur der Rock hatte seine ursprüngliche Form verloren. Er fixierte den obersten geschlossenen Knopf ihrer Bluse.

»So wollte ich das nicht«, sagte er mehr zu sich selbst als zu ihr.

Sie hob ihre Hände und umfasste sein Gesicht. »War ich so schlecht?«

Entgeistert sah er sie an. »Schlecht? Du hast nicht die geringste Ahnung ...«

Er zog ihre Hände von seinen Wangen, beugte sich vor und küsste ihre Handinnenflächen.

»Was meinst du dann?«

»Ich habe mir fast vier Jahre lang ausgemalt, wie unser erstes zweites Mal sein würde, wenn ich dich finde. Und jetzt …« Er brach ab – und sie sprang auf. Dann streckte sie ihren Arm aus und er schlug ein.

»Komm und zeig es mir.«

Kapitel 17

Dante hatte seine Arme angewinkelt unter seinem Kopf. Er lag da, unfähig, sich auch nur einen Millimeter zu bewegen. Sein Blick glitt zum Fenster, dessen hellblaue Läden sie irgendwann geschlossen hatten, jedoch ohne die Lamellen zuzuklappen. Das war am späten Vormittag gewesen, als sie beide von der Sonne geweckt worden waren. Vor zwei Tagen.

Sie hatten sich die ganze Nacht geliebt. Leidenschaftlich und ohne Tabus. Stundenlang. Immer wieder. Jedes Mal, wenn einer von ihnen aus dem komatösen Zustand, der unweigerlich auf die heftigen Orgasmen, die sie einander schenkten, folgte, begannen sie von vorn. Zwischendurch hatten sie geduscht, um die Spuren ihrer Lust zu beseitigen und unter dem heißen Wasser ihre schmerzenden Muskeln zu lockern. Mehrmals. Vor allem, weil es in der riesigen Wasserfalldusche nie beim Säubern blieb. Vielmehr war der Sex in der Dusche noch schmutziger und ausufernder als zwischen den strahlend weißen Seidenlaken.

»Was hältst du von Frühstück?« Carina hob ihren Kopf ein wenig an, der auf seiner Brust lag, ohne die zärtlichen Bewegungen zu unterbrechen. Mit ihrem Zeigefinger fuhr sie die Linien seiner Bauchmuskeln nach. Schon wieder. Offenbar konnte sie nicht genug von ihm bekommen – so wie er nicht von ihr.

»Ich habe das Gefühl, dass du mich zum dritten oder vierten Mal fragst. Irre ich mich?«

»Sprichst du von heute, Dante, oder hast du einfach ein Déjà-vu?« Ein Schmunzeln lag um ihren Mund. Sobald sie aufwachten und das Tageslicht durch die Lamellen hereindrang, sprachen sie von Frühstück.

Er lachte leise. »Möglich. Ich denke schon. Aber wenn dem so ist, sollten wir eher von einem späten Lunch reden, habe ich das Gefühl.«

»Wie auch immer.« Carina drückte ihm einen Kuss auf die Brust, rollte sich von ihm und aus dem Bett. Sie schnappte sich sein Hemd, schlüpfte hinein und rief über die Schulter »Ich habe Hunger!«, als sie bereits an der Tür war.

Jetzt saß er auf dem Hocker an der Küchentheke, den er vom ersten Moment an zu seinem gemacht hatte, da er von hier den besten Ausblick hatte. Nicht auf den blühenden Garten hinter dem Sprossenfenster, obwohl der zugegebenermaßen einzigartig war. Nein, von hier konnte er unter dem Hemd den Ansatz von Carinas perfekt gerundeten Pobacken sehen, egal ob sie etwas aus dem Kühlschrank nahm oder, so wie jetzt, am Herd stand. Wobei er nicht sicher war, ob es der Anblick ihres Körpers war, der ihm schon wieder einen Ständer bescherte, oder eher die Tatsache, dass sie mit einer Selbstverständlichkeit kochte, als ob sie das tagtäglich tun würde.

Sie drehte sich mit der Pfanne zu ihm und verteilte das Rührei auf den beiden Tellern und legte dann perfekt gebratene Speckstreifen aus der zweiten darüber, schob sich auf den Hocker und griff nach der Gabel.

»Daran könnte ich mich gewöhnen.«

»Woran?« Sie leckte sich mit der Zungenspitze über die fettglänzende Oberlippe, bevor sie den nächsten Bissen in den Mund schob.

»An dein Frühstück, obwohl es schon zwei Uhr ist. An dich und mich hier in diesem Haus. Und daran, dass wir hier allein sind.«

Carina ließ die Gabel sinken. »Heute noch.«

Er kniff die Augen zusammen. »Was meinst du damit?«

»Morgen ist Montag, Dante. Nancy kommt um acht.«

»Wer ist Nancy?«

»Granny hat sie immer als *Mädchen für alles* bezeichnet.«

»Und ich habe mich schon gefragt, ob du mich nicht angeschwindelt hast. War ja klar, dass es jemanden gibt, der das Haus sauber macht.«

»Und den Kühlschrank füllt, nicht zu vergessen. Ich habe sie an dem Abend, bevor wir hergekommen sind, angerufen und ihr gesagt, was sie besorgen sollte.«

Er nickte. Sie hatten Erdbeeren und eine Apfeltarte vorgefunden, Steaks und Salate, verschiedene Käsesorten und sogar einen Kartoffelauflauf mit Kräutern und Speck.

»Aber du lebst doch nicht hier, sondern auf Willingdon Castle.«

Carina bugsierte den letzten Rest vom Rührei von ihrem Teller auf ein Stück Brot und steckte es in den Mund. Sie kaute, schluckte und griff nach der Serviette, um sich die Lippen abzuwischen. Erst dann antwortete sie.

»Nein, das tu ich nicht, Dante. Ich habe nur, bis ich in die Schule kam, dort gelebt. Mit sieben kam ich ins Internat nach Ascot. St Marys's School. Und mit achtzehn bin ich dann hierhergezogen. Während meines Studiums habe ich hier bei Granny gewohnt. Und seither ...«

O ja. Sie hatten nicht allzu viel gesprochen, seitdem sie am Freitag hergekommen waren, aber über den Unfall ihrer Mutter und Großmutter, der Grund für Carinas plötzliche Abreise aus Taormina, wusste Dante nun Bescheid. Und darüber, dass ihre Verwirrung, weil sie ihn nicht hatte finden können, riesig gewesen war und zu einer unsäglichen Sehnsucht geführt hatte. Sie hatten beide dasselbe gefühlt. Jahrelang. Carina hatte Tränen in den Augen gehabt, als sie davon sprach, und er, als sie ihm erzählte, dass sie ihn immer ihren Mr-Dark-and-Hot genannt hatte.

»Ich wäre auch jetzt nicht eine ganze Woche im Schloss geblieben, wenn Dad nicht darauf bestanden hätte.«

»Du wirst also in London bleiben?« Ein Hoffnungsschimmer zeichnete sich am Horizont ab. Einer, den er zwar als solchen erkannte, aber nicht den Sinn dahinter. Das zwischen ihnen war undefinierbar. Schwammig. Nicht greifbar und doch so real, dass ein Teil von ihm sich nichts mehr wünschte, als einfach weiterhin in dieser Seifenblase der letzten Tage weiterzuleben. Ohne darüber nachzudenken, dass er nicht zu ihr passte und sie nicht zu ihm. Dass ...

»Und du, Dante? Ich weiß fast gar nichts von dir. Bist du hier aufgewachsen oder in Rom?«

»Hier. Und meine Schullaufbahn war so ähnlich wie deine. Mit sieben kam ich auf die King's College School in Wimbledon.«

»Und danach?«

»Habe ich in Oxford Wirtschaft studiert. Damiano übrigens auch. Vorgabe unseres Vaters, der sich nicht hätte umstimmen lassen, aber zum Glück wollten wir nie Astronauten oder Chirurgen werden.«

»Und deine Mutter? War sie damit einverstanden, dass euer Vater auch noch nach dem College euren Weg vorgab?«

»Wäre sie vermutlich gewesen, aber ich weiß es nicht. Sie ist gestorben, bevor ich eingeschult wurde.«

Carina schien erschrocken. Sie streckte ihre Hand aus und legte sie auf seinen Handrücken.

»Und ich habe mich selbst bedauert, dabei war ich fast fünfundzwanzig, als Mummy starb.«

»Es ist immer schrecklich, einen Elternteil zu verlieren, Carina. Egal wie alt man ist.«

»Nicht nur. Mein Bruder William ... Er ist mit zwölf an fulminanter Leukämie gestorben.«

»Ich weiß davon.« Dante strich mit dem Daumen über ihren Handrücken. Sie schaute auf.

»Das Leben ist so ungerecht. Als ich klein war, habe ich immer gedacht, dass sehr alte Menschen irgendwann einfach nicht mehr aufwachen. Ich habe mich geirrt. In meiner Familie sterben alle entweder an Krankheiten oder Unfällen.«

»In meiner auch«, rutschte Dante heraus. Er merkte seinen Fehler sofort, aber es war zu spät.

»Was ist passiert?«

»Mein Vater ist an einem Herzinfarkt gestorben. Er war erst fünfzig.«

»Und deine Mutter?«

Jetzt konnte er nicht mehr irgendwas von einer Krankheit murmeln.

»Sie hatte einen Unfall.«

»So wie Mummy und Granny«, erwiderte Carina leise. »Und das nur, weil ein Lastwagenfahrer am Vorabend gesoffen hatte und daher zu spät reagierte, als er auf die Gegenfahrbahn geriet. Und wie war es bei deiner Mum?«

»Erzähl mir was über deine Granny und dieses Haus, Carina«, wechselte er das Thema. Er hob ihre Hand an seine Lippen. »Oder aber ...«

In ihren Augen blitzte es. Sie wusste genau, wovon er sprach. Dante sprang von seinem Hocker, hob sie hoch und warf sie sich über die Schulter. Carina quietschte auf und klammerte sich fest, während er nach oben in ihr Schlafzimmer rannte. Als er sie auf das Bett legte, sich beiderseits von ihr hinkniete und vorbeugte, hatte sie die Fragen zu seiner Familie bereits vergessen. Und genau so sollte es bleiben.

Nancy, das Mädchen für alles, war eine mollige Frau um die fünfzig, die ihm zulächelte, als er am nächsten Morgen gegen halb neun nach unten kam.

»Es freut mich, dass endlich wieder ein Mann im Haus ist. Ihre Großmutter wäre glücklich, wenn sie das wüsste, Miss Carina.«

»Und sie würde alles tun, um ihn zu umgarnen«, erwiderte Carina.

Dante sah zwischen den Frauen hin und her.

Carina schmunzelte und deutete auf den reich gedeckten Frühstückstisch. Dann griff sie nach der Sprühsahne und setzte sich ihm gegenüber. Sie nahm die Kappe ab und sprühte eine Haube auf ihren Kaffee. Dabei zwinkerte sie ihm zu.

Gott, er liebte diese Frau. So unwahrscheinlich perfekt und hoheitsvoll sie sich auf Willingdon Castle gab, so unbeschwert war sie hier. Und versaut.

Gestern Abend waren sie heruntergekommen, um etwas zu essen, da sie sich den ganzen Nachmittag über verausgabt hatten. Im Bett. Unter der Dusche. Auf dem Boden des Schlafzimmers, weil er im Eifer des Gefechts, als er neben sie springen wollte, die Matratze verfehlt hatte und sie es ihm daraufhin gleichgetan hatte. Ihre Prellungen waren nur noch eine ferne Erinnerung, wie sie sagte, wenn er sie darauf ansprach und ihr vorschlug, sich zu schonen. Das hatte sie bewiesen, als sie sich auf den marmornen Tresen gelegt, sein Hemd, das ihr einziges Kleidungsstück in den letzten Tagen gewesen war, geöffnet und ihm die Sprühsahne in die Hand gedrückt hatte. Und jetzt fuhr sie grinsend mit dem Zeigefinger in das Sahnehäubchen und leckte den Schaum ungeniert ab. Sein Schwanz, der mittlerweile längst an Erschöpfung zusammengebrochen sein sollte, zuckte in seiner Hose.

Sie war ein Biest. Sein Biest. Und er konnte sich nicht vorstellen, auch nur einen Tag ohne sie leben zu wollen. Können. Müssen.

»Meine Granny hat nach Großvaters Tod Willingdon Castle zur Gänze meinen Eltern überlassen und ist hierhergezogen«, erklärte sie jetzt. »Sie wollte nicht mehr dort leben, wo sie mit ihm glücklich gewesen war.«

Nancy kicherte im Hintergrund. »Und dann wurde sie hier glücklich.«

»Allerdings. Sehr sogar.« Carina schmunzelte und beantwortete seinen fragenden Blick. »Weißt du, meine Großmutter war immer eine Rebellin. Sie hielt nicht viel von steifer Etikette, obwohl sie die Regeln perfekt beherrschte und in adeligen Kreisen als Vorbild galt. Aber was sie wirklich liebte, waren die Künstler, mit denen sie sich umgab. Schriftsteller und Maler, Sänger und – vor allem – Tänzer. Klassisches Ballett war seit ihrer Kindheit ihre Leidenschaft, doch als Verwandte der Windsors war an eine Karriere im Royal Opera House nicht zu denken. Stattdessen wurde sie bereits in ihrer ersten Saison, als sie in die Gesellschaft eingeführt wurde, zur beliebtesten Tanzpartnerin der Männer. Ihre Tanzkarte war stets die erste, die bis zur letzten Zeile gefüllt war. Sie hatte so viele Verehrer, dass ihr Vater sie zwang, sich schon nach wenigen Monaten für einen von ihnen zu entscheiden – und sie wählte meinen Großvater. Er war zwar mit seinem Titel nicht der nobelste Anwärter, aber der beste Tänzer. Deshalb heiratete sie ihn.«

Dante hatte vergessen, weiterzuessen. »Sie muss eine erstaunliche Frau gewesen sein.«

»Du hast ja keine Ahnung«, erwiderte Carina, schob sich ein Stück Brot mit Schinken in den Mund und spülte mit Orangensaft nach, bevor sie weitersprach. »Dieses Haus war Teil ihrer Mitgift gewesen. Grandpa und sie haben nie hier gewohnt, waren immer in Hotels, wenn sie nach London kamen. Aber dann ist sie hier eingezogen. Am Ende des Trauerjahrs hat sie einen Tanzlehrer engagiert. Zum einen, da sie jemanden an ihrer Seite brauchte, dem sie nicht beibringen musste, mit welchem Schritt er einen Walzer oder Quickstepp zu beginnen hatte. Vor allem jedoch, da sie Tango lernen wollte. Und das tat sie. Nicht nur auf dem Parkett, sondern auch im Bett.«

Dante spuckte beinah den Kaffee aus, den er im Mund hatte.

Carina lachte schallend auf.

»Er nannte sich Rodolfo. Alle wussten, dass es nicht sein richtiger Name war, aber er passte zu ihm. Er war groß und schlank, ein schöner Mann«, schwärmte Nancy. »Er hatte braune Augen und schwarzes, an den Schläfen ergrautes Haar. Sie erinnern mich an ihn, Mister Cipriani.«

Carina schaute ihn nachdenklich an und nickte. »Stimmt.«

Seine Nackenhaare stellten sich auf. Es war eine spontane Reaktion.

»Ist er auch ...«

»Tot?« Carina zuckte mit den Schultern. »Vielleicht. Rodolfo verschwand in meinem letzten Collegejahr aus Grannys Leben. Als ich hier einzog, war er nicht mehr da.« Sie winkelte ihren Arm ab, schob den Ärmel der Bluse ein wenig nach oben und kontrollierte die Uhrzeit. »Mein Taxi kommt in zehn Minuten, ich muss mich fertig machen.«

»Welches Taxi?«, fragte Dante mit einem Knurren.

»Das, mit dem ich in die City fahre.«

»Ich bringe dich.«

»Nein, das tust du nicht, Dante. Du hast ein Unternehmen zu leiten. Du wirst mich sicher nicht von Termin zu Termin fahren.«

»Ich bin für dich verantwortlich, Carina. Dein Vater ...«

»Mit Daddy habe ich telefoniert, bevor du heruntergekommen bist. Er ist einverstanden.«

»Womit?«

»Damit, dass ich in London keinen Babysitter brauche.«

»Bodyguard«, berichtigte er sie.

»Auf den werde ich sicher nicht verzichten. Mein Körper benötigt Aufmerksamkeit«, erwiderte sie anzüglich.

»Du bist unmöglich und verhältst dich wie ein kleines Kind. Man sollte dich übers Knie legen und ...«

Carina schob ihren Stuhl zurück, stand auf und beugte sich vor, bis ihr Gesicht knapp vor seinem war.

»Darauf freue ich mich schon jetzt, Dante. Ich werde spätestens um sechs Uhr zurück sein und auf dich warten. Und falls du früher kommst ...« Sie unterbrach sich, ging zum Tresen, nahm ihre Handtasche und zog einen Schlüsselbund heraus. Damit kam sie auf ihn zu. »Die hier sind für dich.«

»Du willst, dass ich ... dass wir ...«

Sie küsste ihn sanft.

»Müssen wir dem, was zwischen uns ist, unbedingt einen Namen geben?«

Dante begriff, dass er sich den Kopf auch noch eine Stunde lang zerbrechen könnte, ohne eine Antwort zu finden. Aber er sprach es nicht aus. Doch dafür war es ohnehin zu spät, denn Carina war bereits verschwunden. Ebenso wie Nancy, die sich diskret zurückgezogen hatte.

Kapitel 18

Zwei Wochen später.

Carina stand am Fenster und schaute Dante nach, bis die Rücklichter des Aston Martin an der Kurve aufleuchteten, bevor er aus ihrer Sicht verschwand.

Ihr Leben war perfekt.

Hatte sie bei ihrer Ankunft in Grannys Villa, als sie beide unmittelbar hinter der Tür übereinander hergefallen waren, gedacht, dass die Leidenschaft zwischen Dante und ihr nach diesem Ausbruch nicht zunehmen konnte, so hatte sie sich glamourös geirrt.

Es fiel ihnen schwer, die Kontrolle und ihre Hände bei sich zu behalten. Sobald sie im selben Raum waren, flirrte die Luft. Carina hatte mittlerweile eine ungefähre Vorstellung davon, was Frauen in der Menopause meinten, die von unerträglicher Hitze und Schweißausbrüchen sprachen. Sie war noch meilenweit von dieser Lebensphase entfernt, aber sie verwandelte sich in glühende Lava und zerfloss im wahrsten Sinne des Wortes, sobald Dante in ihrer Nähe war.

Wann immer es möglich war, zogen sie sich zurück, küssten und berührten sich. Röte überzog Carinas Wangen, als sie an den gestrigen Abend dachte. Dante hatte sie nur angesehen und den Saal verlassen und sie war ihm gefolgt. Auf dem Charity-Event der Stiftung ihres Vaters hatte sie einen Quickie mit dem Mann gehabt, den alle anwesenden Frauen, egal welchen Alters, mit ihren Blicken verschlungen hatten. Bei Dante

Ciprianis Erscheinen war die Tatsache verblasst, dass Lady Carina Byron, die Countess of Willingdon, die diesen Titel aufgrund des Todes ihrer Mutter seit bald vier Jahren trug und nicht ein einziges Mal bei einem öffentlichen Anlass erschienen war, sich endlich zeigte. Nur ein unverschämter Fotoreporter der Yellow Press, einer von denen, die maximal eine Bildunterschrift verfassten, da die Bilder der VIPs ohnehin mehr aussagten, hatte sie nach Mitternacht an der Garderobe abgepasst und gefragt, ob Dante Cipriani nicht zu sehr unter ihrem Niveau wäre. Doch nicht die Frage hatte sie irritiert, sondern Dantes Reaktion. Nämlich keine. Er hatte weder geantwortet noch einen seiner unheimlichen eiskalten Blicke abgeschossen. Stattdessen hatte er ihr das Cape um die Schultern gelegt, ihre Mitte umfasst und sie aus dem Gebäude zum wartenden Wagen geführt. Bis sie hier angekommen waren, hatten sie schweigend im Fond gesessen, ihre Hände ineinander verschlungen. Dante hatte dem Chauffeur gesagt, sich nicht zu bemühen, war ausgestiegen und um den Rolls-Royce herumgegangen, den ihr Vater für sie beide dem Anlass entsprechend angemietet hatte, und hatte ihr galant herausgeholfen.

Sobald jedoch die Eingangstür hinter ihnen ins Schloss gefallen war, hatte sie sich auf dem Küchentresen wiedergefunden. Triefend vor Lust, das Abendkleid in ihrer Mitte wie ein Gürtel zusammengerollt und Dantes Zunge zwischen ihren Schenkeln.

Sie legte die Hand auf ihre Brust und zuckte zusammen. Ihre Nippel waren steinhart und so wund, dass sich die kühle Seide des Morgenmantels, in den sie nach der Dusche geschlüpft war, wie Jute anfühlte.

»Sie bleiben heute tatsächlich den ganzen Tag zu Hause, Miss Carina?«

Sie ließ ihre Hand abwärts gleiten, zog den Gürtel enger und wandte sich um.

»Ja, endlich. Das Schlimmste ist vorbei, Nancy. Ab heute werde ich mich wieder voll und ganz dem widmen, was ich liebe.«

»Sie meinen Mister Dante?« Die ältere Frau zwinkerte ihr zu.

»Du bist unverschämt, Nancy«, erwiderte sie lachend.

»Das ist mir nichts Neues. Ihre Großmutter sagte das ständig.«

»O ja, ich erinnere mich.« Plötzlich wurde sie ernst. »Meinst du, dass sie Dante mögen würde?«

»Mögen? Sie würde ihn lieben, und wenn er nicht der Mann ihrer Enkelin wäre, würde sie alles tun, um ihn zu verführen. Aber wer könnte ihr das verdenken.« Sie seufzte tief.

»Du bist unmöglich, Nancy.«

»Auch das hat Ihre Großmutter oft gesagt, Miss Carina. Aber da war noch etwas, was die alte Lady immer gemacht hat. Jeden Montagvormittag haben wir gemeinsam eine Tasse Tee getrunken und sie hat mir die Pläne für die Woche mitgeteilt. Heute ist Montag. Was halten Sie davon, diese Gepflogenheit wiederaufzunehmen, jetzt wo Sie hier leben?«

»Gern, aber nur, wenn ich anstatt des Tees einen Kaffee bekomme.«

Etwa zur selben Zeit.

Cipriani Ltd, Southwark, London.

»Hast du gelesen, wie euch die Yellow Press nennt?« Damiano schaute ihm grinsend entgegen, als er sein Büro betrat. Seitdem er aus Rom zurück war, fand er ihn jeden Morgen hier vor. In seinem Drehstuhl und mit den Füßen auf seinem Schreibtisch.

»Nein, habe ich nicht. Guten Morgen übrigens und nimm deinen Arsch von meinem Stuhl.«

»Das Traumpaar des Jahrzehnts.«

»Solange sie nicht *Traumpaar des Moments* schreiben«, erwiderte Dante nüchtern und brachte Damiano zum Lachen.

»Wusstest du, dass dein Schwiegervater gestern Abend gesagt hat, dass er mit der Wahl seiner Tochter sehr glücklich ist?«

»Er ist nicht mein Schwiegervater!«

Dante nahm die Zeitungen vom Tisch und warf sie direkt in den Papierkorb. Er war sauer. Stinksauer. Was würde er dafür geben, wenn seine Foxy eine Putzfrau wäre. Fließbandarbeiterin. Postbotin. Wahrscheinlich hätte er ihr schon vor einer Woche einen Ring angesteckt und den Hochzeitstermin festgelegt. In etwa einem Monat jährte sich ihre gemeinsame Nacht in Taormina zum vierten Mal. Vier Jahre waren als Verlobungszeit für zwei Menschen, die sich schon bei ihrem ersten Treffen als Ehefrau und Ehemann bezeichnet hatten, mehr als ausreichend. Generell. Egal zwischen wem. Aber er und Carina ...

Er ließ sich in seinen Stuhl fallen und legte die Fingerspitzen beider Hände aneinander. Nachdenklich starrte er ins Nichts.

»Was ist los, Dante?«

»Was soll sein?«

»Du solltest vor Glück sprühen und lachen, weil du endlich die Frau wiederhast, deren Verschwinden dir Jahre deines Lebens geraubt hat.«

»Bin ich auch. Überglücklich.«

»Ja, in Notting Hill. Da strahlt ihr beide derart, dass man in der Villa nicht eine einzige Glühbirne braucht. Obwohl, ganz richtig ist das nicht. Carina tut es, aber du flackerst und schaltest das Licht ab, sobald sie nicht zu dir schaut.«

»Red keinen Scheiß, Damiano. Du warst nur zweimal bei uns in Notting Hill, seitdem du zurück bist, und einmal war diese irre Suzanne dabei, die den ganzen Abend nur von ihrem Wissenschaftler Schrägstrich Verlobten geredet hat, dessen Lebensinhalt die Mikroben im ewigen Eis sind. Ein Glück, dass die für immer in die Antarktis verschwindet.«

»Was hat das mit deinem eigenartigen Verhalten zu tun, Dante?«

»Womit?«

»Himmel, Arsch und Zwirn! Stell dich nicht blöder, als du bist. Du weißt genau, wovon ich rede. Vergiss nicht, dass es niemanden gibt, der dich besser kennt als ich. Also. Noch einmal. Was. Ist. Los?«

Dante schloss die Augen und atmete tief ein.

Scheiße. Das Leben mit Carina war perfekt. Es gab nichts zwischen ihnen, was nicht passte – und der Sex war stratosphärisch. Sie war seine absolute Traumfrau. Er hatte es damals schon gewusst und nun hatte er die Bestätigung.

»Ich kann ihr nicht sagen, dass ich sie liebe, Damiano. Vor allem aber muss ich endlich den Mut finden, den verdammten Hausschlüssel am Morgen auf dem Küchentresen liegen zu lassen und nicht mehr nach Notting Hill zurückzukehren.«

Damiano starrte ihn entsetzt an. »Soll ich die Rettung rufen oder dich selbst in die Psychiatrie fahren?«

Dante lachte zynisch. »Glaube mir, ich wäre lieber verrückt als so klar, wie ich es bin.«

»Du bist alles andere als bei Verstand, Dante, wenn du die Frau, die du liebst, verlassen willst, wo du sie endlich wiedergefunden hast.«

»Kannst du bitte versuchen, dein Hirn einzuschalten, Damiano?«

»Ich habe es nicht ausgeschaltet, nur fällt es mir schwer, deinen absurden Gedanken zu folgen. Um genau zu sein, erkenne ich keinen logischen Faden. Sie liebt dich. Du liebst sie. Fertig. So einfach ist das. Geh und kauf ihr einen Ring, anstatt Blödsinn zu quatschen. Je früher umso besser – bevor ein anderer kommt und sie erkennt, dass sie mit einem Psycho zusammen ist.«

»Nicht mit einem Psycho, Damiano. Mit einem Gipsy. Sobald sie kommende Woche in Saintes-Marie-de-la-Mer für ihre Reportage aufschlägt, weiß sie es.«

»Sie mag Zigeuner, Dante. Du hast ihre Artikel gelesen und mir von ihrer Begeisterung erzählt, als Rick Rearden ihr den Auftrag gegeben hat. Am Freitag beim Abendessen hat sie uns ein Ohr abgekaut, als sie über ihre Recherche über Gipsys und Traveller und Sinti und Roma generell gesprochen hat. Wenn du nicht so ein Idiot wärst, hätte ich sie unterbrochen und ihr gesagt, dass ich mehr darüber weiß als all die Bücher und Zeitschriften, die sie ausgegraben hat. Ganz zu schweigen davon, dass du in deiner Position Geschichten und Details unserer Vergangenheit kennst wie niemand sonst. Aber nein, du hältst an deinem uralten Versprechen fest, das du unserem Vater gegeben hast. Als ob sich irgendetwas ändern würde, wenn du jetzt, dreizehn Jahre nach seinem Tod, endlich deine eigene Entscheidung treffen würdest.« Damiano beugte sich vor. »Dante, keiner unserer Klienten würde sich von uns abwenden, nur weil unsere Herkunft bekannt würde. Wir haben weltweit den allerbesten Ruf, sowohl im Sicherheitssektor als auch in der Gastronomie. Bei Kunden und Mitarbeitern gleichermaßen. Und wir sind fast zwei Milliarden Pfund schwer, mehr als zwei Komma zwei Milliarden Euro. Wir können stolz auf das sein, was wir geschaffen haben und wer wir sind. In jeder Hinsicht. Und ich bin froh, dass du es bei dem Charity-Event zugelassen hast, dass sie dich fotografieren. Das war ein erster Schritt.«

Dante raufte sich die Haare.

»Es hat weder mit dem Versprechen noch damit zu tun, öffentlich zu machen, wer wir sind, Damiano. Außerdem gibt es ja seit gestern ein Foto von mir, weil ich Carina begleitet habe. Wie ein Prinzgemahl. Wobei ich beim Punkt angelangt bin. Es geht um sie und ihren Vater. Um ihre Familie. Sie ist die verdammte Countess of Willingdon. Ihre Großmutter entstammte der Blutlinie der Windsors, war eine Großcousine der Queen. Glaubst du wirklich, dass sie einen wie mich heiraten würde?«

Damianos Mundwinkel zuckten. Sein Lächeln vertiefte sich.

»Du hast darüber nachgedacht.«

»Jede beschissene Sekunde, seitdem ich meinen Fuß über die Schwelle ihrer Villa in Notting Hill gesetzt habe und sie mir um den Hals gefallen ist.«

»Dann solltest vielleicht du jetzt dein Hirn einschalten, anstatt es mir zu raten, wie du es so gern tust.«

Dante presste die Augen zusammen, als ob er sich angestrengt konzentrieren würde, und sagte: »Es passiert nichts.«

Damiano schlug mit der Faust auf den Tisch.

»Natürlich nicht, du Idiot. Weil du verbohrt bist und nur in eine Richtung denkst. Versuch's mal in die andere.«

Dante lehnte sich so weit vor, dass Damianos Gesicht trotz der breiten Schreibtischplatte zwischen ihnen kaum zwei Handbreit von seinem entfernt war.

»Immer noch nichts.«

»Da muss eine Sicherung durchgebrannt sein, dabei ist es so offensichtlich.«

»Was?«, knurrte Dante.

»Abgesehen davon, dass ihr euch liebt und die Finger nicht voneinander lassen könnt? Ihre Großmutter mag ja mit der Queen verwandt gewesen sein. Aber ihre Mutter war es nicht. Die war eine einfache Sizilianerin.«

»Ihr Vater war Arzt.«

»Aber kein Adeliger«, konterte Damiano.

»Nein.«

»Womit auch sie keine Adelige war, richtig?«

Dante nickte.

»Der Earl of Willingdon hat eine bürgerliche Sizilianerin geheiratet, obwohl er mütterlicherseits mit den Windsors verwandt ist. Sagst du mir jetzt bitte, warum du seine Tochter nicht fragst, ob sie deine Frau werden will?«

»Weil ich ein Zigeuner bin?«

»Weil du ein Trottel bist, Dante. Schlicht und ergreifend. Wir leben im einundzwanzigsten Jahrhundert, und du bist ein angesehener Geschäftsmann mit einem enormen Vermögen, das du dir zum Großteil selbst erarbeitet hast. Und widersprich mir jetzt nicht. Der intelligentere und gewieftere von uns beiden bist du. Ohne dich hätte ich heute nicht einmal eine Million.«

Dante schaute seinen Bruder regungslos an.

Damiano stand auf und ging zur Tür. Dort angelangt drehte er sich noch einmal um. »Kauf einen Ring, sag ihr, wer du bist, und frag sie, ob sie dich heiraten will. Ihre Antwort liegt auf der Hand.«

Dante starrte noch Minuten später auf die Tür, hinter der sein Bruder verschwunden war.

An konzentriertes Arbeiten war nicht zu denken. Zwar hatte er Mails gelesen und beantwortet, aber er war zu abgelenkt, um einen Gedanken länger als ein paar Sekunden fortzuführen.

»Dante, hörst du mir überhaupt zu?« Tommasos Stimme drang an sein Ohr.

»Ja, klar.«

»Und?«

»Was?«

»Die Leute warten auf deine Entscheidung, Dante.«

»Kannst du mir das Ganze mailen? Ich schau mir das dann in Ruhe an.«

»Dante!« Tommaso schrie nie. Von ihnen allen, der eingefleischten Sechser-Clique, war er der ruhigste. Der, der immer die Nerven behielt. Aus diesem Grund war ja auch er für die neuen Gastronomie-Projekte verantwortlich – und saß seit Wochen in Budapest fest. »Mir ist schon klar, dass du durch den Wind warst, als du

Foxy wiedergefunden hast. Aber das war vor fast einem Monat, und wir alle haben gedacht, dass sie dir guttut. Schien ja auch so. Doch so abwesend wie in der letzten halben Stunde warst du noch nie. Krieg dich ein und konzentrier dich, sonst können wir die Eröffnung hier im September vergessen.«

Dante presste das iPhone fester ans Ohr, stand auf und ging zur Fensterfront. Er sah nach unten. Die Sonnenstrahlen reflektierten auf dem Wasser der Themse und er kniff die Augen zusammen.

»Sorry, ich bin mit den Gedanken woanders gewesen.«

Tommaso schnaubte. »Ach nein, das hab ich gar nicht gemerkt.«

Dante richtete sich zu seiner vollen Größe auf und sah hinüber zur City. Dann wandte er sich ab und ging zurück zu seinem Schreibtisch. »Was wollen sie jetzt? Noch irgendein Dokument für das Bauamt?« Er ließ sich auf seinen Stuhl fallen, bewegte die Mouse und öffnete die Projektmappe im Intranet.

»Nein, nichts mehr bis zum Ende des Umbaus, und was auch immer danach kommt, ist nicht das Problem der Stunde.«

»Sondern?«

»Diese beschissene Sprache. Ich habe noch nirgendwo solche Probleme gehabt, mir auch nur ein paar Wörter einzuprägen. Das Einzige, was auf Ungarisch funktioniert, ist der Sex.«

Dante lachte auf. Tommaso war derjenige, der in jeder Stadt, in der sie ein neues Cipriani's eröffneten, verbrannte Erde hinter sich ließ. Die Frauen liebten ihn – und er liebte sie. Er war die moderne Version eines Seemanns.

»Davon gehe ich aus«, meinte Dante trocken. »An dem Tag, an dem du mir sagst, dass du keinen mehr hochkriegst, werde ich mir ernsthaft Sorgen machen. Also was ist das Problem?«

»Erinnerst du dich an die beiden rückwärtigen Räume?«

»Die, die etwas tiefer liegen und die man über die Steintreppe erreicht? Klar.«

»Gut. Die Arbeiter sind endlich damit fertig, all das Material von den Wänden zu entfernen, mit dem man die Mauern verdeckt hat. Ich habe Fotos gemacht, du kannst sie dir im Intranet ansehen. Meiner Meinung nach sollten wir sie nur reinigen und in ihrem ursprünglichen Zustand lassen. Aber die Entscheidung ist deine – und bevor du nicht sagst, was du willst, stehen die Arbeiten still.«

Dante klickte die Bilder an. Tommaso hatte ein untrügliches Gespür, wenn es um alte Bausubstanzen ging. Deshalb hatte er ihm das Architekturstudium finanziert, so wie er Stefano, Valentino und Tiziano ihre Ausbildungen bezahlt hatte. Nach Vaters Tod. Riccardo Cipriani hatte ihre Familien vor dreißig Jahren aus Italien geholt und ihnen Arbeit gegeben. Er hatte die Freundschaft seiner Söhne mit ihnen geduldet – während der Ferien und an den Wochenenden.

Die restliche Zeit hatten Damiano und er auf der King's College School zwischen eingebildeten Schnöseln und verweichlichten Muttersöhnchen verbracht. »Ihr müsst sie nicht mögen, aber ihr müsst lernen, wie sie zu sein«, hatte ihr Vater ihnen erklärt. »Ihre Sprache, die Art zu gehen und ihr Gesichtsausdruck, muss euch in Fleisch und Blut übergehen. Geld allein genügt nicht, um als vollwertiges Mitglied der Gesellschaft anerkannt zu werden. Wenn ihr nicht seid wie sie, werden sie euch hinter eurem Rücken immer als dreckige Italiener bezeichnen.« Das war der Ausdruck, mit dem er zufällig Kunden über seinen Vater hatte sprechen hören. Dante war damals vierzehn gewesen und hatte es ihm gesagt. »Zum Glück«, hatte Riccardo Cipriani geantwortet. »Wenn die wüssten, dass ich ein Zigeuner bin, würden sie keine Geschäfte mehr mit mir machen.«

In dem Moment hatte Dante verstanden, warum er so werden sollte wie seine Mitschüler. Seither hatte er nachts gelernt, anstatt zu schlafen, und das College als Jahrgangsbester abgeschlossen. Ab seinem ersten Tag in Oxford war er von niemandem mehr schief angesehen worden, weil er Cipriani hieß. Im Gegenteil. Sein Name hatte Einzug in die elitäre High Society gehalten, deren Angehörige seinen Vater immer nur als italienischen Restaurantbesitzer gesehen hatten. Zwei Jahre darauf, als ihm Damiano an die Eliteuniversität folgte, hatten sie gemeinsam den Grundstein für ihre Security-Unternehmen gelegt. Sie hatten sich damals schon mit Nonchalance in beiden Welten bewegt – und das hatte sich nie geändert. Doch ihre wahren Freunde waren die vier, mit denen sie jede mögliche freie Minute verbrachten und deren Familien denselben Ursprung hatten wie die ihres Vaters und ihrer Mutter.

»Ausgezeichnete Idee, Tommaso«, sagte er jetzt zu seinem Freund, der Tausende Kilometer entfernt war. »Die Gäste werden alle nur im Kellergewölbe mit den alten Steinmauern essen wollen. Die restlichen Änderungen für die Räume überlasse ich dir, okay? Das erspart uns beiden Zeit.« Er würde Tommaso ab dem nächsten Projekt von Beginn an mehr Verantwortung übertragen, doch sagen würde er es ihm erst bei ihrem persönlichen Treffen.

»Danke dir, Dante. Und sorry, dass ich dich vorhin angeschrien habe, aber ich bin mittlerweile urlaubsreif.«

»Entschuldige dich nicht, Tommaso. Niemand kann dich besser verstehen als ich, glaube mir. Fliegst du direkt nach Frankreich oder kommst du noch in London vorbei?«

»Nein, das klappt nicht. Bei keinem von uns. Wir treffen uns dort – und dann vergessen wir ein paar Tage lang alles, was unser normales Leben ausmacht.«

»Ihr vielleicht«, murmelte Dante, als er das Gespräch beendete. Sein Bruder und seine Freunde würden feiern, Musik machen, tanzen und glücklich sein. Aber er? Nicht nur, dass die Liste der Anfragen an den Schlichter und Ratgeber, der er nun einmal war, immer länger wurde.

Carina würde dort sein. Sie würde an den einzigen Ort fliegen, an dem er sie nicht haben wollte. Rick Rearden und seine Idee für diese Reportage waren schuld – und sie überschlug sich seit dem gemeinsamen Mittagessen mit dem Medienmogul vor Freude. Selbst wenn er alles daransetzte, er würde sie nie davon abbringen können, zum Gipsy-Festival zu fahren. Seine Leute vor Ort hatten ihm garantiert, all seine Anordnungen auszuführen. Aufgrund seiner Position würde sie ihm nicht begegnen, sofern er das nicht wollte. Aber mit Damiano verhielt sich das ganz anders. Selbst wenn er ihn darum bat, würde sein Bruder sich nicht verstecken und auf das jährliche Highlight verzichten. Saintes-Marie-de-la-Mer war nicht einfach ein Ort in der Camargue, an dem sie aus allen Himmelsrichtungen zusammentrafen. Es war der Ort, wo sie untereinander waren und ihre Masken fallen ließen. In dem Moment, in dem Carina Damiano sehen würde, was unvermeidbar war, würde sie alles wissen.

Die Zeit zerrann zwischen seinen Fingern. Er musste mit Carina sprechen, bevor es zu spät war. Dante bewegte die Mouse, klickte das Symbol an und der Mac fuhr runter. Kurz darauf saß er in seinem Aston und verließ die Tiefgarage Richtung Notting Hill. Heute beruhigte ihn das leise Schnurren des Motors nicht, vielmehr nahm die nervöse Unruhe in seinem Innersten stetig zu. Er hielt am Straßenrand vor der Villa, sprang aus dem Wagen und warf das Gartentürchen lautstark zu. Er hielt bereits den richtigen Schlüssel in der Hand, um aufzusperren, als die Tür von innen geöffnet wurde.

»Mister Dante, was machen Sie denn um diese Uhrzeit hier?«

»Wo ist Carina?« Er drängte sich an Nancy vorbei und trat in den Wohnraum. Sie war weder dort noch im anschließenden Küchenbereich. »Carina?« Er stürmte zur Treppe, um nach oben zu laufen.

»Sie ist nicht hier«, rief Nancy.

Er hielt abrupt auf der dritten Treppenstufe, griff ans Geländer und drehte sich um. »Aber sie wollte doch einen ruhigen Tag daheim verbringen. Ist etwas passiert?«

Nancy nickte aufgeregt. »Marc Smith hat angerufen. Er ist endlich von seiner Reise zurück und hat ihr angeboten, das Interview gleich heute zu machen.«

Er spürte, wie Angst und Wut sich vermischten und zu brodeln begannen. Von allen Worst-Case-Szenarien, auf welche Art sie die Wahrheit erfahren könnte, war Marc definitiv die schlimmste Variante.

»Wo ist sie?« Nancy musste den Kopf in den Nacken legen, so nah stand er plötzlich vor ihr.

»Sie wollten sich im Cipriani's treffen.«

Was war die Steigerungsstufe von Worst Case? Dante ballte die Hände zu Fäusten und öffnete sie wieder, als er Nancys erschrockenen Blick sah.

»Alles in Ordnung, Mister Dante?«

Er zwang sich zu einem Nicken und zog die Mundwinkel nach oben. »Ja, das ist es. Ich habe nicht damit gerechnet, dass sie nicht hier ist.« Er log das Blaue vom Himmel. »Dann fahre ich jetzt zurück ins Büro und mache dort weiter, wo ich unterbrochen habe.«

Er streckte seine Hand aus und öffnete die Tür.

»Ach, wie schade. Carina hätte sich sehr über die Überraschung gefreut«, rief ihm Nancy nach, als er in den Wagen stieg.

»Oh, das wird sie«, presste Dante zwischen den Zähnen hervor, startete den Motor und senkte den Fuß auf das Gaspedal.

Kapitel 19

Cipriani's Restaurant, Mayfair, London.

Carina hatte sich gewundert, dass Marc Smith sich mit ihr am Nachmittag im Cipriani's treffen wollte. Sie war früher mit ihren Eltern ein paarmal hier gewesen – zum Lunch oder zum Dinner. Mummy hatte das Essen hier geliebt. Doch damals war das exklusive italienischen Restaurant nur mittags und abends geöffnet. Dante hatte ihr erst vor wenigen Tagen erzählt, dass Damiano und er auch in London, wie schon in anderen Ländern, eine Bar-Gelateria integriert hatten, die ausgesprochen beliebt war. Der Grund dafür lag auf der Hand. Der Kaffee war genauso gut wie in Italien und das Eis schmeckte nach Sonne, Meer und Urlaub. Carina war seit mehr als zwei Stunden hier und wollte nirgendwo anders sein. Sie versenkte den Löffel in dem fruchtig-frischen Orangeneis mit Minze und Schokoladesplittern, hob ihn an ihren Mund und seufzte zufrieden, als der Geschmack auf ihrer Zunge explodierte.

»So wie Sie guten Kaffee und das Eis genießen, können Sie Ihre italienische Abstammung nicht verleugnen, Lady Byron.«

Carina riss die Augen auf und ließ den Löffel sinken. »Seit wann wissen Sie, wer ich bin, Mister Smith?«

»Wir waren doch schon bei Marc, oder nicht?«

Allerdings. Als sie aus dem Taxi gestiegen war, hatte er sie am Eingang begrüßt wie eine alte Bekannte und sie nur vor dem Kellner Miss Rossetti genannt, der ihn wie einen Freund behandelte.

»Sie haben mich soeben als Lady Byron angesprochen und meine Frage noch nicht beantwortet.«

»Ich bin vermutlich nicht der Einzige, der mittlerweile die wahre Identität der Journalistin Rossetti, die sich rigoros als Journalist bezeichnet, kennt. Spätestens seit dem Zeitungsfoto von Ihnen und Dante Cipriani.«

Carina seufzte. »Ich wusste, warum ich mich in den letzten Jahren von London ferngehalten habe. Andererseits ...«

»Ja?« Er sah sie neugierig an. Freundlich. So, wie in den vergangenen zwei Stunden, als er ihr so viel über die Kultur der Zigeuner und ihre Verschiedenartigkeit, die von den verschiedenen Volksgruppen geprägt wurde, denen sie angehörten, erzählt hatte, dass sie ein ganzes Buch darüber schreiben konnte. Nicht nur einen Artikel.

»Ich bin gern wieder hier.« Dass dies vor allem mit Dante zusammenhing, sagte sie ihm natürlich nicht. »Aber ich hoffe, dass die Identität der Journalistin Carina Rossetti nicht so bekannt ist, wie Sie denken.«

»Sie vergessen das Interview, das Sie einem Kollegen der CNN gegeben haben.«

»Da trug ich mein Basecap und die Ray-Ban mit den dunkel getönten Gläsern.«

»Ich behaupte ja nicht, dass Sie jeder erkennt, Carina. Aber derart leuchtend rote Locken wie Ihre sind selten, und eine ist damals herausgerutscht. Dieselbe, die Sie sich immer wieder hinters Ohr streichen. In Kombination mit Ihrer unverkennbaren Stimme und Ihrer Art zu sprechen ...«

»Bist du jetzt damit fertig, meine Freundin anzumachen, Marc?« Dantes Bariton donnerte durch den Raum.

Carina riss den Kopf herum und starrte ihn an.

Er sah an ihr vorbei und fixierte Marc.

Der lachte auf und wandte sich an Damiano, der plötzlich hinter Dante auftauchte. »Hallo, Kleiner.«

»Hallo, Großer, alles okay?«

Kleiner? Großer? Sie schaute konsterniert von einem zum anderen. Marc Smith war einen halben Kopf kleiner als Damiano und Dante.

»Wenn ihr beiden miteinander fertig seid, hätte ich gern eine Antwort von Marc«, knurrte Dante.

»Ich war mir nicht bewusst, dass du mir eine Frage gestellt hast.« Marc lehnte sich zurück und erwiderte Dantes Blick.

»Ich habe dich gefragt, ob du damit fertig bist ...« Dante unterbrach sich.

»Deine Freundin anzuschmachten. Das habe ich gehört. Aber da es nicht der Wahrheit entspricht, ist es keine Erwiderung wert. Du weißt genau, dass ich niemals irgendetwas tun würde, was dich verletzen könnte.«

»Da bin ich mir nicht so sicher.«

»Solltest du aber. Ich zolle dir denselben Respekt wie früher deinem Vater, Dante. Es gibt nichts, was du von mir zu befürchten hast. Das müsstest du längst wissen.«

Irgendetwas geschah vor ihren Augen. Carina spürte es, konnte es jedoch nicht benennen. Es war nicht allein die Art, wie die beiden Männer sich ansahen. Auch nicht die unmerkliche Bewegung von Marcs Kopf. Nicht seitlich, sondern so, als ob er sich vor Dante verbeugen würde.

»Wenn ihr beide jetzt fertig seid, darf ich hoffentlich endlich meine Schwägerin begrüßen.« Damiano schob Dante zur Seite und beugte sich runter, um sie zu umarmen. Wangenküsschen inklusive. »Wenigstens fährt er mich nicht an«, flüsterte er halblaut und küsste auch noch ihre Hand.

»Schwägerin?«, fragte Marc. »Gibt es irgendetwas, von dem ihr mir erzählen wollt?«

Plötzlich lachte Dante und die unangenehme Stimmung löste sich auf wie Morgennebel, sobald die Sonne herauskam. Dante zog Damiano am Arm von Carina weg und schob sich an ihm vorbei auf den Platz neben ihr. Dann legte er seine Hand an ihre Wange und drehte ihren Kopf, um sie sanft auf die Lippen zu küssen.

»Was sollte das, Dante? Und was machst du hier?«

»Ich wollte dich überraschen, und Nancy hat mir gesagt, dass du hier bist.« Ihr Herz machte einen Sprung. Sie hob ihre Hand und strich ihm durch die zerrauften Locken. Das Grübchen an seinem Kinn vertiefte sich und die Schmetterlinge in ihrem Magen begannen zu tanzen. Seit Tagen hatte sie es gespürt. Ach was. Seit damals schon. Dante war der Richtige.

»Wieso nennst du Carina deine Schwägerin, Damiano?«

Marc unterbrach den zarten Kuss zwischen ihnen, der auf dem besten Weg war, sich in einen leidenschaftlichen zu verwandeln.

»Später«, flüsterte sie leise.

»Sobald wir zu Hause sind«, murmelte Dante und lehnte sich zurück.

Bald kannte Marc ihre Geschichte. Es war lustig, wie viele Details zusammenkamen, wenn jeder von ihnen die Geschehnisse aus seiner Sicht erzählte.

»Unglaublich«, meinte Marc kopfschüttelnd, und Damiano winkte einem Kellner, der kurz darauf mit einer Flasche Passito di Pantelleria und vier Likörgläsern zurückkehrte und den süßen Wein aus Sizilien einschenkte.

»Auf Carina und Dante.« Marc prostete ihnen zu.

Carina nahm einen Schluck, als ihr etwas einfiel.

»Warum hast du Marc vorhin *Großer* genannt, Damiano, und er dich *Kleiner*?«

Sie hatte erwartet, dass die Männer lachen würden, stattdessen wurden sie schlagartig ernst und wandten sich beide Dante zu. Der presste die Kiefer zusammen. Carina konnte sehen, wie die Sehnen an seinem Hals hervortraten. Doch dann hob er plötzlich sein Glas.

»Auf alte Freundschaften, die Jahrzehnte überdauern, wie die unsere.«

Er trank aus, bevor er sich ihr zuwandte. »Erinnerst du dich an unser Mittagessen mit Rick, als Marc dazustieß?«

»Natürlich.«

»Damals hast du gefragt, ob wir uns schon lange kennen.«

»Eine halbe Ewigkeit, haben wir erwidert«, fuhr Marc an seiner Stelle fort. Carina sah zu ihm und er sprach weiter. »Das stimmt nicht ganz, denn in Bezug auf unser Lebensalter könnte man *halbe* weglassen. Ich kenne Dante und Damiano bereits seit ihrer Geburt.«

Sie spürte, wie Dante sich neben ihr versteifte.

»Unsere Eltern kannten sich«, erklärte Marc nach einer kurzen Pause.

Dante atmete lautstark aus. Dann öffnete er die Flasche und schenkte sein Glas bis obenhin voll und schaute in die Runde. »Will noch wer?«

Alle verneinten. Er exte den Passito, bevor er zwischen ihr und Marc hin und her sah.

»Habe ich vorhin euer Interview unterbrochen?« Plötzlich wirkte er beschämt.

»Ihr beide«, berichtigte ihn Carina. »Damiano war ja auch dabei.«

»Den habe ich aber nicht mitgebracht. Keine Ahnung, was er hier macht.« Er warf seinem Bruder einen fragenden Blick zu. »Trainierst du nicht normalerweise um diese Zeit?«

Damiano rollte mit den Augen und schüttelte den Kopf. »Trainieren? In den Fitnessraum kann ich jederzeit, der läuft nicht davon. Aber heute ist Montag, da bin ich nachmittags immer hier, weil unser Manager seinen freien Tag hat, das weißt du doch.«

»Ach ja, stimmt.« Bei Dantes Antwort hatte sie wieder das Gefühl, dass irgendetwas Unausgesprochenes in der Luft lag. Doch dann sah er sie an und lächelte. »Also habe ich euch unterbrochen?«

»Nein. Marc hat mir so viel erzählt, dass ich ein ganzes Buch schreiben könnte. Jetzt freue ich mich noch mehr auf nächste Woche. Schade, dass du nicht mitkommen kannst. Ich bin sicher, dass es auch für dich interessant wäre.«

Dante antwortete nicht. Stattdessen presste er seine Lippen fest aufeinander. Offenbar passte es ihm gar nicht, dass er ausgerechnet zu der Zeit, die sie in Frankreich sein würde, ebenfalls einen Auslandstermin hatte.

»Ich habe Carina angeboten, mit mir zu fliegen.«

»Fährst du nicht mit deiner Jacht?«, fragte Damiano erstaunt.

»Nein, diesmal nicht. Die Mannschaft fährt ohne mich, da ich nach Schottland muss.«

»Dein neues Hotelprojekt?«, fragte Dante.

Marc nickte. »Nur Ärger. Ich bin erst vor zwei Tagen zurückgekommen, nachdem ich mich eine Woche lang mit den Behörden herumgeärgert habe. Man sollte kein altes Schloss kaufen, wenn man es umbauen will. Mit dem Papier der erforderlichen Bewilligungen könnte ich mittlerweile alle Wände meiner Villa tapezieren.«

Dante grinste. »Warum sollte es dir anders ergehen als uns. Tommaso ist der Verzweiflung nahe, nur hat er in Ungarn zusätzlich mit einer Sprache zu kämpfen, die absolut unverständlich ist.«

»Als ob Schottisch einfach wäre«, meinte Damiano lachend.

Carina hatte selten Menschen bewundert, weil sie vermögend waren oder tolle Jobs hatten. Sie war mit Reichtum aufgewachsen und dankbar, dass ihre Vorfahren und ihr Vater ihr Erbe nicht verprasst, sondern vermehrt hatten. Aber so reich sie bereits war, jetzt noch mehr als vor ein paar Wochen, da Daddy seit ihrer Rückkehr vieles auf sie überschrieben hatte, hatte sie immer das Bedürfnis verspürt, zu arbeiten. Um sich selbst zu beweisen, dass sie auch ohne die finanzielle Absicherung in ihrem Rücken lebensfähig war. Dass sie dabei noch den Beruf ausüben konnte, den sie liebte, war fantastisch. Sie kam mit dem, was sie verdiente, unter normalen Umständen aus. Aber sie könnte sich weder einen Aston Martin noch eine Villa in Notting Hill leisten. Umso mehr bewunderte sie also die drei Männer für das, was sie erreicht hatten.

»Wann fliegst du?«, fragte Dante jetzt, jedoch nicht sie, sondern Marc.

»Am Montag, aber ich kann auch einen Tag früher weg. Ich richte mich da ganz nach Carina und ihrem Programm, wenn sie mein Angebot annimmt.«

»Was meinst du?« Dante stupste ihr Kinn an. »Hast du schon mit dem Fotografen gesprochen, der mit dir arbeiten wird?«

Sie verneinte mit dem Kopf. »Ich weiß immer noch nicht, wer das sein wird. Rick hat mir heute lediglich gesagt, dass ich mir keine Sorgen machen soll und derjenige am Montagabend in Saintes-Marie-de-la-Mer sein wird. Ich muss nur noch ein Hotel buchen.«

Dante verzog das Gesicht und Damiano unterdrückte ein Lachen. Zumindest hörte es sich so an, denn als sie zu ihm schaute, tippte er mit ernster Miene auf seinem iPhone herum.

»Das ist so kurzfristig nicht einfach, Carina. Um nicht zu sagen unmöglich.« Marc lenkte ihre Aufmerksamkeit auf sich. »Der Ort ist klein, es gibt kaum Unterkünfte.«

»Aber ich dachte, dass Gipsys mit ihren Wohnwagen anreisen.«

»Nur ein geringer Teil sind Traveller«, erwiderte Marc schmunzelnd. »Dennoch mieten viele Roma, Sinti und Manouches, wie die französischen Gitans korrekt heißen, jedes Jahr zu diesem Anlass Camper. Immerhin ist der eigentliche Grund des Festes ja die Wallfahrt zur Prozession der Patronin aller Zigeuner, der Schwarzen Sara. Das löst jedoch nicht das Problem Ihrer Unterkunft, Carina. Gästebetten werden schon ein Jahr oder länger im Voraus gebucht.«

»Und wenn ich mein Zelt mitnehme?«

Marc zog eine Augenbraue hoch. »Ich glaube Ihnen ungesehen, dass Sie fähig sind, ein Zelt aufzustellen und darin zu schlafen. Nur ist es für einen Nicht-Gipsy unmöglich, im Ort einen Platz dafür zu finden.«

»Was raten Sie mir?« Sie vertraute ihm voll und ganz und offenbar auch Dante, denn der sagte kein Wort. »In Montpellier findet sich wahrscheinlich noch ein Zimmer, aber dann müssten sie sich einen Leihwagen nehmen und pro Strecke etwa zwei Stunden oder auch mehr einrechnen. Je näher man dem Wallfahrtsort kommt, umso schwieriger ist das Durchkommen. Ganz zu schweigen von den fehlenden Parkplätzen. Saintes-Marie liegt im Rhône-Delta umgeben von Wasser, es gibt nur eine Zufahrtsstraße.«

»Das ist das Einzige, was dir einfällt?«, fragte Dante plötzlich mit einem Knurren.

»Die Alternative wird dir nicht gefallen, mein Freund.«

»Welche?«, drängte Dante.

»Sie könnte bei mir auf der Jacht schlafen. Ich habe noch eine Kabine frei.«

Carina hielt die Luft an. Jetzt würde Dante ihn sicher wieder anfahren und ...

»Na bitte, geht doch. Großartig.« Dante ergriff ihre Hand, zog sie an seinen Mund und küsste ihre Fingerspitzen. Von unten schaute er zu ihr auf und warf ihr einen dieser Blicke zu, der sie schmelzen ließ. »Lösung gefunden. Bei Marc bist du sicher, er passt auf dich auf.«

»Natürlich werde ich das tun. Sie stehen unter meinem Schutz, Carina.«

Warum waren Männer nur so kompliziert? Zuerst gingen sie einander beinahe wegen unbegründeter

Eifersucht an die Gurgel, und dann waren sie die allerbesten Freunde und der eine vertraute dem anderen sogar seine Freundin an. Über Nacht! Besser, sie wischte auch die letzten Zweifel vom Tisch.

»Bist du sicher, dass du nicht mitkommen kannst?«

»Ja, bin ich«, erwiderte Dante knapp und wandte sich an Marc. »Habt ihr noch irgendwas zu besprechen? Ich würde nämlich gern den Abend allein mit meiner Freundin verbringen.«

Irgendwann später ...

Carina schwebte in ihrem ureigensten Himmel aus Lust und Leidenschaft. Dantes Geruch umgab sie. Seine Hände waren überall. Pausenlos oder schon wieder, so genau konnte sie das nicht sagen.

Er lächelte verführerisch. »Du hast immer noch nicht genug?«

Sie schüttelte den Kopf.

Er beugte sich vor, presste seine Lippen auf ihre und schob seine Zunge in ihren Mund. Sie spürte seinen harten Schwanz zwischen ihre feuchte, geschwollene Mitte gleiten. Vor und zurück. Aufreizend langsam. Immer wieder. Sie japste nach Luft. Er nahm seine Hand dazu, stützte sich nur noch auf einen Arm. Mit der Fingerspitze stupste er ihre harte Klit an, bevor er mit zwei Fingern dagegen schnippte.

Carina schrie auf. Stöhnte an seinem Mund. Ließ ihn ein. Zweifach, denn als seine Zunge von ihr Besitz nahm, stieß er seine volle Länge in sie. Er nahm sie auf diese besondere Art, von der sie nie gedacht hatte, dass irgendjemand dazu fähig war. Doch Dante war nicht irgendwer.

Seine Lippen waren sanft, seine Zunge tanzte mit der ihren einen Slow Fox, so langsam und intensiv, dass sie jedes Streicheln und jede Berührung festhalten und für die Ewigkeit aufbewahren wollte.

Doch weiter unten ... Das war kein Spiel, sondern Besitznahme. Eine leidenschaftliche, lustvolle, besitzergreifende Übernahme. Mit seinen Stößen und der weiterwachsenden Erektion, die sie so sehr ausfüllte, dass sie dachte, er würde sich nicht mehr bewegen können, eignete er sich ihren Körper an. Endgültig und unwiderruflich.

Beim dritten Orgasmus hatte sie zu zählen aufgehört. Das war vor Mitternacht gewesen. Seither waren Stunden vergangen, und sie konnte sich nicht erinnern, geschlafen zu haben. Eingedöst war sie ein paarmal – und immer hatte Dante sie wieder geweckt.

Mit seiner Zunge, seinen Fingern, seinen Händen. Seinem ganzen Körper, der sich an ihrem rieb. Sanft, dann fest im Wechsel.

Ihre Sinne waren überreizt.

Ihre Wahrnehmung verschleiert.

Ihre Liebe übergroß.

Sterne explodierten in ihrem Kopf. Ihr Körper bebte. Sie drückte ihren Rücken durch und kapitulierte. Ihr Becken wuchs mit seinem zusammen. Nichts mehr trennte sie. Ein dumpfes Grollen löste sich aus Dantes Brust und verschmolz mit ihrem Schrei, als ihre Muskeln um ihn herum pulsierten und er sich in ihr ergoss. Sie implodierten. Gemeinsam. Nicht nach außen, wo alles verpuffte, sondern innerlich und vereint.

»Ich liebe dich, Carina«, murmelte er an ihren Lippen im selben Moment, in dem sie »Ich liebe dich, Dante« stöhnte. Bevor er sich mit ihr zur Seite rollte und sie in einen tiefen Schlaf fielen, ohne ihre Verbindung zu trennen.

Kapitel 20

Er hatte kaum geschlafen letzte Nacht. Nicht mehr, nachdem er aufgewacht war – mit seinem Schwanz immer noch in Carina. Anstatt dem Wunsch nachzugeben, sie mit langsamen Stößen zu wecken, hatte er sich vorsichtig zurückgezogen. Nach einer Dusche hatte er sich mit Boxershorts und einem Shirt aus dem Zimmer geschlichen. Und dann hatte Dante auf der Gartenterrasse hinter dem Haus dem frühmorgendlichen Zwitschern der Vögel gelauscht und nach oben zum Schlafzimmerfenster geschaut.

Er liebte sie – und er hatte es ihr gesagt. Dem war nichts hinzuzufügen.

Ein Gedanke war ihm durch den Kopf geschossen, dann ein zweiter.

Als die hellen Schlieren am Himmel die Schwärze über der Stadt komplett ersetzten und rundum die Geräusche des anbrechenden Tages endgültig die Nacht vertrieben, holte er sein iPhone vom Küchentresen und wählte die Kurzwahl seines Bruders.

Es wunderte ihn nicht, die melancholische und zugleich feurige Musik im Hintergrund zu hören, bevor sich Damiano mit abgehacktem Atem meldete.

»Was gibt's?«

»Wann fliegst du?«

»Ist das wichtig? Du hast ja sicher nicht vor, mich zu begleiten.« Der ätzende Unterton in seiner Stimme konnte nicht verbergen, dass ihm die neue Situation zu schaffen machte. Er klang traurig.

»Wann, Damiano?«

»Heute Abend um sechs.«

»Gut. Ich werde rechtzeitig dort sein.«

Er konnte förmlich spüren, wie die Anspannung von Damiano abfiel – und die seine von ihm. Sie hatten zu dieser Zeit des Jahres von klein auf immer alles gemeinsam gemacht. Früher mit ihrem Vater und seit seinem Tod sie beide. Für zehn Tage war nichts wichtiger als sie und das Erbe ihrer Vorfahren.

Die Frage, ob er Carina reinen Wein eingeschenkt hatte, lag in der Luft, doch Damiano schwieg. Dante warf einen Blick zur Treppe, die nach oben führte, öffnete die Terrassentür und trat hinaus in den Garten, bevor er das Schweigen unterbrach.

»Ich brauche deine Hilfe.«

Carina wachte vom Geruch des Kaffees auf, der sich mit dem von Pino Silvestre vermischte. Ein Lächeln legte sich auf ihre Lippen. Er hatte ihr gesagt, dass er sie liebte. Langsam öffnete sie die Augen. Dante saß auf der Bettkante und hielt ihre Tasse zwischen seinen Händen. Sie hob den Blick vom Sahnehäubchen mit den Schokoraspeln und landete bei seinem Grübchen. Er war frisch rasiert, duftete nach Waldkiefern, und in seinen dunklen Augen lag ein Ausdruck, den sie noch nie gesehen hatte. Dante war leidenschaftlich und ungestüm, besitzergreifend und dominant, aber auch zärtlich und aufmerksam. Doch das hier ... Sie zog die Lippe zwischen ihre Zähne. Ihr Puls flatterte.

»Guten Morgen.« Er lächelte auf diese umwerfende Art, wie nur er es konnte. Kein anderer Mann hatte jemals diese Wirkung auf sie gehabt wie er vom ersten Moment an. »Ich dachte, ich bringe dir den Kaffee ans Bett, bevor ich dir die Decke wegziehe.«

»Und warum willst du das tun?« Ihre Stimme war noch heiser vom Schlaf, aber ihr Körper reagierte auf seine Anspielung, als ob er hellwach wäre. Sie setzte sich auf, lehnte sich an das Kopfteil und nahm ihm die Tasse ab.

Dante lachte. »Nicht aus dem Grund, an den du denkst.« Er fuhr sich mit der Hand durch die Locken, und ihr fiel auf, wie lang sie mittlerweile waren. Von seinen Ohren war nichts mehr zu sehen.

»Sondern?« Sie stieß mit der Zunge in die Sahne, schluckte und leckte sich über die Lippen.

»So gern ich deiner unausgesprochenen Aufforderung nachkommen würde, ich kann nicht. Nicht jetzt.«

»Und warum hast du mich dann aufgeweckt? Ich muss heute nirgendwohin.«

»Oh, ich hoffe doch. Ich wollte endlich der Frau, die ich liebe, mein Büro zeigen.«

Carina senkte die Tasse, von der sie soeben hatte trinken wollen. »Wiederholst du das bitte?«

»Ich will dir heute mein Büro zeigen.«

»Nicht das. Das andere.«

Die Fältchen an seinen Augenwinkeln vertieften sich. Er beugte sich vor und küsste sie sanft auf die Nasenspitze. »Ich liebe dich.«

Sie schloss die Augen. »Und ich dich.«

»Dann beweise es und zieh dich an.« Er sprang auf und ging zur Tür. »Du hast zehn Minuten«, rief er ihr über die Schulter zu und verschwand.

Natürlich hatte Carina geräumige, moderne Büroräume erwartet. Immerhin waren all die neuen Gebäude rund um The Shard, der mit seinen knapp dreihundertzehn

Metern zum Wahrzeichen von London geworden war, ebenfalls Kunstwerke aus Stahl und Glas. Doch obwohl der DDC-Tower nur etwa ein Drittel so hoch war wie der weltberühmte Wolkenkratzer, verschlug es ihr den Atem. Zuerst in der Lobby, die mit schwarz glänzenden Marmorböden, der von blauen Adern durchzogen war. Dann im Lift, der sie direkt in den sechsundzwanzigsten Stock gebracht hatte. Die Kabine bestand aus dunklem Rauchglas, durch das man zwar nach draußen sehen, jedoch nicht gesehen werden konnte. Das hatte Dante ihr erklärt, nachdem er seine Hand unter den weit schwingenden Rock ihres Kleides geschoben und sie entsetzt aufgeschrien hatte. Und nun standen sie nebeneinander in seinem Büro, das die Ausmaße eines mittleren Ballsaals hatte und den atemberaubendsten Blick auf die City bot. Ganz zu schweigen von dem Parkettboden, den wenigen schwarzen Möbeln und der gläsernen Wand zum Vorraum. Die Lamellen des Sichtschutzes waren nur leicht schräg gestellt, sodass sie seine Sekretärin sehen konnte. Die Frau, die so gar nicht dem Bild in ihrer Vorstellung entsprach.

Sie hieß Angela Walters und wirkte mit dem strengen Dutt und in ihrem grauen Kostüm unscheinbar. Carina konnte ihr Alter beim besten Willen nicht schätzen, wusste nur, dass sie bereits für Dantes und Damianos Vater gearbeitet hatte. Jetzt klopfte sie kurz und öffnete die Tür, ohne auf eine Antwort zu warten, und stellte ein Tablett mit zwei Tassen Espresso auf den runden Besprechungstisch und legte eine Mappe daneben.

Dante bewegte sich mit seinem raubtierhaften Gang durch den Raum, reichte Carina ihren Kaffee und kippte den seinen im Stehen. Sie tat es ihm gleich.

»Ist mein Bruder in seinem Büro, Angela?«

»Nein, Sir, er ist im zwölften Stock.«

»Danke.« Er nickte der Frau zu, die abwartend stehen blieb und wortlos auf die Mappe deutete, dann sah er zu ihr. »Gibst du mir fünf Minuten, Carina?«

»Natürlich. Aber ich kann auch gehen.«

Er zog eine Augenbraue hoch. »Warum solltest du? Lass mich nur die Dokumente unterschreiben, bevor ich dir den Rest zeige.«

Sie hatte ihn nicht danach gefragt. Nicht ein einziges Mal während der letzten Wochen, seitdem sie jede Nacht gemeinsam in ihrer Villa in Notting Hill verbrachten. Carina hatte gedacht, dass er der Bequemlichkeit halber, da er sich ja selbst als Workaholic bezeichnete, eine Wohnung in demselben Gebäude gemietet hatte, in dem sich der Firmensitz der Cipriani Ltd befand. Auf einer oder zwei Etagen, hatte sie vermutet. Nicht, dass die Firma sich über viele Stockwerke eines Hochhauses erstreckte, das nach Dantes und Damianos Vorstellungen erbaut worden war und ihnen gehörte. Wovon eine Etage nur der Direktion und somit ihnen vorbehalten war, und sie darüber ihre Penthouses hatten. Atemlos stand Carina nun mit Dante auf dem Dach des DDC-Towers, dessen Name sich aus den Initialen der Vornamen und des Nachnamens der Brüder zusammensetzte. Sie hielt mit einer Hand ihre Locken zusammen, die der Wind ständig in ihr Gesicht wehte, und blickte vom riesigen aufgemalten H, das von einem Kreis umgeben den Landeplatz für Helikopter markierte, hinüber zur Kuppel der St. Paul's Cathedral. Dabei lehnte sie sich fester an Dante, der sie von hinten umschlang. Er küsste sie sanft auf den Hals. »Komm, lass uns Damiano suchen.«

Sie fuhren in den zwölften Stock. Es gab nur zwei Türen. Die eine war eine gläserne Schiebetür, durch die man den Eingangsbereich sehen konnte. Neben einer riesigen Kübelpflanze gab es einen Empfangstresen. Ein Mann stand dahinter und hob lächelnd die Hand. Dante erwiderte mit der gleichen Geste seinen Gruß. »Das ist das Fitnesscenter für unsere Mitarbeiter«, erklärte er ihr und wandte sich in die andere Richtung. Die Tür vor ihnen war rot.

»Trainiert auch ihr hier?« Seitdem sie keine Schmerzen mehr hatte, lief sie wieder, aber nicht täglich wie früher. Dante hatte sie ein paarmal begleitet, doch an den anderen Tagen hatten sie es vorgezogen, länger im Bett zu bleiben. Sie hatte nicht gewusst, wie viele Muskeln beim Laufen nicht beansprucht wurden, die hingegen beim Sex ...

»Du meinst, ob wir das Fitnesscenter nutzen?«, unterbrach Dante ihre Überlegungen und schüttelte den Kopf. »Nein, wir kommen hierher.« Er legte einen Finger an einen an der Wand angebrachten Scanner. Die rote Tür entriegelte sich. Er stieß sie auf und ließ ihr den Vortritt.

Der Raum war nicht groß und bis auf zwei Kübelpflanzen und einige abstrakte Bilder an den Wänden komplett leer. Links ging ein kleiner Flur ab und vor ihnen war ein Rundbogen in die Wand eingelassen. Ein dunkelroter Vorhang verdeckte, was dahinter lag.

»Und was macht ihr hier?«

Carina stellte die Frage, obwohl sie es bereits ahnte. Vermutete. Wusste.

Doch nicht die Musik, das weinerliche Singen der Violinen, die von den dumpfen Klängen eines Basses begleitet wurden, gab ihr die Gewissheit. Es waren die abgehackten harten und immer rascher werdenden Geräusche, die Schuhe auf Holz erzeugten. Dem Parkett, das sich vom Eingangsbereich fortsetzte. Dante griff mittig an den Vorhang und schob ihn zur Seite. Mechanisch setzte Carina einen Schritt vor den anderen, trat hindurch – und erstarrte.

Damiano trug eine schwarze enge Hose. Sein gebräunter nackter Oberkörper war schweißbedeckt, seine Augenlider abgesenkt. Mit seinen Armen vollführte er geschmeidige langsame Bewegungen, die in krassem Kontrast zu den raschen seiner Beine standen. Die mindestens fünf Zentimeter hohen Absätze seiner Schuhe erzeugten einen harten rhythmischen Klang, drängten die Musik in den Hintergrund. Seine Füße bewegten sich in der Zapateado-Passage schneller als die Flügel eines Kolibris. Ergriffen beobachtete Carina die absolute Perfektion des Spiels seiner Muskeln, seinen Körper, den die verspiegelten Wände vielfach zurückwarfen. Die Musik veränderte sich. Der Bass verklang. Eine einzige Violine blieb zurück und steigerte sich in einem Crescendo – das abrupt endete. Zugleich mit einem letzten Aufstampfen des Tänzers, der seine Arme vor der Brust kreuzte. Absolute Stille erfüllte den Saal. Nur der schwere Atem Damianos war zu hören. Carina war wie erstarrt, konnte den Blick nicht von ihm abwenden.

Er schien in einer anderen Welt versunken.

Minutenlang, bis seine Arme langsam neben seinem Körper herabsanken.

Er öffnete die Augen und schaute in ihre Richtung. Dann lächelte er und kam auf sie zu, blieb vor ihr stehen.

»Hi, Schwägerin.« Da war er wieder. Der stets zu Scherzen aufgelegte Mann, hinter dessen Fassade sie alles Mögliche vermutet hätte, aber sicher nicht einen Virtuosen des Flamencos.

»Wieso Flamenco?«

»Unsere Großmutter war Spanierin«, kam ihm Dante zuvor.

»Sie hat einen Engländer geheiratet.« Damiano ging zu einem Stuhl und griff nach dem Handtuch, das dort lag. »Aber sie tanzten beide leidenschaftlich gern. Es liegt in unseren Genen.«

»In euren? Du meinst ...« Sie schaute zu Dante.

Der zog kurz die Mundwinkel nach oben. »Den größten Teil hat Damiano abgekriegt.«

»Er untertreibt, Carina.«

Sie legte die Stirn in Falten. Der Abend in Taormina, der fast vier Jahre zurücklag, kam ihr in den Sinn.

»Erinnerst du dich, wie ich dir damals von der Tanzaufführung im Teatro Greco erzählt habe?«

Er schüttelte den Kopf.

»Sicher nicht?«

Er trat auf sie zu und legte seine Hände auf ihre Schultern. »Das Einzige, woran ich mich erinnern kann, wenn ich an damals denke, bist du.« Er beugte sich vor und verschloss ihren Mund mit seinem. Sie öffnete ihre Lippen und ließ ihn ein.

Das Klingeln eines Handys erklang.

»Nehmt euch ein Zimmer«, rief Damiano und nahm das Gespräch an. »Tommaso?«

Dante löste sich abrupt von ihr und schaute zu seinem Bruder.

»Er ist hier. Warte, ich stelle auf laut.«

»Die Kacke ist am Dampfen. Bewegt eure Ärsche hierher, bevor ihr alles verliert, was ihr hier investiert habt.«

Dante nahm Damiano das Telefon aus der Hand, machte den Lautsprecher aus und entfernte sich ein paar Meter. Mit leiser Stimme stellte er kurze Fragen, lauschte den Antworten. Seine Schultern sanken herab, als er das Gespräch mit einem »Wir kommen« beendete und sich umdrehte.

Mit verärgertem Gesichtsausdruck ging er auf Damiano zu. »Planänderung. Wir müssen nach Budapest. Geh duschen und pack deine Sachen. Ich rufe die Piloten an.« Er reichte seinem Bruder das Handy und kam zu ihr.

Carina schaute zu ihm auf. »Kann ich irgendetwas tun?«

Er schüttelte den Kopf, nahm ihr Gesicht zwischen seine Hände und tupfte einen sanften Kuss auf ihre Lippen. »Tut mir leid. So hab ich mir den heutigen Tag nicht vorgestellt.«

»Mach dir um mich keine Sorgen, wir holen das nach.« Sie wollte ihn nicht gehen lassen, aber sie war kein Kind. Er hatte ihr mit Begeisterung von dem Restaurant in Budapest erzählt, dem zwanzigsten Cipriani's, dessen Eröffnung im Herbst geplant war. Und davon, wie schwierig die Zusammenarbeit mit den ungarischen Behörden war. »Was denkst du, wann ihr zurück sein werdet?«

Sein Blick verdunkelte sich. »Nicht so bald. Ich hoffe, dass wir alles bis zum Wochenende klären können, damit ich die Termine der kommenden Woche nicht verschieben muss. Ich fliege dann direkt von Budapest weiter.«

Sie seufzte auf. »Wir sehen uns also sicher nicht mehr, bevor ich am Montag nach Frankreich fliege?«

»Die Chancen stehen ziemlich schlecht, befürchte ich. Du wirst mir fehlen.«

»Du mir auch«, flüsterte sie und schlang ihre Arme um seinen Nacken.

Ein paar Minuten später stieg sie vor dem DDC-Tower in ein Taxi und nannte dem Fahrer ihre Adresse in Notting Hill. Der Gedanke daran, Dante bis zum Ende der kommenden Woche nicht zu sehen, schnürte ihr die Luft ab. Der Wagen überquerte die Waterloo Bridge und sie starrte flussabwärts auf die Themse. Ein Sonnenstrahl reflektierte sich im Wasser und plötzlich schüttelte sie den Kopf. Das war doch idiotisch. Sie war erwachsen. Dante hatte ihr erst vor wenigen Stunden gesagt, dass er sie liebte, und sie benahm sich, als ob er sie verlassen hätte.

»Ich habe es mir anders überlegt«, rief sie dem Fahrer zu. »Bringen Sie mich nach Mayfair.« Sie nannte ihm die Adresse ihrer Schneiderin. Wenn sie Glück hatte, war das Kleid, das sie letzte Woche für ihren Aufenthalt in Frankreich bestellt hatte, zur Anprobe fertig. Und falls nicht, konnte sie ein Stoffmuster mitnehmen und sich auf die Suche nach der passenden Tasche und den Schuhen machen.

Einige hundert Meter entfernt stieg Damiano Cipriani in der Tiefgarage des DDC-Towers auf der Beifahrerseite in den Aston Martin seines Bruders, der bereits mit laufendem Motor wartete.

»Bist du sicher, dass du mich dabeihaben willst?«

Dante warf ihm einen raschen Seitenblick zu, bevor er den Fuß auf das Gaspedal senkte. »Was denkst du denn? Ich habe so viel Schiss wie noch nie in meinem Leben.«

»Alistair Byron beißt nicht«, erwiderte Damiano lachend.

Dante antwortete nicht. Der Earl of Willingdon hatte vorhin am Telefon erfreut und keineswegs überrascht geklungen. Auch nicht, als er ihn gebeten hatte, seiner

Tochter gegenüber nichts zu erwähnen, falls er sie hören sollte. Er konnte nur hoffen, dass Alistairs Stimmung nicht umschlagen würde, sobald er ihn mit der Wahrheit konfrontierte.

KAPITEL 21

Eine Woche später in Saintes-Marie-de-la-Mer.

Carinas Wangen glühten und ihr ganzer Körper bebte. Seitdem sie am Vortag vor ihrem Haus in Notting Hill in den Rolls-Royce von Marc Smith gestiegen war, befand sie sich in einer Art Ausnahmezustand. Er hatte ihr auf der Fahrt zum Flughafen ein Glas Champagner angeboten, dem ein zweites folgte, sobald der Privatjet abgehoben hatte. Sie hatten sich wie alte Freunde unterhalten, und sie hatte festgestellt, dass sie sich in seiner Gegenwart wohlfühlte. Nicht weil er ein Mann war, denn er hätte ebenso gut eine Frau sein können, sondern da sie bei ihm nicht das Gefühl hatte, sich aufgrund ihres unermesslichen Reichtums zu fragen, warum er nett war. Er war selbst mehr als wohlhabend, benahm sich jedoch wie jemand, dem es egal war, was andere von ihm dachten. Gestern hatte er einen Anzug mit sämtlichem Zubehör getragen, doch sobald sie in Montpellier gelandet waren, hatte er die Krawatte abgenommen und die obersten Knöpfe seines Hemds geöffnet, während das Flugzeug zu seiner Position gerollt war. Und dann hatte er am Ende der Gangway wie selbstverständlich ihre Hand ergriffen und sie zu einem unweit wartenden Helikopter gezogen. Der Pilot hatte Kurs auf das Rhône-Delta und das mit Flussarmen und Seen durchsetzte Naturschutzgebiet genommen. Sie hatten eine Herde der berühmten weißen Pferde der Camargue gesehen, bevor der Heli über den Ort Saintes-Marie-de-la-Mer geflogen war, der unweit der Mündung der Petit-Rhône direkt am Mittelmeer lag. Dort hatte der Pilot abgedreht und sie zu einer riesigen weißen Jacht gebracht, die eineinhalb Seemeilen von der Küste entfernt ankerte, wie ihr Marc erklärte. Das Schiff war sozusagen das Tüpfelchen auf dem i all der motorisierten Spielzeuge von Marc Smith. Nichts konnte das Erlebnis dieser Reise toppen, dachte Carina, bis sie aus dem Helikopter gestiegen und Marc die Treppe zum Achterdeck gefolgt war, wo sie ein Begrüßungsaperitif erwartete, wie er ihr zwinkernd gesagt hatte. Der Mann, der dort auf sie wartete, hatte jedoch nicht die Uniform eines Stewards getragen, sondern Bermudas und ein weites Shirt.

Carina war Jack Jones in die Arme geflogen und hatte sich fest an ihn gepresst, bis sich jemand geräuspert hatte. Brad. Jack und er hatten sich spontan entschlossen, gemeinsam ein paar Wochen von Australien nach Europa zu reisen, als Rick Rearden ihren ehemaligen Fotografen, Teamkollegen und besten Freund für die Gipsy-Reportage angeheuert hatte.

»Ich kann es immer noch nicht fassen, dass du mir nichts gesagt hast«, sagte sie jetzt zum gefühlt hundertsten Mal, während sie zwischen ihm und Marc der Prozession der Schwarzen Sara, auch Sara die Zigeunerin genannt, folgte. Brad hatte es vorgezogen, an Bord der Jacht zu bleiben.

Die viel kleineren Statuen der drei Marien, denen die Schwarze Sara treu ergeben war und mit ihnen das Meer überquert hatte, waren nirgendwo zu sehen. Obwohl sie dem Ort den Namen gaben, verblasste ihre Wichtigkeit im Gegensatz zu der ihrer Dienerin. Immer wieder glitt Carinas Blick zur Statue der Heiligen, die hoch über den Köpfen getragen wurde. Ihr Gesicht war schwarz und sie trug eine Krone. Doch vom Rest ihres Körpers war nichts zu erkennen. Unzählige bunte Tücher, Gaben der Wallfahrer, bedeckten ihr weites Gewand von oben bis unten. Man hatte die Statue aus der Krypta der Kirche Notre-Dame-de-la-Mer geholt, wo die Gebeine der im ersten Jahrhundert hier verstorbenen Heiligen aufbewahrt wurden, und trug sie nun hinunter zum Meer. Dort konnte die Schutzpatronin der Zigeuner, Roma und Sinti gleichermaßen, den Wellen huldigen, die sie der Überlieferung nach vor zweitausend Jahren von Ägypten hierher gebracht hatten.

Die Statue der Schwarzen Sara und die der Marien, die dem Ort den Namen gaben, sowie deren Träger, die Priester und die Ministranten wurden von den reitenden Hirten der Camargue begleitet. Stolz und mit hoch erhobenen Köpfen, die von den für sie typischen Hüten bedeckt waren, ihre hölzernen Hirtenstöcke in einer Hand, hielten sie mit der anderen die Zügel ihrer weißen Pferde.

Jack blieb stehen, drehte sich einmal im Kreis und knipste scheinbar wahllos alles, was ihm vor das Objektiv kam.

»Schluss damit, Rossetti. Es reicht«, erwiderte er jetzt ihren wiederholten Vorwurf, dass er ihr nicht gesagt hatte, dass er ihr Fotograf sein würde. »Nicht ich bin das Highlight hier, sondern all diese einzigartigen Menschen. Oder bist du anderer Meinung?«

Sinnesrausch. Reizüberflutung. Das waren die beiden Wörter, die Carina ständig durch den Kopf spukten, seitdem sie das Fenderboot abgesetzt hatte. Und es waren die, die sie immer wieder in das Mikrofon ihres Aufnahmegeräts sagte, während sie ihre Eindrücke festhielt.

Hier, inmitten dieser Menschen, die sich in den verschiedensten Sprachen verständigten und dennoch eine Einheit bildeten, war sie glücklich. Mehr als die Tage zuvor, aber Dante fehlte ihr auch jetzt. Sie hatte die Zeit seit seiner überraschenden Abreise mit allen möglichen Dingen angefüllt, die sie von ihrer Villa in Notting Hill fernhielten, da sie dort ständig an ihn dachte.

Nur ein zweites Treffen mit Suzanne hatte sie abgelehnt. Sie waren keine Freundinnen, sondern ehemalige Studienkolleginnen. Sie war zwar schon vor Jahren zu der Erkenntnis gelangt, doch mittlerweile gestand sie es sich auch ein. Offenbar war sie eine Frau, die besser mit Männern zurechtkam. Zu Cynthia und Ruby, den anderen beiden, die damals mit ihr auf Einladung ihres Vaters in Taormina waren, war der Kontakt bereits abgebrochen, noch bevor Carina nach dem Begräbnis ihrer Mutter und Großmutter England verlassen hatte. Sie wusste nur von Suzanne, dass beide geheiratet und das im Studium Erlernte nie in die Praxis umgesetzt hatten. Die eine lebte in Schottland, die andere in Manchester. Suzanne hingegen hatte zuerst für eine Frauenzeitschrift gearbeitet, danach für ein Magazin, das sich mit Umweltschutz und der Erhaltung aussterbender Fauna und Flora beschäftigte. Auf einer Reportage-Reise in die Antarktis hatte sie sich in einen Wissenschaftler verliebt, dessen einziges Interesse die Mikroben im ewigen Eis waren – und er das ihre. Carina hätte keinen weiteren Abend über das Thema reden können, ohne Suzanne zumindest verbal zu verletzen.

Das hatte sie auch ihrem Vater erzählt. Sie hatte gedacht, dass sie in Willingdon Castle nicht so viel an Dante denken würde wie in Notting Hill, aber sie hatte sich geirrt. Ihre Nächte seit seiner Abreise waren alle schlimm gewesen – trotz der Nachrichten, die er ihr schickte und die sie beantwortete. Seit ihrer Schulzeit hatte sie keine Emoticons mehr verwendet – jetzt tat sie es. Küssende Smileys und Herzchen in allen Farben waren plötzlich wieder in ihren Alltag eingezogen. Am dritten Tag hatte Dante sie spätabends angerufen, doch sie hatte die Tränen nicht zurückhalten können, als sie seine Stimme hörte. Sie hatte das Gespräch unterbrochen und ihm geschrieben, dass sie ihn erst wieder hören wollte, wenn er dabei vor ihr stand.

Doch letzte Nacht, nach all den lustigen Erzählungen von Jack, der Marc und Brad mit ihren gemeinsamen Erlebnissen unterhalten hatte, war sie in dem Moment eingeschlafen, in dem ihr Kopf das Kissen berührte. Sicher trug auch der Champagner eine kleine Mitschuld. Sie wusste nicht, wie viele Gläser sie über den Tag verteilt getrunken hatte, dennoch fühlte sie sich gut. Und glücklich.

Marc griff nach ihrer Hand und zog sie mit sich.

»Wir sind schon fast am Meer. Jetzt wird das Gedränge unerträglich, weil alle der Statue so nah wie möglich sein wollen. Im Wasser und auf dem Land.«

»Wo ist Jack?« Carina versuchte, den Kopf des blonden Hünen auszumachen, aber zwischen Hunderten von Menschen war dies trotz seiner Größe schier unmöglich.

»Er kommt nach, Carina. Mach dir um ihn keine Sorgen. Wir gehen dort hinüber.« Marc deutete in die Richtung, wo die größten Wohnmobile standen. »Ich habe dir doch versprochen, dass ich es dir aus der Nähe zeige.«

Carina hatte von der Jacht aus gesehen, dass offenbar jede freie Fläche rund um das kleine Städtchen mit Autos und Vans, Wohnwagen und Campern zugestellt war. Dazwischen gab es Zeltplanen und Sonnenschirme, die ebenso bunt waren wie die Kleidung der Menschen, die jedes Jahr im Mai und Oktober hierher pilgerten, um der Schwarzen Sara nahe zu sein und einander zu treffen. Doch in westlicher Richtung, etwas außerhalb des Ortskerns, hatte sie etwa ein Dutzend großer Wohnmobile entdeckt. Die waren in einem Kreis aufgestellt, sodass in der Mitte eine freie Fläche blieb.

Je näher sie diesen jetzt kamen, umso ruhiger wurde es um sie herum. Eine Gruppe von Männern, die zu weißen Hemden alle schwarze Hosen trugen, sah ihnen entgegen. Nicht nur. Sie stellten sich breitbeinig nebeneinander auf, sodass sich ihre Ellenbogen beinah berührten. Offenbar durfte man an ihnen nicht vorbei.

Marc rief etwas, was sie nicht verstand. Einer der Männer antwortete ihm ebenfalls auf Romani, der Sprache der Roma. Dann kam er auf sie zu und zog Marc in eine Umarmung. Seine dichten schwarzen Haare waren mit weißen Fäden durchzogen. Einer seiner Eckzähne war aus purem Gold, ebenso wie die Kreolen an seinen Ohren. Mit einer einseitigen Augenklappe wäre er die perfekte Besetzung für einen Piratenfilm, schoss ihr durch den Kopf.

Die anderen kamen nun auch näher und deuteten über Carinas Schulter. Sie drehte sich um. Jack kam im Laufschritt auf sie zu.

»Das alles hier ist eine Explosion von Farben und Lauten. Ein Traum.«

»Das ist noch gar nichts«, erwiderte Marc. »Wir sind soeben eingeladen worden.«

»Eingeladen?«

Marc nickte. »Wir sollen am späten Abend wiederkommen.«

»Kennst du diese Männer?«, fragte ihn Jack.

»Natürlich.« Er schmunzelte. »Seit ich ein Kind bin.«

»Weißt du, warum sie hier sind und nicht unten am Meer?«, kam ihr Jack zuvor.

»Sie schützen den Schlichter.«

Carina zog fragend die Augenbrauen hoch und wartete, dass er weitersprach. Marc hatte diese Angewohnheit, seinem Gegenüber die Zeit zu geben, einen seiner Sätze zu überdenken, bevor er fortfuhr. So wie jetzt. Nur wandte er sich nicht an sie, sondern sprach mit dem ältesten der Gipsys, dem sich offenbar alle anderen unterordneten. Der Mann nickte und deutete ihnen, mit ihm zu kommen. Dann zeigte er auf Jacks Kamera.

»Du darfst nicht fotografieren, sagt Vano«, erklärte ihm Marc.

Carina wusste, wie sehr ihr Freund darunter litt, den Finger nicht auf dem Auslöser zu haben, aber einige ihrer bemerkenswertesten Erlebnisse hatten sie auf ihren Reportage-Reisen in ähnlichen Situationen gehabt. Jack schob die Kamera in seine Fototasche und gemeinsam folgten sie Marc.

Zwischen zwei Campern, die allesamt wie kleine Häuser auf Rädern wirkten und mit den anderen den Kreis bildeten, den sie bereits von der Jacht aus gesehen hatten, gelangten sie auf den Platz. Er war betoniert. Möglicherweise fand hier normalerweise der Wochenmarkt von Saintes-Marie statt, überlegte Carina und schaute sich um. Auf einer Seite lagen lange Holzbretter. Ansonsten war die Fläche komplett frei. Marc blieb stehen und deutete auf zwei riesige silberne Wohnmobile mit je drei Radachsen.

»Das sind die Trailer des Schlichters. In einem wohnt er, im zweiten empfängt er diejenigen, die ihn um Rat und Hilfe bitten.«

»Du meinst, er ist so etwas wie ein Guru?«, fragte Carina.

»Eher wie der Medizinmann bei den Indianern. Er zwingt niemandem sein Wissen auf und hält keine Vorträge. Doch wenn jemand von uns, egal welcher Volksgruppe er angehört und wo in Europa er lebt, ein Problem hat, wendet er sich an diesen Mann. Er schlichtet Streit, daher auch seine Bezeichnung. Zuletzt hat er zwei rumänische Familien, die seit Generationen verfeindet waren, davon überzeugt, Frieden zu schließen. Die alten Familienoberhäupter waren verstorben, und die jüngeren Männer haben ihn gebeten, zu vermitteln.«

»Das ist ...«

»... beeindruckend«, beendete Jack Carinas Satz.

»Aber er tut nicht nur das. Er sorgt für die Kinder der Familien, wenn der Vater stirbt. Es gibt viele in der Gemeinschaft der Gipsys, die es ihm verdanken, dass sie nach dem Ende der Schulpflicht nicht arbeiten gehen mussten, sofern sie es nicht wollten. Anderen bezahlt er über eine von ihm gegründete Stiftung das Universitätsstudium. Die Liste könnte ich jetzt endlos fortsetzen. Tatsache ist, dass die Menschen den Schlichter verehren.«

Carina spürte das Kribbeln in sich, wie immer, wenn persönliche Neugier sich mit journalistischem Interesse paarte. Sie wollte mehr von diesem unwahrscheinlichen Mann wissen. »Meinst du, dass er mir ein Interview geben würde?«

Marc übersetzte ihre Frage in Romani und der alte Zigeuner namens Vano begann zu lachen. Sein Goldzahn blitzte auf und er streckte seinen Zeigefinger hoch und wackelte damit hin und her.

»Wäre ja auch zu schön gewesen.« Sie seufzte. Wahrscheinlich war der Schlichter ein alter Mann, den

Zusammenkünfte wie diese sehr anstrengten. Und vermutlich lebte er nicht immer hier – oder vielleicht doch?

»Ist er Franzose?«

Marc verneinte mit einer Kopfbewegung. »Nein, er ist kein Manouche.«

»Ich dachte, man nennt die Roma hier Gitans?«

»Du erinnerst dich, wie wir über die Bezeichnung Zigeuner gesprochen haben?«

Carina merkte den aufmerksamen Gesichtsausdruck von Vano, als sie nickte. Ob der Mann vielleicht doch auch Englisch verstand?

»Wir sind stolze Menschen, Carina. Vielen von uns macht es nichts aus, Zigeuner genannt zu werden, denn im Grunde genommen ist es ja der jahrhundertealte Name für uns. Doch es sind die ethnischen Gruppen, denen wir angehören, die uns unterscheiden. Die Manouches sind die französischen Sinti und nennen sich selbst so, Außenstehende hingegen bezeichnen sie als Gitans.«

»Womit sich der Kreis wieder schließt.« Carina sprach ihre Schlussfolgerung halblaut aus und sah, wie Marc zustimmend nickte.

»Und aus welchem Land kommt der Schlichter?«

Marc ging nicht auf ihre Frage ein. »Vielleicht sehen wir ihn heute Abend, obwohl es selten ist, dass er sich zeigt. Doch man hat uns eingeladen, Carina. Du lernst also sicher Menschen kennen, die sich nicht unter die Wallfahrer mischen. In diesen Wohnmobilen«, er deutete mit einer ausholenden Geste auf die Wagen, die im Kreis rund um sie herum standen, »leben die Oberhäupter der wichtigsten Familien aus den verschiedensten Ländern, wenn sie nach Saintes-Marie kommen. Sie treffen sich, um sich mit dem Schlichter zu beraten. Das hier ist ein besonderer Ort.«

Und das war er. Alles hier in diesem kleinen Städtchen war außergewöhnlich.

Sie verabschiedeten sich von Vano und nahmen den Weg zurück zum Ortszentrum. Die Menschenmassen am Küstenstreifen hatten sich weitgehend aufgelöst, von der Statue der Schwarzen Sara war nichts mehr zu sehen. Stattdessen lagen die verschiedensten Gerüche in der Luft und aus jeder Richtung drang Musik. Saintes-Marie-de-la-Mer verwandelte sich in einen Jahrmarkt.

Da musizierten Männer mit Blasinstrumenten, weiter vorn waren es Streicher, dazwischen sah sie einen Jungen, der auf einem Hocker saß und komplett in das Spiel seiner Ziehharmonika versunken war. Eine Frau, deren Haut so dunkel war, dass man ihr den indischen Ursprung der Roma ansah, hielt eine Balalaika in den Händen, und unweit von ihr drehte ein alter Gipsy, der um den Bauch und den Hals rote Tücher trug, das Rad eines Leierkastens. Dazwischen tanzten Menschen auf der Straße und andere sahen ihnen zu und klatschten im Rhythmus. Ein kleines Mädchen mit rabenschwarzem Haar und riesigen dunklen Augen, deren blonde Locken mit einem roten Haarreifen zurückgehalten wurden, saß auf den Schultern ihres Vaters und aß Zuckerwatte. Ihr Kleid war aus rosa Tüll und weißer Spitze. Sie sah aus wie eine kleine Prinzessin – oder eine Braut. Wie einige der jüngeren Mädchen, die zwischen anderen, die hautenge glänzende Leggings trugen, und wieder anderen in Miniröcken lachend zusammenstanden. Ein Stück weiter eine Gruppe junger Männer, die ihre Blicke nicht von ihren Altersgenossinnen nahmen. Es war das ewige Spiel des Lockens, das die Weibchen so gut beherrschten – egal wo auf der Welt sie lebten und welchem Volk sie angehörten.

Carina sog all die sinneserweiternden Eindrücke in sich auf, während Jack fotografierte, einmal hockend, dann wieder mit der Kamera über dem Kopf. Sie löste sich aus Marcs Griff, um ihre Locken, die sich verselbstständigt hatten, erneut mit dem Haargummi zusammenzubinden – als eine Hand die ihre packte. Sie stolperte vorwärts und erblickte das Gesicht einer Greisin. Fasziniert betrachtete sie die tiefen Furchen in dem dunkelhäutigen Antlitz, das von einem langen ereignisreichen Leben zeugte. Ihre Lippen bewegten sich, doch Carina verstand sie nicht. Ihre Augen verfingen sich mit den überraschend hellblauen der alten Frau, deren Haare von einem rot-schwarzen Tuch umschlungen waren, bevor sie den Kopf beugte und ihre Hand, die sie immer noch mit erstaunlich festem Griff festhielt, herumdrehte. Mit dem Zeigefinger der anderen zeichnete sie die Linien ihrer Handfläche nach und murmelte in dieser indoarischen Sprache, die weltweit fast sechs Millionen Menschen beherrschten. Carina wünschte sich, zumindest ein wenig Hindu oder eine slawische Sprache zu beherrschen, um ein paar Brocken zu verstehen.

»Do you speak english? Parla italiano?« Carina beugte sich vor – und wurde im selben Moment unsanft an der Schulter zurückgezogen. Ihr Kopf fuhr herum, doch die alte Frau hielt weiterhin ihre Hand fest.

Carina erkannte Marc und aus dem anfänglichen Angstgefühl wurde Wut. »Sag einmal, geht's noch?«

Er beachtete sie nicht, sondern sprach rasend schnell auf Romani auf die Wahrsagerin ein. Plötzlich ließ die Greisin ihre Hand los, als ob sie eine heiße Kartoffel wäre.

»Was hast du zu ihr gesagt, Marc?«, fauchte sie den Mann an, der eine Hand um ihre Schulter schlingen und sie wegziehen wollte.

»Nur, dass du keine Touristin bist und sie keine Chance hat, dich abzuzocken. Und jetzt komm, lass uns zurück auf die Jacht fahren und etwas essen.«

Carina gab ihm nach, drehte sich jedoch noch einmal um zu der alten Frau. Die senkte den Blick, legte die Hände vor der Brust zusammen, als ob sie beten würde, und verbeugte sich.

»Hast du das gesehen?« Sie schaute zu Marc, der nur den Kopf schüttelte und sie vor sich her hinunter zum Strand schob.

Carina verzichtete darauf, mit Marc, Jack und Brad oben an Deck zu essen. Auch die Fotos, die Jack gemacht hatte, interessierten sie nicht. Das sagte sie ihm, als er irgendwann an ihre Kabinentür klopfte und ihr einen Teller mit einem Sandwich reichte. Sie ließ ihn nicht herein und ignorierte seinen verwunderten Blick, schloss wieder ab.

Das alles war irgendwie zu viel für sie.

Sie fühlte sich wie ein Adrenalinjunkie, der nicht runterkommen konnte. Und es lag nicht nur an dem heutigen Tag. Dieser Zustand hielt mittlerweile seit mehr als einer Woche an. Sie konnte nicht vergessen, wie Dante mit ihr zum DDC-Tower gefahren war, ihr sein Büro und das Penthouse gezeigt und dann mit ihm auf dem Dach des dreißigstöckigen Gebäudes gestanden hatte. Sie war noch damit beschäftigt, all diese Informationen über ihn und sein Leben zu verarbeiten, als sie im zwölften Stock aus dem Lift gestiegen waren und er die rote Tür geöffnet hatte. Sie wusste immer noch nicht, was sie mehr schockiert hatte. Die Tatsache, dass Damiano wie ein Profi tanzte und behauptet hatte, dass sein Bruder das ebenfalls tat, oder aber dass sie sich von einem Moment zum nächsten in einem Taxi wiedergefunden und Dante seither nicht mehr gesehen hatte.

Sie hatte so viele Fragen an ihn, jedoch keine, die sie ihm in einer Nachricht stellen konnte. Sie grübelte über Gesprächsbrocken, die das Verhältnis zwischen Marc Smith und den Cipriani-Brüdern betrafen. Dante hatte sie dem Mann anvertraut, nachdem er an dem Tag im Restaurant von Hector Blumenthal ziemlich aggressiv auf ihn reagiert hatte. Oder bildete sie sich das alles nur ein?

Carina biss in das Sandwich. Es war erstaunlich gut und besänftigte ihre Magennerven, nicht jedoch ihre Sehnsucht nach Dante.

Sie wollte ihm ihre Eindrücke schildern, von der Wahrsagerin erzählen und ihn fragen, ob er jemals von diesem Schlichter gehört hatte. Andererseits ...

Warum sollte er? Nur weil ihn offenbar eine alte Freundschaft mit Marc verband, der sich selbst mit einem amüsierten Lächeln als *Zigeuner, Gipsy, Roma oder wie auch immer man mich nennen will,* bezeichnete, hieß das noch lange nicht, dass er irgendwas darüber wusste. Im Gegenteil.

Dante hatte ihre Recherche über die Gipsys, wie man sie im Englischen normalerweise nannte, nur wenig beachtet. Nicht, dass er nicht zugehört hätte, wenn sie ihm von einer weiteren Kuriosität erzählte, die sie beschäftigte, doch sie hatten nie vertieft. Wie denn auch? Er ließ Berufliches grundsätzlich vor der Haustür, sobald er heimkam, und widmete sich ganz und gar ihr. Und dabei stand das Reden nicht an erster Stelle.

Carina spülte den letzten Bissen des Sandwiches mit Wasser runter und wischte sich Hände und Mund mit der Serviette ab. Dann setzte sie sich im Schneidersitz aufs Bett und griff nach ihrem Smartphone. Unentschlossen strich sie darüber, aktivierte den Bildschirm. Er hatte ihr nicht geschrieben, weder eine Nachricht noch eine Mail. Gestern hatte er mit einem lachenden Smiley geantwortet, als sie ihm mitgeteilt hatte, wer ihr Fotograf war. Er war extrem eingespannt, das wusste sie. Der Dante, der morgens mit ihr im Bett blieb, wenn sie keine dringenden Termine hatte, der sich ihr anpasste und jede freie Minute mit ihr verbrachte, war auf Geschäftsreise. Er hatte das Problem in Budapest gelöst, das hatte er ihr geschrieben. Doch wo er jetzt gerade war, wusste sie nicht. Es gab neunzehn Cipriani's in Europa, aber der Umsatz der Securitysparte der Cipriani Ltd war weit größer, hatte Dante ihr erklärt. Und um vieles geheimer. Weder er noch Damiano sprachen von Aufträgen, Klienten und den Einsatzorten ihrer Teams. Carina verstand das. Sie wollte auch gar nicht wissen, wo er gerade war. Aber sie sehnte sich danach, seine Stimme zu hören.

Sie aktivierte den dunklen Bildschirm erneut und rief seinen Kontakt auf. Es klingelte. Sie hob das Handy an ihr Ohr. Erwartungsvoll begann sie zu lächeln. Nach dem dritten Läuten wurde die Verbindung unterbrochen. Sie senkte den Arm, als das Smartphone vibrierte und den Eingang einer Nachricht anzeigte.

Sorry, telefonieren klappt hier nicht, aber ich denke ständig an dich. See you!

Die Zeit hatte offenbar nicht einmal für einen Kuss-Smiley oder ein Herzchen gereicht. Sie seufzte tief.

Zum Glück würde sie ihn in drei Tagen in London wiedersehen. Und bis dahin würde sie all diese grüblerischen Gedanken verbannen und die Zeit mit ihren Freunden auf dieser traumhaften Jacht genießen, anstatt sich allein in der Kabine einzusperren. Außerdem war da noch diese geheimnisvolle Einladung, zu der sie das neue Kleid anziehen würde. Ihre Schneiderin hatte sich selbst damit übertroffen. Eigentlich hatte sie es zum ersten Mal für Dante tragen wollen, aber er wusste ja nichts davon. Es würde also ein zweites erstes Mal für Dante in London geben.

Kapitel 22

Den restlichen Nachmittag hatten Jack, Brad und Carina unter dem Sonnensegel an Deck gesessen, geredet und gelacht. Marc hatte sich, bald nachdem sie nach oben gekommen war, entschuldigt, um zu arbeiten. Als die Sonne sich dem Horizont näherte, hatte die Jacht vibriert. Nahezu lautlos war der Pilot auf die Küste zugefahren und hatte eine halbe Seemeile entfernt erneut geankert. Sie hatten zu Abend gegessen und dabei beobachtet, wie drüben an Land nicht nur die Straßenbeleuchtung des kleinen Städtchens anging. Überall zwischen den Fahrzeugen und Zelten waren Lagerfeuer entzündet worden.

Je weiter sich das Motorboot, das sie wieder an Land bringen würde, sich nun von der Jacht entfernte und dem Strand von Saintes-Marie-de-la-Mer näherte, umso besser konnte man die Menschen erkennen. Die hellen bunten Farben, in denen sie tagsüber gekleidet waren, waren dunkler geworden. Die Frauen trugen wadenlange schwingende Röcke zu bestickten Blusen oder wallende Kleider, die Männer schwarze Hosen und gleichfarbige Westen zu kragenlosen Hemden mit weiten Ärmeln. Marc, der sie schon am Vormittag mit dunklen Jeans und einem weißen Shirt erstaunt hatte, war wie die meisten Männer hier gekleidet – und zum ersten Mal sah man ihm den Gipsy an.

Wie hatte sie nur denken können, dass er ein Araber war? Marc wirkte nicht im Entferntesten steif und abweisend, sondern feurig. Inmitten seines Volkes, so unterschiedlich die Menschen aus den verschiedenen

Ländern auch sein mochten, die hier ihre Heilige und ihre Kultur feierten, war er ganz anders als in London. Jetzt ergriff er ein dickes Seil und sprang mit einem Satz übermütig auf den Pier, obwohl das Boot noch nicht angelegt hatte, und wickelte das Seilende über einen Poller, bevor er ihr die Hand reichte.

»Das Kleid ist wunderschön, Carina.« Mit einem großen Schritt stieg sie ebenfalls hinüber und war froh, dass sie sich in London für zehenfreie Pumps mit einem normalen Absatz entschlossen hatte.

»Ich hätte Rot wählen sollen«, erwiderte sie und deutete auf sein Halstuch.

Er lachte. »Dieses Grün bringt deine Augen zum Strahlen und unterstreicht die Farbe deines Haars. Man könnte fast meinen, du wärst eine Gipsy-Prinzessin.«

»Gibt es denn welche?«

Immer noch lachend schüttelte er den Kopf. »Nicht wirklich, aber die Männer meines Volks bezeichnen ihre Frauen so, bevor sie heiraten, und natürlich ihre Töchter.«

Die Frage, warum er nicht verheiratet war, lag ihr auf der Zunge, aber Jack kam ihr zuvor. Er hielt seine Kamera hoch und sah Marc fragend an.

»Darf ich?«

»Wenn du versprichst, diese Bilder nicht zu veröffentlichen, sondern uns zu schenken, dann schon.«

»Und später?«

Marc erwiderte nichts, warf ihm jedoch einen eigenartigen Blick zu. Es war, als ob die beiden stumm kommunizierten – oder auch nicht. Der Moment ging vorbei und Marc nahm wieder einmal ihre Hand und zog sie mit sich.

Sie verließen den Pier und folgten an dessen Ende einem Weg, der beiderseits von Fackeln, die man in den Boden gerammt hatte, beleuchtet wurde. Je näher sie dem Kreis mit den großen Wohnmobilen kamen, umso ruhiger wurde es. Hier gab es keine Jahrmarktsbuden und der Geruch nach gegrilltem Fleisch und Süßem verschwand. Carina blieb stehen und drehte sich um. Hinter ihnen lag das festliche Treiben der Stadt mit seinen musizierenden, tanzenden und singenden Menschen. Nur Jack und Brad, beide in langen Hosen und Hemden anstatt der für sie typischen Bermudas und Shirts, folgten ihnen.

»Sind wir zu früh dran?« Sie wandte sich Marc zu.

»Warum denkst du das?«

Beim Abendessen hatte sie ihn gefragt, wann sie denn eingeladen wären, und er hatte »bei Einbruch der Dunkelheit« gesagt. Als sie die Jacht verlassen hatten, um an Land überzusetzen, war noch ein heller Streifen am Horizont zu sehen gewesen. Der war mittlerweile verschwunden.

»Wo sind denn all die Menschen?« Carina schaute sich um.

»Diejenigen, die eingeladen wurden, sind sicher schon alle dort.«

Er deutete zu den nicht mehr weit entfernten großen Wohnmobilen, die den Platz zwischen ihnen verdeckten.

»Das ist also etwas Besonderes, ein Abend für Auserwählte?«

»Nur die einflussreichsten Familien aus jedem Land versammeln sich, ja.«

»Aber warum hat man dann uns eingeladen?« Carina blieb erneut stehen, deutete auf Jack und Brad und sich selbst.

»Weil ihr mit mir zusammen seid. Und jetzt kommt.«

Mit diesen Worten gab ihr Marc zu verstehen, dass er keine weiteren Fragen mehr beantworten würde, und umfasste ihre Hand fester, bevor er mit großen Schritten weiterging.

Carina konnte sich nicht erklären, warum, aber ihr Puls ging rascher, als sie Vano erkannte, der sie an derselben Stelle erwartete wie am Vormittag. Der alte Zigeuner war genauso gekleidet wie Marc, und sein goldener Zahn blitzte auf, bevor er sich dann vor ihr verbeugte. Er sagte leise etwas zu Marc und ging auf dessen Nicken hin voraus. Carina stockte der Atem, als sie zwischen den beiden Campern durchgingen.

Von dem betonierten Platz war nichts mehr zu sehen. Überall saßen Menschen an großen runden Tischen, die mit roten Tischtüchern bedeckt waren, darauf elegante Gläser für Wein, Wasser und Flöten für Champagner. Mittig standen silberne Schalen, die mit Eis gefüllt waren, in dem Flaschen steckten. Daneben Windlichter, in denen dicke Kerzen flackerten, und kleine Schälchen mit verschiedenen Nüssen. Carinas Augen suchten nach dem Ursprung der Musik, die plötzlich einsetzte. Erstaunt erkannte sie, was man mit den langen Holzbrettern gemacht hatte, die am frühen Nachmittag noch auf dem Boden gelegen hatten. Das Podium, das man offenbar nicht nur in Windeseile, sondern mit großem Geschick errichtet hatte, befand sich vor den beiden riesigen silbernen Trailern des Schlichters. Darüber hatte man Lichterketten gespannt, die es beleuchteten. Die sechs Musiker waren auf traditionelle Gipsy-Art gekleidet und trugen rote Bauchbinden. Carina zählte zwei Violinen, ein Violoncello, eine Viola, einen Bass und eine Balalaika.

Sie war so von dem Anblick gefangen und in den Klang der melancholischen Melodie vertieft, dass sie gar nicht merkte, dass sie immer noch an derselben Stelle stand, bis Marc sich zu ihr beugte.

»Komm, lass uns eine Runde zwischen den Tischen drehen, bevor wir uns setzen.«

Sie verstand nicht, warum sie das tun sollte, noch weniger, weshalb alle Männer sich erhoben und kurz vor ihr verbeugten und die Frauen ihr freundliche Blicke zuwarfen. Was ihr auffiel, war, dass keine Kinder und Jugendlichen hier waren, dennoch an jedem Tisch mehrere Generationen saßen. Zumindest an denen im inneren Kreis, denn nur an diesen stellte Marc sie vor.

Carina folgte ihm, der hier einen Händedruck, dort eine kurze Umarmung tauschte – und alle grüßten sie. Manche auf Deutsch, andere auf Französisch oder Spanisch. Die slawischen Sprachen konnte sie nicht zuordnen, doch an zwei Tischen redete man Englisch, und sie wünschte ebenfalls einen guten Abend, wo sie sonst nur freundlich nickte. Und dann war da noch einer, wo man sie auf Italienisch begrüßte und erfreut reagierte, da sie mit »Buona serata« antwortete. Dabei fiel ihr Blick auf einige Männer im Halbdunkel nicht weit entfernt. Keiner sah in ihre Richtung, und sie unterhielten sich so leise, dass sie ihre Sprache nicht verstehen konnte. Sie waren alle größer als die meisten der anwesenden Gipsys, hatten dunkles Haar und trugen schwarze Hemden mit weiten Ärmeln zu gleichfarbigen Hosen. Sie mussten ungefähr in Dantes Alter sein. Ein Anflug von Traurigkeit breitete sich in ihr aus. Sehnsucht überkam sie, und sie wünschte sich, dass er ihr noch eine Nachricht geschrieben hätte. Doch die letzte war die vom Nachmittag, in der er ihr mitteilte, dass er nicht telefonieren konnte, und die er mit einem schlichten »See you« beendet hatte.

»Wollen wir uns setzen, Carina?« Marc legte sanft eine Hand an ihren oberen Rücken und schob sie vorwärts und die Melancholie verschwand. Sie fühlte sich von den Menschen rundum beobachtet und war froh, dass sie endlich neben Marc Platz nehmen konnte, wo Jack und Brad bereits auf sie warteten. An einem Tisch, der zentral und nur etwa zehn Meter vom Podium entfernt stand. Kein weiterer verstellte den Blick zur hölzernen Bühne.

»Warum sitzen wir hier?«

Marc sah sie verständnislos an.

»Gefällt dir der Platz nicht?«

»Also ich finde ihn fantastisch«, meinte Jack und hielt seine Kamera hoch, bevor er sie vor sich auf den Tisch legte.

»Die wirst du nicht brauchen, fotografieren ist doch hier verboten.«

»Nein, Carina, wenn Jack sich an die Regeln hält, ist das kein Problem. Gegen Bilder als persönliche Erinnerung an diesen Abend hat niemand etwas einzuwenden. Champagner?«

»Wie bitte?« Sie merkte nur, dass das letzte Wort nicht zu den vorhergegangenen passte, als er schon eine Flasche aus dem Eiskübel zog, sie mit raschen Bewegungen öffnete, ohne dass Schaum austrat, und ihr Glas als Erstes befüllte.

»Cheers!« Marc prostete ihr zu, und als sie ihr Glas hob und mit ihm anstieß, hörte sie das Klirren von den anderen Tischen, wo man sich ebenfalls zuprostete. Im gleichen Moment erklang eine Stimme vom Podium. Sie erkannte Vano, der ein Mikrofon vor den Mund hielt und auf Romani sprach. Rasch und für sie komplett unverständlich – bis er ihren Namen nannte.

Aber nein, sie musste sich geirrt haben. Was wusste sie schon von dieser Sprache!

Und wieder vernahm sie ihren Namen. Carina.

Verwirrt schaute sie zu dem alten Zigeuner, der ihren Blick einfing und ein paar Worte sagte, bevor er abwartend zu Marc sah.

»Alle Anwesenden wünschen dir einen schönen Abend, Carina, und hoffen, dass dir unsere Tanzaufführungen gefallen.«

Sie kam nicht mehr dazu, ihre Überraschung in Worte zu fassen, sich für die Begrüßung zu bedanken und zu fragen, warum sie hier so bevorzugt behandelt wurde, als ein Paar auf die Bühne trat.

Die Musik war mitreißend, die Tänzer einzigartig. Auf Deutsche folgten Ungarn, Engländer wurden von Rumänen abgewechselt, Italiener übergaben an Franzosen. Einzelne Paare oder mehrere. Gruppen, entweder nur Frauen oder gemischt. Sie alle drückten mit ihren Körpern und ihrer Leidenschaft aus, wie sehr sie ihre einerseits gleiche und andererseits doch unterschiedliche Abstammung, je nachdem wo sie geboren wurden und lebten, liebten. Bereits bei der Tarantella, die jedoch nicht eine klassische italienische, sondern mit Zigeunerklängen durchsetzt war, dachte sie, dass es nichts Besseres mehr geben konnte. Doch dann kam das französische Paar auf die Bühne und brachte das Publikum mit der Darbietung des Tangos zum Rasen. Laute Rufe, klirrende Gläser und Applaus erschallten – bis Vano wieder auf das Podium stieg und nach dem Mikrofon griff.

Stille kehrte ein.

Er sprach, und selbst Carina verstand, wen er ankündigte. Spanische Gitanos. Wie gebannt starrte sie auf die Bühne, über der die Lichter ausgingen. Plötzlich erstrahlten irgendwo hinter ihr zwei Spots, die suchend umherirrten, bevor sie fanden, was sie gesucht hatten. Fünf Paare, die Männer in schwarzen Hosen und roten Hemden, die Frauen in Rot und mit an ihren Daumen befestigten Kastagnetten in den Händen, standen wie in Stein gemeißelt da. Unbeweglich, die Arme über die Köpfe erhoben und wunderschön anzusehen.

Neben ihr begann Jack zu fotografieren. Überdeutlich hörte sie das Klicken seiner Kamera und dann den ersten Laut einer Violine.

Wie gebannt wartete sie auf das Klackern der Absätze und vergaß Raum und Zeit, als die Tänzer sich zu bewegen begannen. Die Gitanos verliehen dem Begriff Flamenco eine neue Dimension. Unweigerlich fiel ihr ein, mit welchen Worten man ihn definierte: Dieser im achtzehnten Jahrhundert in Andalusien geborene Tanz ist den intensivsten Momenten vorbehalten, in denen man das Leben zelebriert.

Das war es, was diese zehn Menschen ausdrückten, die mit einer Leichtigkeit und Ausdruckskraft über die Bühne flogen. Mit ihren Bewegungen und Schritten feierten sie den Augenblick, als ob er ihr allerletzter wäre.

Emotionen übermannten Carina wie schon lange nicht mehr, und mit ihr kam die Erinnerung an Jorge hoch, dem grandiosen Flamenco-Tänzer, den sie zuletzt in Taormina gesehen hatte – vor bald vier Jahren. Zwar hatte Google Alert ihr stets mitgeteilt, wann und wo der geheimnisumwitterte Mann einen seiner raren Auftritte hatte, doch es waren seither nur fünf oder sechs gewesen – und sie befand sich immer auf der anderen Seite der Welt. In den vergangenen Wochen waren im Internet unbestätigte Meldungen aufgekommen, dass er im Herbst in der ungarischen Staatsoper in Budapest auftreten würde. Diesmal würde sie unter den Ersten sein, die ein Ticket kauften. Jorge war eine Klasse für sich und ihrer Meinung nach unerreichbar, doch die Gitanos vor ihren Augen waren grandios.

Die Melodie wurde schneller und intensiver. Die Kastagnetten in den Händen der Tänzerinnen klapperten lauter, Füße schlugen auf, die Tänzer wurden zunehmend rascher und bewegten sich wie ein einziger fluktuierender Körper, reihten sich auf einer unsichtbaren Linie nebeneinander auf – und beendeten den Flamenco, wie sie ihn begonnen hatten. Unbeweglich, wie zu Eis erstarrt.

Jubel brach los. Niemand hielt sich auf den Stühlen. Und endlich erkannte Carina ein Lächeln auf den Gesichtern der schwer atmenden Künstler, die sich verbeugten. Sie selbst stand mit roten Wangen da, applaudierte frenetisch und hoffte, dass eine Zugabe kam – doch die Spots gingen aus. Dann waren nur noch die Schritte zu hören, als die Gitanos die Bühne verließen. Vermutlich auch die Musiker, denn vom Podium hörte man keinen Laut mehr. Carina ließ sich auf ihren Stuhl sinken.

Da erst sah sie, dass Brad, Jack und Marc sie verwundert ansahen.

»Was ist?«

»Deine Begeisterung hat uns alle mitgerissen, Carina.«

»Diese fantastischen Tänzer«, sie deutete vor sich ins Dunkle, »haben *mich* mitgerissen. Schade, dass es schon vorbei ist.«

Die Männer antworteten nicht, stattdessen füllte Marc die Champagnerflöten und sie prosteten einander zu. Sie trank einen Schluck, genoss das Prickeln in der

Kehle, nahm einen zweiten. Immer noch fühlte sie die Musik in sich. Langsam stellte sie das Glas ab.

»Hast du eigentlich schon in den Himmel geschaut, Carina?«, fragte Jack.

Sie legte den Kopf in den Nacken und sah nach oben. Sterne glitzerten und leuchteten im unendlichen Schwarz. Keine Wolke war zu sehen. In London hatte sie kaum daran gedacht, aber jetzt merkte sie, wie sehr ihr dieser Anblick gefehlt hatte.

»Und dort?« Brad deutete hinter sie und sie wandte sich um. Der Vollmond war riesig und von einem blassen Orange. Fast hatte es den Anschein, dass er vom Himmel fallen würde, weil er zu schwer war. Sie lächelte und merkte plötzlich, wie man sie von den anderen Tischen her beobachtete. Rasch wandte sie sich um und wollte nach ihrem Glas greifen, als ein Spot anging und direkt auf die Bühne zielte.

Carina sah zwei männliche Beinpaare in Flamencohosen und ließ ihren Arm sinken.

Da ging der zweite Spot an. Noch vier Beine.

Es war absolut ruhig. Sekundenlang. Erwartungsvoll hielt sie die Luft an.

Und da ... In der Mitte, dort, wo sich die Lichtkegel überschnitten, erschienen zwei Schuhspitzen. Sie schoben sich vor, wurden zu ganzen Schuhen. Hatten die der anderen Männer einen relativ niederen Absatz, so waren diese sicher fünf Zentimeter hoch.

Und genau diese schlugen nun auf das Holz. Einmal. Ein zweites. Pause. Erneut. Mehrmals rasch hintereinander. Pause. Noch schneller und in rasendem Wechsel. Spitze. Absatz. Stille.

Eine Violine erklang. In Moll. Leise, klagend, weinerlich.

Eine zweite grätschte in Dur dazwischen. Fröhlich.

Die vier äußeren Beinpaare nahmen ihren Rhythmus auf.

Das in der Mitte bewegte sich zur melancholischen Geige.

Die Spots glitten ein wenig höher. Nun war die gesamte Beinlänge der Tänzer zu erkennen.

Der Mann im Zentrum war größer als die anderen – und es lag nicht nur an seinen Schuhen.

Der Bass erklang, Viola und Violoncello kamen dazu.

Die Lichter gingen höher. Jetzt konnte man die Gesichter der vier äußeren Tänzer sehen, deren Schritte immer rascher wurden und das Geräusch ihrer Schuhe zunehmend lauter. Carina erkannte in ihnen vier der Männer, die vorhin mit den Frauen getanzt hatten.

Doch der in der Mitte, der sich mit einer Virtuosität bewegte, die unendliche Leichtigkeit widerspiegelte und zugleich Hinweis auf seine hervorragende Technik war, trug kein rotes Hemd. Das seine war schwarz. Die Lichtkegel der Spots wurden größer – und Carina keuchte auf.

Der Tänzer trug eine schwarze Maske, die nahezu sein ganzes Gesicht verdeckte.

War das möglich?

Konnte das ...?

Nein, sicher nicht.

Sie ballte ihre Hände zu Fäusten und bohrte die Fingernägel in ihre Handflächen. Die Musik schien sich zu überschlagen, die fünf Tänzer mit ihr.

Der Mann in der Mitte, dessen schwarze zurückgegelte Haare glänzten, bewegte seine Arme so geschmeidig und fließend, dass ihr ein Schauer über den Rücken lief. Die anderen vier glitten an den Rand der

Bühne und hielten ein. Alle Instrumente bis auf eines ebenfalls.

Ein Geiger trat vor ins Licht.

Sein Bogen schien über die Saiten zu fliegen, ohne sie zu berühren. Er entlockte der Violine eine Melodie, die Carina einen Schauer über den Rücken laufen ließ. Taormina. Damals hatte sie genau diese zuletzt gehört.

Sie grub ihre Nägel noch tiefer in ihr Fleisch, um nicht aufzuschreien.

Bebend saß sie auf ihrem Stuhl und fixierte den Tänzer.

Keine seiner Bewegungen entging ihr.

Jede davon war die absolute Perfektion.

Er drehte sich wie ein Kreisel, seine Schuhe knallten rhythmisch auf das Holz.

Da. Mit einem plötzlichen Ruck bremste er seinen Körper, jedoch nicht seine Füße. Die klopften hart mit dem Absatz, sanfter mit der Spitze.

Rascher. Immer schneller, bis man ihre Bewegung nur noch als verschwimmend wahrnahm, wie das Schlagen von Kolibriflügel.

Die Härchen auf Carinas unbedeckten Armen stellten sich auf.

In ihrem Kopf vermischten sich ältere Erinnerungen mit einer rezenten.

Ihr Puls begann zu rasen. Sie schluckte schwer.

Der Tänzer geriet an den Punkt, an dem realistisch gesehen kein Mensch in der Lage war, seine Füße noch schneller zu bewegen.

Sie dachte es – und er beendete die intensive, minutenlange Zapateado-Passage mit einem Sprung und einem letzten Aufschlagen beider Absätze.

Dann erstarrte er – und der Geiger mit ihm.

Es wurde still.

Der Musiker ließ seine Violine sinken und streckte den Arm mit dem Bogen aus. Er deutete auf den Tänzer und sagte nur ein Wort: »Jorge«.

Carina keuchte auf. Vor ihre Augen legte sich ein Schleier. Sie blinzelte ihn weg. Ihr Puls raste, ihr Herz galoppierte in ihrer Brust, als ob es die Rippen durchschlagen wollte. Fast schmerzhaft fühlte es sich an, obwohl die Prellung längst abgeheilt war. Sie war in einer Wolke gefangen, die kaum einen Laut durchließ. Doch das musste sie nicht, sie wusste, dass die Menschen rundum jubelten und pfiffen und schrien und klatschten. Doch Jorge stand immer noch regungslos oben auf der Holzbühne, die einem Künstler wie ihm, der auf den bedeutendsten Bühnen der Welt aufgetreten war, kaum gerecht werden konnten. Und dennoch ...

Sie beobachtete ihn und meinte, am unteren Rand seiner schwarzen Maske eine Bewegung seiner Mundwinkel zu sehen. Den Anflug eines Lächelns. Oder bildete sie es sich nur ein?

Nein, er lächelte. Sie meinte, es zu erkennen, kurz bevor er sich vor seinem Publikum verbeugte. Vor seinem Volk, schoss ihr durch den Kopf. Jorge, der geheimnisvolle Mann, von dem man weltweit nur den Namen kannte, war hier zu Hause. Nicht an diesem spezifischen Ort, sondern zwischen diesen Menschen, die ihm nun ihrerseits ihre Bewunderung ausdrückten.

Der Applaus verebbte und sie erhoben sich – alle.

Carina bemerkte es aus den Augenwinkeln und bewegte sich mit ihnen. Und dann verbeugten sich alle zugleich vor dem großartigen Tänzer, der heute Abend nur für sie getanzt hatte. Für diesen elitären Kreis der wichtigsten Zigeuner-Familien Europas – und für sie.

Sie warf Marc einen raschen Seitenblick zu, doch er beachtete sie nicht. Auch dann nicht, als sie alle sich wieder aufrichteten. Sie folgte seinem Blick.

Jorge deutete mit einer ausladenden Geste auf den Geiger, sagte etwas. Atemlos und mit rauchiger Stimme. Natürlich verstand sie ihn nicht, er sprach Romani. Gemeinsam mit allen anderen applaudierte sie dem Violinisten, der aus dem Scheinwerferkegel verschwand.

Jorge blieb. Wieder sagte er etwas. Doch nicht die Worte waren bedeutend, sondern seine Gesten. Er bedeutete den Menschen an den Tischen, sich zu setzen. Sie sank auf ihren Stuhl, als der Tänzer seinen Arm ausstreckte und auf sie deutete. Mit seiner heiseren Stimme sagte er etwas ihr Unverständliches.

Carinas Herz schlug ganz hoch oben in ihrer Kehle.

Sie schaute zu Jack, aber der hantierte mit seiner Kamera, während Brad ihm etwas zuflüsterte. Sie drehte ihren Kopf zu Marc. Doch der saß nicht, sondern stand und hatte seinen Arm nach ihr ausgestreckt.

»Komm, Carina, Jorge will dich kennenlernen.«

Entgeistert schüttelte sie den Kopf. Ihr Blick huschte zur Bühne. Der Tänzer sah auf sie herab und nickte einmal.

»Es ist eine Ehre, Carina«, erklärte Mark leise. »Jorge ist der Bruder des Schlichters.«

Sie bekam keine Luft, öffnete die Lippen, atmete heftig ein.

Marc lächelte ihr aufmunternd zu und ergriff ihre Hand. Er zog sie hoch und ihre Knie gaben kurz nach. Er legte einen Arm um ihre Mitte.

»Du wirst doch nicht schlappmachen, oder?«, meinte er mit einem Zwinkern. »Er kann zwar gut tanzen, aber er ist auch nur ein Mensch.«

Sie riss schockiert die Augen weit auf. »Nur tanzen? Du hast ja keine Ahnung.«

Ein paar Lacher wurden laut. Offenbar verstanden doch mehr der Anwesenden Englisch, als sie gedacht hatte. Sie straffte sich in den Schultern und machte einen Schritt, dann einen zweiten. Dabei sah sie vier Männer, die eine Holztreppe mit drei Stufen herantrugen und mittig vor die Bühne stellten.

Nur für sie?

Sie verlangsamte, suchte Marcs Blick. Der lächelte immer noch und festigte seinen Griff an ihrer Taille, bevor er seine Hand wegnahm und ihr aufmunternd zunickte.

»Von hier ab gehst du allein.«

Sie schloss kurz die Augen und atmete tief ein. Dann öffnete sie sie und setzte ihren Fuß auf die unterste Treppenstufe.

Jorge hob seine Arme und sie ging auf ihn zu.

Hinter den Sehschlitzen seiner Maske blitzten dunkle Augen auf.

Jetzt konnte sie ein angedeutetes Schmunzeln erkennen, das seinen Mund umspielte.

Sie war ihm so nahe, dass sie seinen Geruch wahrnahm. Sie bewunderte diesen Mann seit vielen Jahren. Seitdem sie sechzehn war, hatte sie Auftritte von ihm in London und Paris besucht und war zweimal nur seinetwegen nach Sizilien geflogen, als er im Teatro antico di Taormina auftrat. Doch sie war ihm nie näher gekommen, als ein Zuschauer es einem Künstler sein konnte. Und plötzlich war es wieder da, das eigenartige Gefühl, das sie zu Beginn seines Tanzes verspürt hatte. Sie atmete tief ein und ließ zu, dass er nach ihren

Händen griff. Er beugte sich vor und seine Finger streiften ihre, so wie sein Atem ihr Gesicht.

Fassungslos starrte sie ihn an. Ihr Mund öffnete sich, doch kein Ton kam über ihre Lippen. Er hatte immer noch diese Maske auf und seine Haare klebten glänzend an seinem Kopf. Aber nein, sie irrte sich nicht. Das, was sie erkannt hatte, war die Realität. Jorge war ...

Sie wankte und ihre Knie gaben nach.

Er fing sie auf, hielt sie an ihren Oberarmen fest. Sein Gesicht war so nah, dass sie den besorgten Blick in seinen Augen erkannte.

»Alles in Ordnung mit dir?«

Seine Stimme! Ihr Körper bebte.

»Wer bist du?«, flüsterte sie.

Seine Antwort kam zögernd. »Damiano Jorge Cipriani.« Er zog die Maske von seinem Gesicht.

»Aber ...« Carina starrte ihn an. Wo er war, war Dante nie weit. Konnte es sein ...? Die Atemluft wurde knapp.

Was hatte Marc vorhin gesagt? *Jorge will dich kennenlernen. Sein Bruder ist der Schlichter.*

O mein Gott! Dante war ... Sie war nicht fähig, den Gedanken festzuhalten.

Das Kribbeln begann in ihrem Nacken und zog sich über ihre Wirbelsäule abwärts wie eiskalte Wassertropfen.

Das konnte nicht ... Das war nicht ...

Schon am Vormittag hatte sie das Gefühl gehabt, dass hier irgendetwas geschah, was sie nicht beeinflussen konnte. Und seitdem sie mit Marc, Jack und Brad an diesen verzauberten Ort gekommen war, hatte sie gespürt, wie ihre innere Anspannung zugenommen hatte.

Jeder einzelne Tag und jede Nacht ohne Dante war einsam und mit Verlangen nach ihm erfüllt gewesen, die ihr im Herzen wehtat. Wie oft hatte sie sich gewünscht, ihm einfach hinterherzufliegen, nur um diesen kindischen Gedanken sofort wieder zu verwerfen. Er leitete ein riesiges Unternehmen, hatte Verpflichtungen. In der vergangenen Woche ohne ihn hatte sie erkannt, was sie gehofft hatte, als sie sich wiedergefunden hatten. Nie mehr von ihm getrennt zu sein – und sie hatte gespürt, dass es ihm nicht anders ging. Ihre Gefühle waren die seinen und seine die ihren. Sie war ja nicht einmal fähig gewesen, mit ihm zu telefonieren, ohne dass der Klang seiner Stimme ihr Tränen in die Augen trieb – so wie ihm. Dante hatte sich von ihr entfernt, nicht emotional, sondern körperlich. Aber nicht wegen irgendwelcher Probleme in einer seiner Firmen. Jetzt wusste sie, warum. Und genau hier, an diesem speziellen Ort, der sie seit dem Moment, an dem sie in Saintes-Marie angekommen war, zutiefst berührte, erkannte sie, wie schwer es für Dante gewesen sein musste – und immer noch war.

»Warum hat er es mir nicht gesagt?« Atemlos schaute sie zu Damiano auf.

Der antwortete nicht. Stattdessen drehte er sie an ihren Schultern herum, sodass sie mit dem Rücken zu ihm stand.

Der Scheinwerfer blendete sie und sie blinzelte. Die Ruhe hier war nahezu unheimlich. Sie vermutete, dass all die Menschen immer noch an ihren Tischen saßen, hatte Gewissheit, als sie sich an das Licht gewöhnte. Sie alle starrten auf die Bühne. Aber nicht in ihr Gesicht.

Carina senkte den Kopf. Sie keuchte auf und schlug sich die Hand vor den Mund.

Dante kniete zu ihren Füßen und sah zu ihr auf.

Seine schwarzen Locken waren noch ein wenig länger, ließen ihn wilder wirken. Die Bartstoppeln, die er wohl schon einige Tage nicht mehr abrasiert hatte, verstärkten den Eindruck. Dann war da dieses kragenlose schwarze Hemd mit den weiten Ärmeln. Und das Funkeln in seinen dunkelbraunen Augen, in denen ein Feuer zu lodern schien.

»Ich liebe dich, Carina.« Dantes Stimme war heiser. »Vom ersten Moment an.« Ein heißer Ball schlug in ihrer Mitte ein und brachte sie zum Glühen. »Damals in der Bar in Taormina, als du für mich noch Foxy warst und nach meiner Hand gegriffen und mich als deinen Mann bezeichnet hast.« Carina stöhnte leise. »Du hast keine Vorstellung, wie verzweifelt ich war, weil ich dich nicht finden konnte. Dabei haben alle, die mir nahestehen – und ich denke, dass du jetzt eine ungefähre Ahnung hast, wie viele Menschen das sind –, mir geholfen. Von Rumänien bis England und Spanien, von Finnland bis Italien wurde nach einer Frau mit roten Locken und grünen Augen gesucht. Aber du musstest dich ja in den entlegensten Winkeln der Welt herumtreiben.«

Er lachte kurz auf, und sie spürte die Tränen, die sich aus ihren Augenwinkeln lösten und über ihre Wangen flossen, während sie auf den Mann zu ihren Füßen schaute.

»Unwichtig, habe ich gedacht, weil das Schicksal dann endlich ein Einsehen hatte – und ich wage zu behaupten, nicht nur mit mir, sondern auch mit dir.« Er sah zu ihr auf und in seinem Blick lag so unendlich viel Liebe. Sie schluckte schwer und hörte seine nächsten Worte. »Es hatte sich seit damals in Taormina nichts an meinen Gefühlen geändert. Im Gegenteil. An jedem Tag seit wir uns wiedergefunden haben, sind sie noch weiter gewachsen. Aber ich bin der Mann, als der ich geboren wurde, obwohl die Geschäftswelt und Klienten nur den in mir sehen, der ich vorgebe zu sein. Und du bist du.

Lady Carina Mary Ann Byron, die Countess of Willingdon. Zu behaupten, dass mich fast der Schlag getroffen hat, als ich das erfuhr, ist eine Untertreibung.«

Er hob den Arm und griff nach ihrer Hand. Ihre Finger zitterten zwischen seinen. Sie könnte ihren Blick nicht von ihm lösen, von seiner Wildheit, die er ihr zeigte. Er versteckte sich nicht mehr hinter der Maske, die bisher für sie sein wahres Ich verkörperte. Und sie liebte den Mann, den sie erkannte, noch ein ganzes Stück mehr als den anderen. Mr-Dark-and-Hot. O ja, sie hatte den richtigen Namen für ihn gewählt.

Dante atmete tief ein, dann stieß er die Luft wieder aus. »Carina, ich weiß, dass Hunderte von Gründen dagegensprechen, dass ein Mann wie ich, ein Zigeuner, eine Frau des Hochadels wie dich bitten kann, das Leben mit ihm zu teilen. Aber es gibt einen, der all den anderen entgegensteht: meine allumfassende grenzenlose Liebe für dich. Damals in Taormina hast du mich als deinen Ehemann bezeichnet und es war ein Spiel. Lass uns endlich Ernst daraus machen. Heirate mich.«

Später meinte Marc, dass die perfekte Choreografie zwar vorgesehen hätte, dass Carina »ja« gesagt und Dante ihr den Ring angesteckt hätte und dann aufgestanden wäre. So hätte Jack all die Fotos schießen können, die sich auf ähnliche Art in Millionen Erinnerungsalben von Heiratsanträgen und Verlobungen wiederfanden.

Aber sie beide waren nicht wie alle anderen.

Carina sank nämlich ebenfalls auf die Knie, lehnte sich vor und bekundete ihr »ja« nicht verbal, sondern mit einem minutenlangen leidenschaftlichen Kuss, den Dante feurig erwiderte. Die Menschen an den Tischen, die miterlebten, wie ihr Schlichter, der vor vier Jahren sein Lachen verloren hatte, all seine Zurückhaltung ablegte, schrien, applaudierten und lachten.

Und nachdem Dante seiner Carina dann endlich den weißgoldenen Ring mit dem riesigen schwarzen Diamanten, der von zehn strahlend weißen kleineren umringt wurde, ansteckte, begannen sie zu feiern ... und fuhren noch fort, als längst die Sonne hoch am Horizont stand.

Doch Dante und Carina bekamen nichts davon mit. Lange vor Sonnenaufgang hatten sie sich davongestohlen. Allerdings erst, nachdem Damiano und die vier Freunde, die den fulminanten Beginn ihrer unwahrscheinlichen Liebesgeschichte damals in Taormina miterlebt hatten, unzählige Male mit ihnen angestoßen hatten.

»Jetzt machst du Foxy also endlich zu einer ehrbaren Frau«, hatte Tommaso knochentrocken gemeint und Dante auf die Schulter geschlagen.

»Wurde auch Zeit, dass du aus der Versenkung aufgetaucht bist.« Stefano hatte Carina zugeprostet.

»Du hättest ihm damals nicht den Floh ins Ohr setzen sollen, dass er zum Ehemann taugt, Foxy«, war Valentinos Kommentar gewesen.

Und Tiziano hatte die Worte seines Freundes erklärt. »Er wollte uns allen beweisen, dass dem so ist. Aber dann ist ihm die Frau abhandengekommen und er wurde unerträglich.«

»Seine miese Laune hat sich ja zum Glück verflüchtigt. Jetzt läuft er stattdessen ständig mit diesem Dauergrinsen durch die Gegend, was die Sache auch nicht viel besser macht. Er hat so gar nichts mehr mit dem seriösen Geschäftsmann gemein, den er bisher immer allen so erfolgreich vorgespielt hat.«

Dante hatte seinem Bruder leicht auf den Hinterkopf geschlagen und mahnend den Zeigefinger erhoben.

»Das ist das letzte Mal, dass ich dir einen derartigen Kommentar zulasse, Damiano. Ich habe einen einwandfreien Ruf, daran ändert mein Gesichtsausdruck nichts. Oder siehst du das anders?«

Dante hatte nicht auf eine Antwort gewartet, sondern Carina an der Hand genommen und sie zu seinem silbernen Trailer gezogen. Dem, in dem der Schlichter schlief, wenn er unter seinen Leuten war. Allein. Bis heute.

Dante beugte sich vor und strich mit seinen Lippen über ihre – und unterbrach sich.

»Ich habe dir so viel zu sagen, und ich muss dich um Entschuldigung bitten, dass ich nicht ehrlich zu dir war.« Er hatte nicht gezählt, wie oft er diesen Satz in den letzten Stunden gesagt hatte.

»Es gibt nichts, was ich entschuldigen müsste«, erwiderte Carina auch jetzt wieder. »Und ja, wir werden reden. Tagelang, weil ich unzählige Fragen nach deiner Familie und Kindheit habe. Außerdem will ich alles über dein Volk wissen und darüber, wie es kam, dass du der Schlichter geworden bist. Aber ...«

»Aber?« Auf einem Ellenbogen aufgestützt strich er ihr mit einer Hand die störrische Locke aus dem Gesicht.

»Irgendwann, Dante. Nicht jetzt. Denn das Einzige, was zählt, weiß ich doch.«

»Das da wäre?«

Sie hielt die Hand hoch, an dem der schwarze Diamant mit den kleineren weißen um die Wette funkelte. »Bald wirst du tatsächlich mein Mann und nicht mehr mein Fake-Ehemann für eine Nacht sein.«

»Und?« Knurrend beugte er sich über sie und seine dunklen Augen schimmerten wie glühende Kohlen.

»Und ich werde nicht mehr Foxy, deine Fake-Ehefrau, sein«, erwiderte sie atemlos.

»Du hast noch etwas vergessen.« Das Dunkle in seiner Stimme klang gefährlich und verführerisch und raubte ihr den Atem.

»Was denn?«

»Dass eine Nacht mit dir einfach nicht genug war und ich nicht einmal sicher bin, ob mir ein ganzes Leben reichen wird.«

Carinas Lächeln überstrahlte das ihres Verlobungsrings.

»Und noch etwas hast du nicht bedacht.«

Sie zog fragend die Augenbrauen hoch.

»Wie sehr ich dich liebe.«

Sie schlang die Arme um seinen Nacken und zog ihn näher, bis ihr Mund unmittelbar vor seinem war.

»Zeig mir noch einmal wie sehr, Dante.«

Mit einem Stöhnen leckte er über ihre Lippen, knabberte und saugte daran und entlockte ihr diese kleinen Seufzer, die ihn all seine Verpflichtungen vergessen ließen. Mit ihr war er einfach nur Dante. Kein milliardenschwerer Unternehmer. Nicht der Mann, der aller Welt vorspielte, jemand zu sein, der er in seinem Innersten immer geblieben war. Mit einem sanften Stoß drang er in sie ein und verschmolz mit ihr. Carina umschlang seine Hüften mit ihren Beinen, bis er nicht mehr wusste, wo er aufhörte und sie begann. Sie bewegten sich im Einklang und steuerten gemeinsam auf den nächsten Höhepunkt zu, der in einem Feuerwerk endete und sie beide atemlos zurückließ.

»Ich liebe dich, Foxy.«

»Und ich liebe dich, mein Gipsy Gentleman.«

Dante lächelte immer noch, als sie längst in seinen Armen eingeschlafen war.

Alistair Byron hatte ihn ebenfalls so genannt, an dem Tag, an dem er mit Damiano nach Willingdon Castle gefahren war, um ihm die Wahrheit über sich zu erzählen und ihn um die Hand seiner Tochter zu bitten.

Gentlemanlike und traditionell, wie es nicht nur in adeligen Kreisen, sondern auch unter Zigeunern bis heute der Brauch war. Sein zukünftiger Schwiegervater, der Earl of Willingdon, hatte ihn darauf hingewiesen, wie ähnlich sie sich in Wirklichkeit waren. Und im nächsten Augenblick hatte er ihm gesagt, dass er sich keinen besseren Ehemann für seine Tochter wünschen könnte als ihn.

Drei Wochen später.

Die glühende Sonne näherte sich hinter den nur noch teilweise intakten jahrtausendealten Rundbögen des Teatro antico di Taormina dem Horizont, dort, wo der Himmel und das Wasser sich trafen. Im Hintergrund ein Stückchen weiter rechts krönte die stets präsente kleine Wolke die Spitze des Vulkans Ätna. Weit unten brachen sich die Wellen des Ionischen Meers an der Küste. Gipsys aus ganz Europa und Adelige aus dem britischen Königreich waren angereist und saßen auf den steinernen Stufen des Amphitheaters. Die einen links, die anderen rechts. Dazwischen Rick Rearden mit seiner

Frau, Jack Jones und Brad, die ihren Europaaufenthalt auf unbestimmte Zeit verlängert hatten.

Der Geiger spielte die ersten Takte von Richard Wagners Hochzeitsmarsch – und brach ab.

Er beugte sich vor, legte Violine und Bogen vorsichtig auf den Boden und zog die schwarze Jacke aus. Darunter trug er ein schneeweißes Hemd mit weiten Ärmeln. Langsam, wie in Zeitlupe, versenkte er nun die Hand in der Hosentasche und zog ein rotes Tuch heraus. Das schlang er um seinen Hals und verknotete es. Mit bedachten Bewegungen neigte er sich vor, hob sein Instrument auf, setzte den Bogen an – und riss das Publikum mit.

Genau vier Jahre nach dem Tag, an dem sie einander in einer Bar nicht weit entfernt in die Arme gestolpert waren, gaben sich Lady Carina Mary Ann Byron und Dante Cipriani zu feuriger Musik und unter dem jubelnden Applaus der geladenen Gäste, die sich miteinander vermischten, das Jawort.

Jack Jones hielt den Moment mit seiner Kamera fest. Rearden-Media hatte die Exklusivrechte für das heutige Event, wie bereits zuvor für das mitreißende Interview, in dem Dante und Damiano Cipriani ihre Geschichte erzählt hatten, die um die Welt gegangen war. Die wenigen negativen Stimmen verblassten gegenüber der grenzenlosen Bewunderung für die beiden Brüder, die so früh ihre Mutter, die berühmte Trapezkünstlerin Rosella Smith, verloren hatten. Selbst ihrem Vater, Riccardo Cipriani, der sie mit der vorgefassten Meinung allein aufgezogen hatte, dass sie ihre Herkunft verbergen mussten, um als vollwertige Mitglieder der Gesellschaft anerkannt zu werden, brachte man Verständnis entgegen. Die vielen Kommentare, Mails und sogar

Briefe aus aller Welt, die bei Rearden-Media seit der Veröffentlichung tagtäglich eintrafen, waren der Beweis.

Und das Tüpfelchen auf dem i war die heutige Hochzeit zwischen Dante Cipriani und Rossetti, dem Journalisten, der ja in Wirklichkeit Lady Carina Byron, die Duchess von Willingdon, war.

Es gibt nichts, was nicht möglich ist, war die Bildunterschrift des Fotos, das um die Welt ging.

Waren zwei Menschen füreinander bestimmt, stürzten all die künstlich errichteten gesellschaftlichen Mauern in sich zusammen.

Denn im Grunde genommen sind wir alle gleich. Und wenn wahre Liebe im Spiel ist, schmelzen auch die letzten vermeintlichen Unterschiede hinweg wie Eis in der Sonne.

Wie bei Dante und Carina.

Dem Gipsy Gentleman und seiner Prinzessin.

Liebe Leserin, lieber Leser,

wie all meine Romane entspringt auch dieser meiner Fantasie – und enthält dennoch mehr als nur einen Funken Wahrheit zu einem Thema, das selbst heute noch von vielen totgeschwiegen wird.

Wie mandeläugige und schwarzhäutige Menschen, wie Juden, Buddhisten und Muslime, leben sie unter uns.
Man nennt sie mit dem Überbegriff "Zigeuner" oder aber Roma, Sinti, Kalé, Gitanos, Gitans … was unbedeutend ist, wenn man nichts über sie weiß.
Ihre Kultur ist einzigartig, ihre Herzlichkeit und Gastfreundschaft löst warme Glücksgefühle aus. Und nicht alle Zigeuner sind schwarzhaarig und glutäugig, wie eben nicht alle Juden mit einer Knollennase gesegnet sind. Übrigens: Gipsy ist die englische Schreibweise für das Wort Zigeuner, Gypsy die amerikanische.
Die Nazis haben sie verfolgt – wie Juden und generell Andersdenkende. Warum? Zigeuner waren ihr Feindbild, wie alle, die Rassisten Angst machten und (leider) immer noch machen.

Mitmenschen ihrer Abstammung wegen zu verurteilen, zeugt von minderer Intelligenz, Dummheit und fehlendem Denkvermögen. Vor allem, wenn man nichts über sie und ihre Kultur weiß.

"Das beste Mittel gegen Rassismus:das Kennenlernen.", sagt Helmut Glaßl (Aphoristiker und Maler) ganz richtig.

Ihre Lisa Torberg (aka Monica Bellini)

Die Autorin

Lisa Torberg schreibt romantische, teils humorvolle, teils sarkastische, und – unter dem Pseudonym Monica Bellini – prickelnd-sinnliche Liebesromane. Sie ist das typische Resultat der Beziehung zweier Menschen verschiedener Kulturen: polyglott und nirgends wirklich daheim. Oder eben überall.

Schon als junges Mädchen ließ sie ihrer Fantasie in Schulheften freien Lauf – sehr zum Leidwesen ihrer Lehrer. Was lag da näher, als die Leidenschaft für das Schreiben weiterzuentwickeln?

Sie zieht die Ruhe dem Trubel vor, mag das Leben an der frischen Luft und das Meer. Allerdings nur im Winter oder wenn sie an Bord eines Segelschiffs ist, und nicht, wenn sie wie eine Sardine am Strand liegen muss.

Lisa Torberg lebt teils in ihrer italienischen Heimat, teils in London, der Heimatstadt ihrer Mutter, und schreibt nach der Devise: „Die Liebe ist das einzige Spiel, bei dem es zwei Verlierer geben kann. Oder zwei Gewinner."

Informationen in den sozialen Netzwerken (Facebook, Instagram. Twitter, Pinterest) und auf den Websites www.lisatorberg.com und www.monicabellini.com.

Sie wollen über die Autorin, ihr Leben und Neuerscheinungen informiert werden? Melden Sie sich direkt auf der Website www.lisatorberg.com für den Newsletter an und erhalten Sie ein E-Book gratis.

Romane von Lisa Torberg:

Catch the Millionaire (Romanreihe)

Italien-Romane:
PS: Denn du bist meine Melodie
PS: Ich will dich nicht verlieren
Nanny wider Willen
Wenn Apfelbäume sprechen könnten
Regatta in die Liebe
Sonnenliebe - Napoli per sempre
Smaragdstern

Südafrika-Romane:
Ein Diamant macht noch keine Liebe
Wild Fancy Love: Safari ins Glück

London-Romane:
Silent Guy: Lautlos in mein Herz
Sweet & Spicy: So schmeckt Liebe
Operation Love: Herzflimmern in London

u. v. m.

www.lisatorberg.com

LISA TORBERG SCHREIBT ALS

MONICA BELLINI

Wild Rose: Doppelt verliebt
Broken Wings: Sehnsüchtiges Verlangen (Paris Amour 1)
The Choice: Mut zur Liebe (Paris Amour 2)
Mafia Sisters (Romanreihe)
Pussycat Club – Das Spiel der Liebe

DIE ROMAN-REIHE

Love VIBES

Fateful Vibes: Benjamin & Leonie
Bittersweet Vibes: Jason & Sophie
Ambrosial Vibes: Max & Jasmin
Conflicting Vibes: Robert & Viktoria

u. v. m.

www.monicabellini.com